四月的牙齿

喻之之 著

南方传媒 花城出版社

中国·广州

图书在版编目（CIP）数据

四月的牙齿 / 喻之之著. -- 广州 ：花城出版社，
2025.4. -- ISBN 978-7-5749-0334-0
　Ⅰ. I247.7
中国国家版本馆CIP数据核字第2024T1R718号

四月的牙齿
SIYUE DE YACHI

喻之之/著

出 版 人	张　懿
责任编辑	凌春梅
责任校对	卢凯婷
技术编辑	张　新
封面设计	集力書裝　彭　力
出版发行	花城出版社
经　　销	全国新华书店
印　　刷	佛山市浩文彩色印刷有限公司
开　　本	880毫米×1230毫米　32开
印　　张	11.25　1插页
字　　数	252,000字
版　　次	2025年4月第1版　2025年4月第1次印刷
定　　价	58.00元

版权所有·侵权必究。如发现印装质量问题，请与出版社联系。
联系电话：020-37604658　37602954

春天的长江中下游,总是一场雨连着一场雨,**大的**,小的,小的,**大的**,反正没什么歇气的时候。

目录

何不顺流而下 1

良宵引 27

四月的牙齿 53

无限寺 81

阿盲拾金记 109

开往仰山小镇的顺风车 157

郎君镇来的彪哥 195

没有蔷薇的原野 233

安魂曲 277

秋风别 301

何不顺流而下

1

老K很想养一匹马。

老K在繁华的闹市区有一套不算宽敞的两居室,有一年,我们去他家时,看到空房间里有两捆稻草,我们都很好奇,为什么家里会有两捆稻草呢?老K说,哦,我打算养一匹马的。

后来呢?

后来没养了。

为什么呢?

因为住三楼,马没法上楼梯。你知道的,会劈腿。老K指了指自己的踝骨。

我们都没有表示很惊讶,因为多少都有点儿了解老K。

老K是我们这个城市有名的才子,熟读四书五经,擅画花鸟人物。三十出头,便参加过几次国家级的兰亭大展。曾有一次,到北京参加某画展,会毕,大家纷纷铺纸研墨,要即兴画几笔。他撇了几笔兰草,时已退休的文化部长走到他面前,说,一花一世界,一叶一菩提。老K却题,欲遣蘼芜共堂下,眼前长见楚词章。老部长一笑,问,你来自楚国?老K笑道,正是,香草美人的故乡。部长又问他楚地的风俗和《楚辞》中的几个典故,老K均笑着对答如流。自此,部长便高看他一眼,老K的画也在京城水涨船高。回到市里,自然身价又涨一倍。

后来不知怎的,他那个想不开的老头儿,硬是要托个什么关系,把他塞进文化局。要知道,当你的才华不像烟火那样刺啦刺啦连续往外冒的时候,这种单位是很消磨人的,或者反过来说,这种单位是很消磨人的,你的才华就很难像烟花那样刺啦刺啦往外冒,因为在你正要往外冒火花时,总有一两瓢土灰或冷水让你熄灭。

其实老K后来偷偷告诉我,他没养马并不是因为不能上楼。他曾无数次梦见自己在雄楚大街或者中山大道骑着一匹意气风发的枣红马穿街过市,然后到达单位。他会把马系在院子中央的那棵海棠树下。啧啧,想象一下院子正中央有一棵海棠树,春天海棠花盛开,在春风的摇曳下,花枝迎风摆动,树下系着一匹毛发油光的枣红马,这匹马在等待它的主人——一位画家。等待着他下班,然后驮着他,风驰电掣地穿过整个城市,回到自己家。

可慢慢地,老K的脑海里又浮现了其他的镜头。他仿佛站在办公室的窗前,看到那些像王八一样顶着乌黑发亮的壳的小汽车一辆一辆划进来了,它们各自划到自己的停车位停好,开始,并没有小轿车愿意和一匹马停在一起,可是后来,所有的车位都停满了,那辆新开进来的车,左找找,右找找,都没有找到停车位,只好停到了海棠树下。他不停地按喇叭,要马把腿收进去一点,马很配合,就一点一点被挤到两车之间的缝隙里。它甩动着尾巴,低垂着头,打着响鼻,大眼睛眨巴眨巴的,感到很委屈。老K仿佛看到它闪亮的大眼睛,像是蓄满了泪水。

我觉得自己受不了这一幕,才放弃养马的。老K说。

还有很多问题,比如,冬天,道路结冰,马走路肯定会打滑,容易骨折。我说。老K点点头,表示赞同,他拿起酒杯跟我碰了一下。

还有，比如说，马到底该走机动车道，还是走人行道，这也是个问题。老K继续说。这回，换我点了点头。我想，老K想得可真够细致。他是对的。

2

老K他们单位的院子有点儿大，有几棵松树，几棵樟树，几棵海棠，还有几棵苹果树，另外还有亭台楼阁和花草，反正就是一眼望去，它就在告诉你，我很风雅，我很风雅。文化单位嘛。

老K跟单位，有点隔膜，像是半边身子在门内，半边身子在门外。做起事来，他肯定是有一份的，但在大家内心呢，又不跟他亲，觉得他不像是单位的人。平时大家不把他当回事，但有时候他也挺重要的。遇到什么事，需要找一找什么社会关系公关一下，就想到老K。又或者某位领导的女儿要考学，想要拿老K的画去"联络"一下校方，就又想到老K。再或者，单位需要找个人垫底，还没投票，大家就一致想到他，就老K吧！大家异口同声，出奇地一致。

老K最近很少到单位，因为他刚谈了一个小女朋友，女孩年龄很小，正在饱受抑郁症的折磨。她一会儿抱着老K说，老K，我觉得我快要死了，你杀了我吧，掐住我，掐住我的脖子，使劲掐，或者用刀，大卸八块，细细地切碎了丢到长江里去喂鱼吧……老K捏着女孩瘦弱的手腕，心如刀割。一会儿又说，老K，我们回乡下，买块地，过那种田园生活吧。老K不知如何回答，因为他知道，他女朋友是一刻也离不开城市的，因为下一秒，她就有可能向他要一个GUCCI的手包或香奈儿限量版的口红，甚至还会勒令他半小时之内带着包和口红出现在她面前，真要去了乡下到那时他该怎么办呢？

女孩在繁华闹市的老里弄开了家咖啡馆，怀旧情怀兼带书吧的那种。女孩会冲调咖啡，心情好的时候还会亲自烘焙。咖啡馆的房子是她前男友的，她之所以一直赖在这里不走是因为她认为一直占着他的房子，他不可能不理她吧，至少有一天，总要来收租的吧？好笑的是，这位前男友真没出现过，好像不仅忘了她的存在，甚至连房子也一起忘了。老K有时候在想，她到底是为了开咖啡馆跟他在一起，还是因为跟他在一起了，才开了咖啡馆。

这个问题有点儿纠结，不过好像结果差不多呢，我们说。

不不不，这是不一样的。老K连连摇头，捋着下巴上的那几根胡须。

有什么不一样呢？关键是，人家现在还没忘记他呢。我看着他，不大理解。

你们觉得这是个问题，可我觉得不是，因为，这个，她一直都是这样，也就是说，在这个问题上，她一直没有欺骗我。老K看着我们，像是想在我们脸上寻找同盟的记号，可惜，他失望了。

那条老里弄因为最近拍了部电影，很快成了网红打卡地，有不少年轻人喜欢到那里去看书。无事的时候，老K就去那里跑堂。三台，一杯绿茶拿铁。五台，一份蔓越莓小松饼。老K就系了白围裙送过去。女孩最近心情好点儿了，推出一个酬宾优惠，凡进店消费一百元，就送老K手绘的折扇一把。老K便穿了淡蓝色长衫和手工圆口布鞋，拿串金刚菩提，坐在案头，屁颠屁颠地画。我们私底下都替他抱不平，那些小屁孩儿，点一杯咖啡消磨一下午，一百块钱！一百块，能买什么呀！老K，你的墨都不止那个价呀。你大名的那三个字都不止那个价呀。

老K嘻嘻一笑，不理我们，喝喝喝，今天我买单啊。一副如鱼饮水，冷暖自知的样子。

老K最近一次去单位，也是因为他女朋友。那天下雨，下雨天，小女朋友的心情就不好，她要老K开车载着她在城里转。从汉口开到汉阳，再从汉阳开到武昌，反正武汉够大，够他们转。

我喜欢在雨里。她扭过头来看着他，眼里闪烁着泪花，他不知道她是因为感动，还是因为想哭。我喜欢雨天在雨里，就好像回到了母亲的子宫里。

老K心里一惊，心想，这应该是诗人的句子啊。

女孩突然扳过他的头来吻他。老K一边享受着突如其来的恩赐，一边拼命把眼睛往外看，说，开车开车，我在开车。女朋友还是狠狠地吻了他一顿，吻得他都快窒息了，结束之后，他感到自己的上嘴唇像是被某个凶猛的脊椎软吻类动物啃掉了一样，不过，心里是甜的，他像是一条在母亲子宫里自由自在吐泡泡的鱼，而且还有点儿小贱，吐一个，锥一个，吐一个，锥一个。哈哈。

就在这时，老K接到了单位工会打来的电话，说他的生日快到了，请他去单位领蛋糕卡和电影券。一般像这样的小福利，老K就会说，给某某某吧，或者随口说送给您家吧。但那一天，他感到小女朋友正关切地注意着他的通话，便一边说，哦，一边把目光投向她，小女朋友立即握紧双拳，放在下巴下面，睁大了眼睛，一副跃跃欲试的样子，老K立即说，那好，我正好待会儿要去单位办点儿事，一会儿来拿，好的，好的，不耽误您下班。

老K在大雨中把车子掉头，一路开上二桥，高远的天空上有大片大片的铅灰色的云涌动，好像有一场铺天盖地的雨要来。

老K，我真想跟你就这样一直开一直开，不要回头。小女朋友说。

3

小女朋友要老K喊她小布丁，老K很乐意这么做，他觉得这个名字很配她。她长得很瘦弱，小个子，细骨棒，爱穿粉色、白色羊羔绒质地的衣服，上面会有两个耳朵，她一拉其中的一个绳索，耳朵就会立马竖起来或者折下去。Yes是一下，No是两下，当她心情好的时候，就会用这种方式跟老K说话。

其实老K也想去单位看看，他不喜欢下雨天，但他喜欢下雨天的院子，特别是春天，站在办公室窗前看楼下的院子。

春天的长江中下游，总是一场雨连着一场雨，大的，小的，小的，大的，反正没什么歇气的时候。唉，真想把屋顶掀开来晒晒啊。之前住在老里弄时，老K的母亲总这样说。所以他不喜欢下雨，不喜欢那种无处不在的黏湿感，但现在，他喜欢院子里的下雨天。春天，院子里的各种树都喝饱了雨水，樟树换新叶，苹果和海棠在一夜之间冒出了花蕾，就连松树的松针都显得格外油绿。老K最喜欢的还是樟树，从高处向下俯视，硕大无朋的樟树树冠，真像一朵淡绿色的轻云，老K也喜欢狂风猛烈地去摇动它们，让它们的枝叶往这边吹，又往那边吹，发出沙沙的美妙乐音。

有时候雨停的那一刻，老K就在想，要是水泥地面都长出绿草，绵延开去，马儿站在树下，清风吹动树叶，把樟树红色的老叶吹落到马身上，马吃一会儿草，看一会儿苹果花，看一会儿海棠花，再用嘴巴把身上的樟树叶叼下来……老K觉得自己是春天的一部分,仿佛要弥散在这春风里了。

到了单位楼下,老K本想让小布丁在车里等他,可她提出要跟老K一块儿去办公室看看,老K犹豫了一下,还是答应了。

老K拖着小布丁,走得很慢,他感到她最近又瘦了,从走廊那头走到这头像是要了她半条小命,这令老K心疼不已,要不是在单位,他恨不得将她扛在肩上。

他们去工会主席那儿领了蛋糕卡和电影券,因为带了女朋友来,少不了多说几句话,多开几个玩笑,然后两人又去了老K的办公室,办公室长年没人来,到处布满灰尘,老K请女朋友站在外面,他找了块抹布,先把沙发、茶几擦了一下,才请她进来。

刚进来坐定,小布丁正满怀兴致地这里看看、那里瞄瞄,斜对面的电梯就丁零一声开了,从里面走出来一个高个子女人,后面跟着一个大胖小伙子推着轮椅,轮椅上坐着一个嘴眼歪斜的小个子老太太。

女人眼里含着悲戚,但尽量显得很平静,她向前走了几步,尽量用温和而不失威严的声音说,我找你们局长。

本来走廊上还有几个人正在说话办事,或端着杯子喝茶,看到女人之后,都闪回了办公室。

安静了片刻,不知谁回了句,局长不在。

女人没有要走的意思,也没有一间一间地去找局长,而是站定,尽量克制了声音里的愤怒,用平缓的语气慢慢说道,你们不能这么做,把大家做的事情,都推到老葛一个人头上。我也不会让你们这么做的。声音不算很大,但足可以传到每一间办公室里。老K注意到,整层楼都安静了,仿佛这声音通过空气传到每个人的耳膜中了,大家正在心里掂量这句话的分量。

老K想起来了,这是单位会计老葛的老婆。曾经有一次,单位组织春游,老葛把老婆带去了,那大概是大家第一次见她,惹得几位领导拍着老葛的肩膀说他艳福不浅。其实她也不是特别漂亮,只是个子高,话不多,看上去有几分高冷。有段时间,老K跟老葛走得比较近,两人都爱下象棋,而且棋艺相当,所以特别爱凑在一起厮杀。有一次,下班了,天都黑了,两人还在办公室下棋,他老婆找来了,也没说什么,只是静静地在办公室外站着,等着他们下完。后来呢,老K突然就对象棋失去了兴趣,跟老葛都没联系了,自然就没再见过她了。

女人说完,并没有要走的意思,但似乎也不知道接下来该怎么办。老K和小布丁站在门口,你看看我,我看看你,有点儿尴尬。就在这时,老K看到女人的肩膀耸动起来,似乎在抽泣,他有点儿看不下去了,把三人让到办公室来。又涮了水壶,给三人烧了开水。可女人端着水杯,却什么也不愿意说,只说,这事你没参与,你不知道,现在也没必要知道。老K本也不是八卦的人,知不知道无所谓,坐了一会儿,就把女人一家送回去了。可他,还是被这事儿给缠住了。

第二天,老K没去单位,手机响了,他从小女朋友的脚头边伸出脑袋来,摸到手机,一看,是单位一哥们儿打来的。这哥们儿跟他关系不错,有时候会一起去球馆打球,一年会碰在一起喝两次酒,但一大清早给他打电话,还是头一回。简单寒暄了两句,那哥们儿便问,老葛的老婆跟你说什么了?什么也没说啊,她不愿意说,说我没参与。老K的大脑还没醒过来,何况在小女朋友的床上,他可不想撒谎。但即便如此,他也能听得出来,那头在犹豫,在考量他的话。老K感到,这个电话是别人让他打的。犹疑了片刻，那哥们儿笑了，又恢复了那种惯常的轻松语调，说，老K，有时间还是要来上班呐，不能荒淫误事啊。老K一阵大笑，笑得鼻涕都快出来了，说，好好好，荒淫也不误事。说着，他就挂了电话。可这事儿还是没完。

又过了一天，晚上七点多钟，天已经很黑了，下着倾盆大雨，老K收到了一份快递，是寄到小布丁住处来的。老K心想，我没买东西啊，但还是撑着伞去拿了。街上已经掌了灯，里弄各家各户的窗户里也都透出温馨的灯光，几家做生意的小咖啡馆和书吧都亮起了闪烁的灯带，其他居民都在做饭，煎炒烹炸、鲜香麻辣，各种市井生活的气息伴着雨声涌到了老K面前。他往外走，雨点打在黑布伞上噼噼啪啪，轰然作响，又顺着伞沿流到地上，地上已有一鞋板厚的积水了，又被这雨水砸出大大小小的坑来。弄堂口就是繁华的街道，川流不息的车灯正在外面闪烁，红的、黄的，各种颜色，倒映在这一长条的雨水里，又被雨打碎，跳跃着，闪烁着，像一幅凡·高的画。不，比凡·高的画更灵动。

积水漫过了凉鞋，把老K的脚丫子都打湿了，他有点不适，感到这水很脏，他想，待会儿一回去，一定要用热水好好冲一下脚，不然要得脚气了。老K就这么一路走一路想，不知不觉已经到了弄堂口，他看到那个高大的快递员已经拿着快递等在门口，神情有一点儿不耐烦。他接过来，问了句，什么？不知道，一个本子。他说，带一点儿鼻音。老K朝他看了一眼，他穿着雨衣，戴着帽子，帽檐压得很低，连他的脸还没看清，就转身走了。老K站在雨里，把快递拆开，将包装袋扔进旁边的垃圾桶。拿在老K手里的是一个账本，崭新的。老K以为上面会写点什么，但他从第一页翻到最后一页，什么也没有。他想再看看快递袋，但它已经进了垃圾桶。去翻垃圾桶？显然也没有必要，想要你知道的人，总会让你知道的。

老K撑着伞，把账本夹在腋下，回了咖啡馆。他把账本往桌上一放，就去卫生间了。

怎么，你买了个账本？小布丁问，她趴在桌上，饶有兴致地翻动起来。

不是，大概是你的哪个粉丝，见你总亏本，特地给你买了个账本，让你记记账。老K并没忘记冲他的脚丫子，他在卫生间把水放得哗哗响。突然，他一拍脑袋，明白过来了，怕是被人利用了。

果然，第二天早上，上班时间一到，那个沉寂了大半年的单位QQ群，突然有人发了一组照片。老K收快递的，老K叼着烟在灯下拆快递的，老K翻看账本的，老K把账本夹在腋下走回里弄的……有一张老K仔细点开看了，照片上有他，也有那个高大的快递员，照片上四分之三都是快递员的背影，老K只在他的帽檐下有几厘米高。如果从这张照片看，当时拍照的人就躲在弄堂口对街的屋檐下。老K回忆了一下，想不起那天有谁躲在那里举起了相机。弄堂口灯红酒绿，路过的车辆络绎不绝，再加上那天又下着雨，所有人都打着伞，为那人提供了有利的掩体。

老K点开了那个发照片的QQ，是一个新号码，没申请两天，里面相册、说说，什么内容也没有。那是谁把他加到单位群里的呢？老K问了管理员，都说不是谁拉的，是他自己搜索群号申请的，说是楼下广告社的，要传资料。他这还真是发广告来的，广而告之……

种种迹象看来，那就是蓄谋已久的了？这搞得老K半上午都没心思做事，他心性单纯，最讨厌这些乱七八糟的事儿，一有点儿什么，就弄得他五心烦躁的。可偏偏等了一上午，到十一点多，才等来了第一个电话，是副书记老王的。老王是单位的一个人精，小个子，长得黑，枯瘦，你看他走路，就感觉像一个树精在移动。他象棋下得极好，全单位第一名，可没人愿意跟他下，不是怕输，是因为他下一粒子儿可以想半上午。

老王说，老K啊，你收到一个账本了？

是啊是啊。老K甚至都有点儿兴奋了。

啊哈哈，老王打着哈哈，写的什么呀？

无字天书！

啊？一个字儿都没有？

千真万确。

真一个字儿都没有？

真没有！

那是你买的？不是。那是谁寄的呢？不知道啊。对话有点儿绕，大概就是这么几句，没什么意思，只是到临了，老王突然红缨枪一挺，向里捅了一枪。老王说，老K呀，我知道你跟老葛关系好，爱跟老葛喝点儿小酒，老葛原来还想把自己的姨妹介绍给你，你们在中山公园的石桥上约过两次会，我听说你还跟他姨妹拉过小手儿，亲没亲嘴儿我就不知道了，也许有，也许没有，但……老K急了，连忙打断他，说，哪有什么亲嘴儿啊！他正想说，他那姨妹长得跟姨姐可是有天壤之别，不知道为什么，姐俩儿这么大区别，却突然又感到不对劲了，说，你调查我？你们调查我？喂，老王，你们这就不地道了啊。

老王连忙在电话那边扇了自己一耳光，说，你瞧我这嘴巴，你知道，我这嘴巴是有点碎，但我想说的关键是在那个"但"字后面的，但你不能包庇他呀，你不能跟给你发工资养你的单位为敌呀。

我哪有？

你保护他那个账本干吗？

我说了，那个账本是空的！空白的，崭新的！

那谁给你寄了个崭新的、空白的账本呢？

我也不知道啊！

你没看地址？

我拆下包装就扔了啊。

为什么要扔？

因为脏啊，这是我的习惯。

那你查一下啊……

老K突然陷入了一种绝望，他不知该如何跟老王解释他是怎么收到这个账本的，也不知该如何解释他才会相信他根本不知道是谁寄的。

老K怒气冲冲挂了电话，看到那本无字账本赫然摊开放在吧台上，气不打一处来，狠狠一拳砸了上去——账本没痛，他却疼得咧嘴——他突然想到，自己有领到快递就拆封的习惯，大部分人也有，但不是所有人都有啊，假如，他领到了快递，没有拆封，直接夹在腋下，回了咖啡馆，会怎样呢？他们追着跟踪拍摄？他马上明白过来，咖啡馆是个营业场所，他们当然可以追过来拍摄。或许，或许那个快递员也是假的？

要不，给老葛的老婆打个电话，问问？可老K想起她抽泣的肩头，怎么问呢？是你给我寄的账本，拍的照片？问不出口。再说，如果人家真要这么做了，也就是横下心来要你进局了，问个啥？问个锤子哟！

老K感到自己的头快被钻子钻穿了，他倒在沙发上，伸出双手来给可怜的自己揉着太阳穴，同时，心里涌起了多年来在单位积攒起来的对琐事与庸俗的厌恶感，一股反胃的感觉瞬间从下腹直冲胸口，让他猛然俯下身去，干呕了两口。

4

这件事不难。

老K在龟山上摆了一道茶局，请我们喝茶，要我们给他解局。我们都说这事不难。

你想啊，出手的，必定是有利可图的。我们解释给他听。

你们说老葛家？他们想拉我入局？不太像啊，如果真有什么，那天在单位直接告诉我不就得了？老K不解。

也许他们手里根本就没有所谓的账本呢。老岳敲着坚硬的黄花梨茶桌，木板发出沉闷又悦耳的响声。

他们知道你的社会关系，想利用这个虚张声势。

老K不作声了，他歪在圆椅里，仰头看着天花板，手掌搁在桌上，油光可鉴的桌面倒映出他的手指，这双手修长白净，连指甲都剪得很干净。他有点接受不了这个，老葛一家利用他？利用就利用呗，直说不行吗？还把他卷进来，被动地卷进来，他们不知道吗，他是喜欢简单的人。老K走了出去，走到阳台上，外面还在下着小雨，像雾一样的小雨濡湿了一切。浩瀚的长江就在眼底，细雨行舟，一切都朦朦胧胧的，但还是能看到对面的蛇山，黄鹤楼的琉璃瓦片掩映在绿树丛中。这时候,应该画一幅画,题上烟雨江南,或者写上,烟花三月下扬州。可惜,他现在都是在干什么啊。

还有一种可能,也许不是老葛家。出手的还有第三方——希望事态变得更复杂的人。希望你跟局长继续纠缠下去,或者说,希望老葛跟局长继续纠缠下去。老岳灌了一杯茶,大概是茶太好了,他不好意思不把自己的全部智慧贡献出来。

可老K不吱声了,他俯身趴在栏杆上,远眺着对面蛇山上的黄鹤楼,他在想,唐玄宗开元十五年(727),李白出蜀壮游,寓居安陆,与长他十二岁的孟浩然结下深厚的友谊。开元十八年(730)三月,李白得知孟浩然要去广陵,便托人带信,约在黄鹤楼相见,写下千古名作《送孟浩然之广陵》,几天后,孟浩然乘船东下。为什么是乘船,而不是骑马呢?当然是乘船,那时候乘船轻便,速度又快,李白不是有诗曰,千里江陵一日还吗?

孟浩然去广陵是公干还是私游?孟浩然一生没有入仕,曾数次往返于长安求仕。最著名的是那次,因张说私邀他入内署,玄宗突然来了,他竟然躲到了床下,后来玄宗还是知道了,张说不敢隐瞒,玄宗叫他出来。他出来吟诵自己的诗,却念到一句"不才明主弃,多病故人疏",玄宗不悦,当即说:"卿不求仕,而朕未尝弃卿,奈何诬我!"于是放归襄阳。此后,他又几次往返于长安和洛阳,却再也没有得到这么好的机会了。

茶楼建得很雅致,三面都是落地大窗,风吹起好似轻纱一样的窗幔在老K身后舞动着,他留给我们一个落寞的背影。

这事儿,也未必完全是件坏事呀,三岔口,看你怎么选了。老K,你积极点儿,迎难而上,说不定又打开另一番局面呢!

何不顺流而下

老K没有理老岳。

事态没有变得更明了，王书记又给老K打了几次电话，还请他去了几次单位，无非是找他谈话，希望他交出账本。老K忍无可忍，夹着那个空账本就去了，可老王把账本从第一页翻到最后一页，每一个小格子都认真查看了，最后思忖半天，把眉头的每一根神经都快拧断了，才开口说，就是这个？

就是这个，我打赌，不是这个我把我的K字倒着写。

你的K字倒着写还是K呀。老王说。

他走过去，给老K倒了杯茶，今年的新茶，上面浮着一层细腻的绒毛，草木的馨香扑鼻。他亲自端给老K，又趁老K接茶的时候，拍了拍他的肩膀，说，小伙子，有，就交出来，这个关系到单位的生死存亡呢。

老K又急了，说，就是这个啊。

老王连忙把手掌往下压，示意他平静下来，说，小伙子，这是你的一个好机会啊。局长很器重你呢。

老K坐下去又弹起来了，他表示很无奈，说，真是这个啊！您为什么不相信我呢？

老王没有回答他的问题，而是说，老K啊，我是你的朋友，但现在我是以纪委书记的身份跟你谈话啊。

王书记，我知道，我从踏进这个门那一刻就知道。老K被磨得疲软不堪，声音里已带了祈求，可王书记却丝毫不为所动，说，那为什么他要寄一个空账本给你呢？有什么作用呢？

有可能根本就是吓你们的。瞧，你们不是被吓得不轻吗？老K想这么说，可是不敢，他跟他们耗不起，他们可以打车轮战，对付他一个人，他能吃得消吗？当然吃不消，这么三天两头跑单位，害得他跟小布丁亲热的心思都没有了，再这么耗下去，怕是要连那什么功能都消失了。

要不，你查查，看看是谁寄给你的？老王又说，一张皱脸装出一副亲热的样子。

快递袋早进了城市的回收系统。

可以从你的手机号查起，顺丰，圆通，百世……逐个排除嘛。

老K脑海里浮现出那个浩大的工程，所有的快递公司，一个一个地打电话，查询给这个手机号码寄过快递的电话、联系人……可我又如何证明他们给我寄的是一个空账本呢？老K陷入了一种深深的绝望之中。

要不，你写个证明，证明老葛寄给你的就是这个空账本，或者说，你也认同老葛有罪……

老K似乎醒了，终于用自己的眼光看了老王一眼，突然站了起来，问，这个跟我有关系吗？我收到一个快递，怎么了？不是单位的公共财产吧？不是贪污的，也不是偷的你老王的吧？我为什么要配合你调查？

老王一愣，还没来得及回答，老K又说，还三番五次？我想请问，我收到什么东西跟你有关吗？没必要向你汇报吧？同时，我要郑重地说一句，我，从来，没有认为老葛有罪！如果有，那一定是你们栽赃的！

说着，趁老王的眼珠子还没掉下来的当儿，老K走了出去。

你你你！这是你的单位哈，小伙子，你可想好了，你就这么走出去了，你还回来不？

听到这句话，老K停下脚步，的确，这个问题他还没想好，那么就从现在开始，他要好好考虑一下了。一匹棕红色的高头大马在老K的脑海里奔驰而过。他眼里又浮现出那匹系在海棠树下的马，它正一点一点地被小轿车挤去位置，它被挤在车和车之间的空隙里，低垂着头，眼里露出难过的神色，连尾巴都甩不开。

5

老子不干了！本老爷不屑与你们为伍！你们这些社会的残渣，知识分子的败类！

小爷我天戴其苍，地履其黄，我是天地之间，五百年间一顶天立地的男儿，我岂能为你区区五斗米折腰！

后来，在无数个酒足饭饱的残局，老K的这段挥手，成为炙手可热的保留节目，不断被我们演绎，老岳、老檀、老肖都演过，他们也拉我演过，我们都加上了夸张的语言和动作，只是我不明白，为什么要在五斗米前面加上"区区"二字呢？音韵效果，音韵效果，纯粹是为了顺口，老岳说。

可事实呢，老K悄悄跟我说，我就说了一句话，我不干了，就走了。

你看，英雄就是这么乏味，其他的，都是我们想象出来的。说不干就不干，当然是痛快的，可老K也为此付出了代价，笼中鸟，失去了自由，但起码每天有吃的，现在老K得自己找食儿，何况他还养着一个花钱如流水的小女朋友。第一个星期，老K闷在家里画了一打花鸟，第二个星期画了一打人物，第三个星期准备画山水，我推门进去看他，吓了一大跳，胡子眉毛寸把长，他惯常留的那个山羊胡子卷曲而发翘，好似可疑的蛇形弓。一定是太久没喝酒，太久没吃肉了，连胡子都营养不良了！我不由分说拉着他去了酒馆，三杯酒下肚，老K的脸色才红润起来。

老K的功底在那里，名气也有一些，可卖画这个事，毕竟武汉不比北京，市场就那么一小块儿，何况老K还不愿意画行画，酒馆茶楼要的，他不愿意画，他画好的，别人又不一定买得起，虽说是三年不开张，开张吃三年，可如果想急用钱，或者过安稳日子，肯定是不现实的。但老K硬是没叫过一声苦，每次聚会，依然抢着买单，我买我买我买！他的声音总是最大，有时候醉了，趴在桌上，要睡着了，嘴里还不忘嘟囔那句，我买单。

但老K还是挺过了那段艰难的日子，不是看他的出手，也不是看他和小女朋友的穿戴，而是看他的神色。过了一段日子，他便能一约就出来了，吃饭喝茶，能放松地坐在那儿，想说话时说两句，不想说时低头沉默，或拿毛笔随便在纸上画点什么，而不是随时都想着要买单。我便放心了，知道他心里有底气了。我听老檀说，那段时间，他画了一组四幅《送孟浩然之广陵》，非常好，不论是外行还是内行，但凡读过点儿书的，一看就觉得非常好，有功力，有劲道，有气蕴，苍茫的水墨气蕴之上还有高远。一个广州老板拿全屋的红木家具换了这四幅画，第二次来时，见老K又挂了一幅在那里，他给老K添了个零，跟他约定，以后再不许画这个题材的了。老K果然不画孟浩然去广陵了，他画孟浩然在襄阳，李白在钟南山，孟浩然锄豆，李白醉酒，王摩诘在辋川别墅晒肚皮……有的没的，他都画，画了别人没画过的题材，画出了别人画不出的味道，那些人像活在他心中似的，随随便便就那么几笔——惜墨，好像墨是金子做的似的，几根线条，几点淡墨，但大家一看，都觉得像，谁也没见过李白、孟浩然、王摩诘，但都觉得他们就应该是那个样子，一举手一投足，就是从诗中走出来的李白、孟浩然、王摩诘。

辞职是一个坎儿，老K挺过去了，这也成就了他，当今画坛的文人画，有他的一席之地。老檀说。我们那次碰面是在一个饭局，已是冬天了，我们俩分别是两拨朋友带去的，一落座，看到隔着桌上的是老熟人，想要换位子，已经来不及了，坐下吃完后，我们俩在饭店大堂里边抽烟边聊了两句，话题自然绕不开老K。老檀跟字画行当沾点儿边，做红木生意的，好像久而久之沾染上了木头的习性，他话不多，但说一句就像钉了根木桩。他这么说着，我们俩都凑在烟灰缸上弹了弹烟灰，看着对方的眼睛，露出了一丝宽慰。

那个老葛。他就这么丢了半截子话头，等着我问，哪个老葛？我确实一会儿没想起来。你不记得了？老檀看着我，拧着眉头问。确实不记得了。老檀就没有话了。我们俩默默地抽了一会儿烟，好半天，他又问了一句：老K跟他的小女朋友怎么样了？

我看着老檀，他把过滤嘴塞回嘴里，眼睛看着前方，有点儿迟疑。他话不多，这么一问，就问得我心里一紧，连忙问，怎么了？还好吧，我前几天还看到他带她来老肖那里吃烤虾。老檀迟疑地看了我一眼，含含混混地说，问题就在这里，他们分了没有？

我当时没想明白，心里想，这个老檀怎么回事，不是说了吗，好着呢，怎么偏要问人家分没分呢？以为他可能多喝了两杯，就没再接他的话，然而，实际问题正出在这里。

或者说，往深想一点，问题就出在老K太喜欢小布丁了。

老K遇到小布丁，在我们看来，那就像他遇到了自己钟情的那一类艺术品，真正的一块雪糕，放在嘴里怕融化得太快，拿在手上呢，又怕粘了灰，还怕太阳烤哩。他对她几乎百依百顺，然而这年代的小女孩，哪像我们那个年代的，还有点贤良淑德，她可是什么都不管不顾。实际上，老K在她那里一直没捞着什么好处。每次去她那里之前，老K都围着里弄前前后后跑三圈，一边跑还要一边拿着冰绿茶——不是康师傅那冰绿茶，是真正的绿茶，里面加了冰块的货真价实的冰绿茶，一边跑一边喝，为的是泻火。老K跟小布丁没有男女之实，两人睡也睡过，但老K大多数时候睡在脚头，偶尔抱着她睡一晚，那都是她抑郁症发作的时候，一边拍着哄着，一边给她揩眼泪。这事老K跟我说过，也是他喝得过了几分的时候说的，一脸的衰字，他问，你说，这到底是她有问题呢，还是我有问题呢？老K交往过几任女朋友，我们知道他没问题，但小布丁，她就有问题？我看不是，估计是你们俩的问题。我想说，但没说，现在说这个没意思。我说，你图什么呢？缺一祖宗供着吗？他没回答，脸呈猪肝色，红润里透着乌气，眼睛、嘴角都向下撇着，像一个刚失去江山的太子，头发丝里也能挤出眼泪来。我不忍心看他，把眼睛掉转向别处，拍了拍他的肩膀。后来好长一段时间，老K都不敢看我的眼睛，他大概后悔跟我说了。我也只好装作忘了这事，慢慢地，也就真忘了。但老檀这么一说，回家后，我酒一醒，就想起来了。

这事让我心里有个结，这个结让我坐在书房抽了两根烟，但也仅此而已。过了那天，我也只好选择把它遗忘了，人家的私房事，关乎男人的尊严，兄弟最好装作不知道，即使看见了，也要假装没看见，像石秀那样，把潘巧云扯到杨雄面前，硬把她脑袋往他刀底下塞的事儿，我们不能干。我想老檀也是这么想的吧。

6

也不知是怎么的，老K就知道老葛他儿子的事儿了。据说，是这么回事。

有一天，老K下午没事，就在小布丁的咖啡馆闲坐，正在门口抽烟的那会儿，遇到原单位的老马带几个外国友人去那儿看老建筑，老K留老马多坐会儿，老马就让他们先逛去了。两人坐着喝茶抽烟的时候，老马就找话说，就说到了老葛，他说，你知道吗，老葛进去了。

哦。老K愣了一下，但也没有太吃惊，只是心里多多少少有些悲凉。从他进单位起，老葛就在那里当会计，戴黑框眼镜，戴袖套，客气而严谨，不论你差他，还是他差你，连五毛钱都是不行的，没想到，现在落了这么个下场。

也许是他没有接话，老马又说，你见过他儿子吧？老K点点头，一个高大壮实的年轻人，老马也点点头，说，他通过了今年的招考，到我们单位来了。

老K终是一愣，惊得烟头都差点掉了，半天才回过神来，等回过神来的时候，老马看着他，说了段掏心窝子的话，他说，老K呀，你有时候太较真，有时候太实诚。老葛那事，我们都知道是怎么回事，为这事儿，把工作丢了，不值得。他摇着头，快把脑袋摇掉了。继而，看了看老K的脸色，又马上说，不过，你走了也好，哈哈哈，你现在更好了更好了。

正说着，外国友人已转回来了，老马便走了出去，走到院门口，他转回头来，朝老K挥了挥手，说，别往心里去哈，有时间来单位玩儿。

老K坐着抽了根烟，把整件事情想了一遍，离开单位当然是对的，可，可什么呢，他说不上来，感觉那种不自在、那种污浊仍然跟着他。他把烟蒂弹出去，弹到了门口的睡莲池里，几条昭和三色摇头摆尾地游过来，大概以为有人投食了，老K看了看，进到里间，准备做晚饭。

这天的晚饭，老K老早就备下的，他打算做寿司、三文鱼、海鲜刺身，原本他心情很好，当然，这会儿也没有坏掉，他关掉手机和音响，开始专注地对待大米、紫菜、鱼虾和芥末。

晚餐很成功，小布丁吃得很高兴，吃了两块寿司、两片三文鱼、三小块海参，对于她来说，这已经是非常多了。老K很高兴，摸了一下她的小鼻头，说，就要这样吃下去呀，争取长胖一点呀。

这天晚上，破天荒的，小布丁没有让老K睡脚头。老K还在刷盘子，小布丁就穿着她的粉色芭比兔睡衣，躺在床上冲他招着手，老K一下没忍住，鼻血差点都冲出脑门儿了。他扔下刀叉，飞快擦了把手，以脱衣舞娘都比不上的速度，脱光了自己。老K扑到床上，抱住这个他心心念念想着的身体，开始像小猫一样舔着她，亲吻她的耳垂、眼睛、鼻子、脸颊，他顺着她的指引往下滑，锁骨，以及根根肋骨突显的胸脯。她抱住他的大脑袋，喘着粗气问他，喜欢吗喜欢吗？喜欢喜欢喜欢。他嘴里含着东西，含混不清地回答。他吻住了她的肚脐，那里有一个小小的银色脐环，老K刚认识小布丁的时候就见过这个脐环了，小布丁一走路一转身一跳舞的时候，那个铃铛就响起来，那个他从一开始就想念的脐环，终于咬在嘴里了。他用牙齿咬住，轻轻撕咬起来。喜欢吗喜欢吗？她还在问。喜欢喜欢喜欢！他一把握住她的细腰，往上一推，她惊叫了一声，继而说，轻点！

何不顺流而下

为什么要轻点为什么要轻点!

嘘!她把食指放在嘴上,轻声说,我怀孕了。

老K一愣,泰山差点就垮在眼前了,过了好一会儿,他才问,你不是开玩笑吧?

不是。小布丁脸上带着绯红,还陶醉在喜悦之中,我们很快就会有个儿子了,或许是个女儿,像你,或者像我,不好吗?

老K不知如何回答这话,他说,到现在他都没想明白,该如何回答这话。他从小布丁身上爬起来,没穿衣服,像个真正的"思想者"那样,在床沿上坐了一下。小布丁看到老K这态度,便开始哭泣,喃喃说着,你就是不爱我,你说的那些,都是假的,你还说为我做什么都可以,为什么不能跟我养个孩子呢?何况,他还要喊你爸爸。

老K说,说实在的,他很心疼,看见小布丁哭,他就很心疼,可是他更不知道该如何回答她的那些话,他便穿好衣服走了出去,他需要一个人静静。后来他走进了里弄的夜色里,咖啡馆和书吧依然闪烁着灯光,煎炒烹炸、鲜香麻辣,各种声音和味道依然迎面扑来,有些老住民已经认识他了,纷纷跟他打招呼,K画家,你吃了冇?K画家,喝一杯!可一句话都没传到老K的耳朵中,他失了魂一样地往外走。他走到里弄门口,再该往哪儿走呢?兜里的手机振动了一下,是他的大学老师发来的微信消息,是一篇公众号文章,题目是:孟浩然是吃蝙蝠死的!

紧接着,手机又振动了一下,还是老师发来的消息,上面写着:这是我最新考证出来的,千真万确,因为当地有一种迷信,认为吃蝙蝠可以壮阳。

老K感到自己像被雷电击中了一样,他想了想,随即将手机如同丢那个快递袋一样，丢进了垃圾桶。

7

第二年的四月，春汛涨起来的时候，我收到了一封来自天兴洲的短笺。拆开后，发现是老K写的，当然是老K写的，我应该想到，只有老K会给我写信。

他在信中描述了一个新的世外桃源。

他说，他回到了故乡，那个他很小时跟着父亲一起回去过的故乡，那个西瓜很甜的故乡。就在武汉的下游。那时候，只要在街上喊一嗓子，天兴洲的西瓜咯，便能从众多西瓜中脱颖而出。现在，天兴洲整体搬迁了，留下了非常多的房屋、浅滩、沙洲、草坡，还有田地。他终于买了一匹枣红色的马，高大，矫健，毛皮油光发亮，他托朋友运到了洲上。

他还说，他种了很多西瓜，闲时也画画，但不急着卖，更多的时候，是跟马一起迎风跑步，有时候他跟着马跑，有时候马跟着他跑。洲上困难的是没有电，他得完全靠太阳光过活，太阳出来的时候起床，太阳落下的时候睡觉，晴天的时候出门，雨天的时候画画。但令他难过的是，寄信太难，他等了半年，才等到了一艘愿意在天兴洲停靠的游船。

我可能不会再给你写信了。在信的末尾，他说，来吧，最好是夏天来，西瓜熟了，一个个圆鼓鼓地铺满了地面。在月光下，我们坐在瓜地里喝酒，啪，用拳头砸开一个瓜，就用西瓜下酒，甘甜可口，我保证你没吃过这么甜的西瓜。月亮一望无垠，瓜地一望无垠，瓜地里有窸窣的声音靠近，那是兔子、刺猬和野狐狸，它们也想来吃西瓜。当然，还有枣红马的声音，它唰唰地甩着尾巴，远远地站着，像是在看月亮，又像是在看我们。

我把信放下，站在窗前，点了一支烟，我不知道什么时候能去天兴洲，春天？夏天？或者永远也去不了？

2020 年 4 月 27 日

良宵引

1

赴约之前,海棠认真洗了澡更了衣。

卫生间的水压很大,她把水温调高了些,水花的瀑布从头顶倾泻,打在海棠裸露的脊背上。水汽弥漫开来,影子只剩下模糊白腻的一条。

海棠身材保持得很好,宛若少女——当然,只能是宛若——直,薄,光滑,白里带一点象牙黄,是恰到好处的高级。但谁也不知道她为此付出了多大的努力。几次去影楼拍写真,摄影师都要给她来一组背部特写,趴在地上,随便做几个动作,勾一勾腿,便是一张大片儿。有一次下着春雨,海棠赴朋友之约,偶然路过影楼,看到自己的露背照片变成了巨幅海报,从楼顶垂到一楼。影楼当然没有付广告费,甚至连招呼都没打一声,不过只露了小半张脸,而且用双手捂着,海棠看见自己在照片里笑得那么迷人,路过的男人女人都要抬头看一看,也便作罢了。

海棠双手按在太阳穴,用力按摩了很久,疼痛才慢慢消退。热水流过脖颈,胸,腰,小腹,滑过小腿,及至落到她枯瘦的双脚上。她翻过来看自己的双手,同样枯瘦,细,长,关节处稍稍突出,高中时因题海战而变凸的中指关节至今还没有平复。

海棠仰起头,热水流过胸前,一股暖流像要击退皮下的坚冰似的,这种感觉诱使她想把水温调得再高一点,但理智制止了她这么做,胸前的皮肤已感到阵阵灼痛。海棠的胸型,小巧圆润,微微上翘。她的右手从左边腋下伸上来，抓住左乳两侧，轻轻揉捏起来，伴随着热水的冲刷，乳腺里的冰冷和胀痛似乎在慢慢消失。

有一段时间，海棠频繁地往医院跑，甲状腺，乳腺，卵巢，子宫，几乎每一个器官都在提醒它们的存在。最近一次是乳腺，那个做检查的女医生，在探头上涂上凝胶，一边在海棠的乳房两侧扫描，一边啧啧赞叹，真好看真好看，这么好看，是真胸吗？——什么问题？

说着，医生还用手在上面按压了一下。

当然是。胀痛。天一冷，里面冻得像冰块一样，疼。

医生又仔细扫描了一遍，说，左胸外侧有少量乳腺增生，少量，这次我就不报了。

哦，谢谢医生。医生把两张卫生纸扔给海棠，她坐了起来，医生转过身来，正好平视着她的眼睛，海棠的心骤然提了起来，紧张地盯着她，只见她认真地看着海棠，问，未婚？海棠嗯了一声。也没有男朋友？海棠点了点头。医生又转过身去，机械地喊着下一个，说，不如有时间的时候自己揉揉。

海棠的脸一下从脖根红到了耳根，她感到脸发烫，眼眶发胀。她想起大学时看过朱德庸的漫画，一个女人向另一个女人介绍化妆刷，一号刷子用来刷眼影，三号刷子用来刷粉底，五号刷子用来刷腮红。

那这个呢？女人拿起最后那支大刷子，问。

另一个女人回答，如果你还没有男人，那这个，就用来刷你身上的蜘蛛网。

海棠笑了一声，没想到自己到了这步田地。

不过，尴尬归尴尬，医生的那个方法还挺管用，海棠发觉乳房下的硬块在缩小，终于不用在来例假或者天冷时，痛得像被野猫刚咬掉乳头一样。

热水做的珠帘，在浴室里跳动，整个浴室变成一团温暖的白气，将海棠包裹着。她转了个身，背靠墙面仰起头，将右手换成左手，揉捏起右边的乳房。

这副皮囊，跟着自己受苦了。海棠听到自己在感叹。在数以亿计的皮囊中，老天爷把这副指派给了她——或许是认真挑选，也或许是随意指派——它们以"我"这个媒介共同行走于人世。如果可以，她倒希望像对待一件软缎旗袍那样，珍视，呵护，捧在手心里，可是，在那些日复一日的漫长岁月中，她能压榨的，唯有她自己。长年累月的加班熬夜，无穷无尽的绞尽脑汁，让它已略显疲态。

她走到化妆镜前，用洗脸巾擦拭一番，镜子里浮现出脸色绯红的自己，她侧过身来，看到自己胸前的两条弧线，下面的弧线顶点还是高于上面的，上面坠着一颗扁扁的小樱桃，像一颗红色的桑葚一样，这会儿喝饱了水，还是一副饱满的样子。可是海棠知道，十多年前可不是这样的，那种饱满呼之欲出——就像十多年前的自己，青春，热情，有力量，冒着傻气。

水雾很快反扑回来，镜子里的海棠只剩下模糊白腻的一小块，黑暗张着巨大的口，仿佛要一口把海棠吞噬掉。

门外的柠檬发出嚎叫，那凄厉的声音叫海棠一颤，那是她养的猫，一只三岁的虎斑。最近，它有点不乖了，常常冲门外一声一声地嚎叫，那声音尖厉、持久，还伴随着疯狂的挠门，那要穿透一切的坚决，令海棠震惊，她只得打开大门，放它出去。大多数时候，它既找不到同伴，又找不到回来的路。几个小时过去了，海棠匆匆跑下去，它还在楼梯里嚎叫，它迷路了，那循环往复的楼梯，令它以为走不到头。

擦干身上的水珠，海棠穿上拖鞋，走出了浴室。

智能家居把窗纱拉上，室温调节到二十八摄氏度。海棠擦着头发，一段钢琴曲立即从音响里流出。

换一首吧。海棠说。

好的，美人，您想听什么，请对AI说。

来一首出征的吧。海棠撑着脑袋想了想。

好的，美人。音响里立即流出《出塞曲》。

哦，海棠露出了一个苦笑，不要这个，来点昂扬的吧。

音响里传出韩磊的《向天再借五百年》。海棠不由得露出一个无奈的表情，轻轻敲了三下圆几，AI安静了下来。

真的要这样吗？当《出塞曲》从音响里传出来时，海棠自己都吓了一跳，在自己心里，今晚将是一场艰难的战争？如果真是这样，何必非如此不可呢？海棠没有回答自己的问话。

她把头扎在毛衫的衣领处，深深地闻了一下，又扎下去，深深地吸了口气，这件毛衫昨天穿过一次——她有可能会把头扎在后脖颈处——她在上面闻到了一股淡淡的蜜粉香。她把毛衫抛在脏衣篮里，又从衣柜里拿出另一件卡其色毛衫。海棠有很多卡其色或灰色的毛衫，同一款她甚至会买两三件，一件穿旧了换另一件。

鄂冉约的是六点半，她还有好多时间可以好好化个妆。海棠坐到化妆镜前，柠檬跳上了梳妆台，海棠小心躲闪着，不想让它把毛掉到蜜粉里。可柠檬不乖，在化妆镜前走来走去，试图把瓶瓶罐罐推下去。

柠檬三岁了，还没有绝育。

2

是鄢冉约的海棠。

是初恋啊。北京大兴机场一落地，鄢冉就换了国内的手机号，给大学同学打电话，问海棠的近况、联系方式，对方嘲笑他，他一边绕过一辆即将撞上的行李车，一边大笑着自嘲。

鄢冉曾发誓不再搭理海棠。大一时，他们是一对恋人，只是偶然的一件小事，令海棠选择了高年级的学长。同学们都以为是学长更酷，其实，是海棠觉得学长更有情义——那时，他每天背一位身体残疾的老乡下楼晒太阳，而不巧，在那段时间，鄢冉说了一句什么话，令海棠一愣——在一个读多了文学作品，喜欢"以小见大"的少女身上，这一愣，让她有了足够的想象，她皱了皱眉头，决心和他分了手。

问题在于，鄢冉的父亲是考古系的教授，这场从一开始便过于高调的恋爱，让鄢冉觉得令父亲颜面扫地。他很快转入生物系——这倒让他因祸得福——在接下来的好多年，他不再搭理海棠，哪怕同学们有意调和，海棠主动跟他打招呼，他都能越过海棠，神情自若地跟其他同学聊天，他仿佛用孙行者的金箍棒在海棠周身画了一个圈，他的目光是绝不会越圆圈半步的。

他怎么想通的呢？海棠想，但不得而知。

有一天，有人加海棠，她通过了，看到那头一直在输入状态，但过了好半天，才打过来几个字：

你知道我是谁吗？

知道。

谁？

鄢冉。

咦，你怎么知道的？对方发来几个问号。

海棠哑然失笑，申请的时候显示的就是鄢冉——可能我们的共同好友太多，QQ连神秘感都去掉了。

那你怎么会加我？对方问。

那我怎么会加他？海棠问自己，为什么不呢？那时候，她正处于低谷期——她失去了一份工作和一个相处六年的男朋友。她好像一直处于风口浪尖，不时跌入低谷，咬紧牙关爬上来，然后又被抛入谷底，她就是在波涛汹涌的大海上行船，没错，她划着仅能承载一人的小舢板驶入这充满着急流险滩的大海，稍有不慎，便会被巨浪拍死在海上。等海棠失业加失恋的消息传到鄢冉那里，她其实已经喘息过来了，随时准备再投入另一份工作，可她只犹豫了一秒，便通过了申请。她知道他是来安慰她的，尽管她已不需要，尽管这段时间真的假的想安慰她的人很多——一方面要承受失业的压力，一方面还要应对这些安慰，才真是叫她苦不堪言。但她通过了，她想给自己一个机会，也给他一个机会，把多年前那个没有打好的句号打好。

但是鄢冉显然不是来打句号的。

他想打的是惊叹号，甚至省略号。

首先是回忆，鄢冉有许多关于他们俩的回忆，有些海棠记得，有些有一点模糊的影子，更多的，是那些她完全没印象的小事。

你的生日，你的生日就是我的灾难日啊。鄢冉会在凌晨打来电话。他们是在生日之后分手的。

有一次上新闻学概论，那个老教授点你回答问题，一个跟你名字相近的臭小子也站起来，教授看看你俩，不知怎么回事，你瞅瞅那家伙，他也瞅瞅你。你开始回答问题，那家伙还一句接一句地补充，所有同学都笑了。下课后，我把他拉到后山，狠狠揍了一顿……你不知道，你当然不知道……他有时打语音，有时是视频，更多是电话。视频时，他欲言又止，有时尴尬地扯一扯嘴角，慌乱，拘谨，看着她，盯着她，不错眼的——眼神里都有什么？热切，渴望，又犹疑，然后匆匆挂了。在刷牙的时候，上班和加班回家的路上，一个人吃晚餐的时候，海棠都能接到他的电话，有时海棠会疑惑，怎么这么绵密呢？但转念一想，或许多年没讲母语，妻子女儿又在国外，有时差，便也接受了这微微有些焦煳味的热络。

你怎么想通的呢？有一次，海棠忍不住问他。

嗯？

你不是下决心不理我的吗？海棠笑，拿眼梢瞟着他。

鄢冉先咧嘴一笑，然后说，那还不是因为你太美了吗。

正经人，说正经话。视频那头，海棠仍然在笑。

我不是。

我是。

鄢冉又一笑，说，是吗？那留个悬念吧——让我先想想。

回国之后，鄢冉受邀到处考察，讲学，建实验室。端午节的时候，海棠收到了一盆采自汨罗江边的菖蒲，紧接着收到两把手工矿物颜料苏扇，秋天是各地的各种水果，圣诞节是两箱正宗的阿克苏冰糖心苹果——楼下水果店就有，但小，丑陋——比一般红富士还要大的冰糖心苹果，海棠确实没见过。新年是台北故宫博物院的日历和明信片，上面还写着：愿祖国和平统一！生日的时候，是一瓶香水，海棠喷在围巾上试了试，却无法把这香味和鄢冉、和自己联系起来，她想了想，那大概还是十年前的鄢冉会喜欢的味道——围在他身边的娇小、可人、甜美女孩的气息。

这样一个人，一拨又一拨的温柔攻势，令海棠摸不着头脑，不过，他有礼有节，一点也不讨人嫌，关键时刻，还能帮忙分析职场形势，给她有用的指点，这样的男人，有哪个女人会拒绝呢？海棠想，何况，何况……她想起医生的话，想起有时候也会孤单，想起柠檬凄厉的叫声……想起一张白纸，若人生只是一张白纸，也会了无兴味啊。

出门前，海棠还是挑了那款香水——几乎是第一次用。只是，不知道这半旧的皮囊，配这欣欣然的香味，违不违和呢？海棠听到自己在自嘲。

向右打方向盘，车子驶入右转专用道，一辆外卖车冲出来，海棠连忙急刹车，电动车飘走了，头也没回。又一辆电动车从安全岛探出头，犹犹豫豫，是一位妈妈，带着女儿，母亲的雨衣帽被风吹翻了，头发上缀满了细碎的雨珠，海棠看着她，点点头，母亲得到授意，双脚离开地面，电动车从海棠面前驶过，后面的车按起了喇叭。海棠没理他，缓慢右转，却因此迎来了一个漫长的红灯。但海棠也安之若素地等待着。

车子上了引桥，接着，开上长江二桥。

整片的天空出现在海棠眼前，雨暂时停了，铅灰色的云吸饱了水，悬浮在天边。降下车窗，江风呼啦一下就灌进来，海棠闻到了江的气息，车内瞬间就被略带甜味的湿润空气灌满了。桥两侧的拉索犹如琴弦，不断后退，脚下，对岸的高楼正徐徐在眼前展开。

车子停在负二楼。电梯叮的一声，开了门，海棠上了电梯，透明的轿厢从地面跃出来，瞬间升上二楼，四楼，十五楼，六十楼，电梯停在六十六楼，海棠走了出来。透过四壁的玻璃，海棠看到武汉的夜色正在变浓。

海棠，你到哪里了？鄢冉来微信了，紧接着又发来一条，我刚落地，有点堵，你晚点出门。

她叹了口气，但没说自己已经到了，而是说，嗯，不着急。

猜猜我这次给你带什么了？他问。

他这次去的是云南，中缅边境，为那里的儿童设立了唇裂手术基金。鲜花？银饰？她猜了两次，但都没回音，他可能睡着了。海棠便没吭声，哪知过了十几分钟，他又发来消息，抱歉，刚有个电话进来了。错了，再猜，他说。但海棠已没有了兴趣，云南那么多好东西，他也许会带回来一箱腊猪蹄，谁猜得到呢。他似乎感受到海棠兴趣全无，便又说，你猜我这回碰到谁了？谁？还不等海棠猜下去，他便自己回答，你的击剑教练。

赵老师？

对，赵无极。

他去了云南？话一出口，海棠随即想起来，以前确实有同学说过，赵无极提前办了退休，随儿子去了云南，那年他儿子刚考上云大。

海棠不是很喜欢赵老师。

赵老师年轻时，有一位青梅竹马的女朋友，但双方家长都反对，赵老师一气之下，离开家，到省城求学、结婚生子。许多年，赵老师都没有再回老家。没想到，有一年冬天，初恋找到了赵老师。他们无处可去，在下着雪的校园里走过来走过去，抱头痛哭，喝酒，唱歌，又哭诉。他们惊动了实验室的学生，也震惊了他们，有人偷偷拍了视频，发到网上。赵老师瞬间火了，有人说赵老师窝囊，有人称女人是纯爱战士，有人给赵老师送白菊花，有人偷偷去看他上课。赵老师不堪其扰，又一次一甩袖子走了。女人原本在学校找了个保洁的工作，校方见她可怜，并没有辞退她，但没过多久，她就神神道道的，自己走丢了。

他在那儿干吗呢？

在一个景区，见人便推销药酒。

药酒？

各种药酒，跌打损伤的，清热解毒的，不孕不育的——我买了两百块的蛇药。

海棠听到自己在心里说了声，活该。

3

侍者领着海棠来到一处靠窗的座位，他帮海棠拉开座椅，挪开桌上的鲜花，海棠看到长江两岸的灯光亮了，随着轮船缓缓驶过，她似乎听到了不真切的汽笛声。侍者微弓着身子，给海棠倒上柠檬水。四壁响着轻柔的音乐，这会儿传出嘶嘶声，一个年轻男子的声音从广播里传来：为您播报一则天气预警，今晚七时到九时，即将迎来暴雨橙色预警……

哦，要下大雨了。年轻侍者小声说。

是啊。海棠看了他一眼，没再作声。

海棠没有因为不喜欢赵老师而放弃击剑，甚至，在参加工作多年后，还坚持在俱乐部锻炼。

击剑讲究快和进攻，但海棠生性并非如此。有些人把攻击性和生命力展现在工作里，生活中却是温和甚至窝囊的。而另一些人，则反之。赵无极显然属于前者，海棠在生活和工作里都不算进攻型，但她在击剑里释放了这一点。

穿上防护服，持剑，向对方和教练敬礼。戴好护面，裁判下令，比赛便开始。海棠手持花剑，弓步上前，快速带动全身前进，手腕轻压，剑头向对方胸前刺去，对方轻挑手腕，将剑尖挑离自己，海棠再快速向左前方跃进一步，轻抖手腕，柔韧的剑头在重力的作用向下，击打对方的左胸。电子裁判器灯亮，计时停止，裁判宣布海棠获得一分。

小董教练贴心地递上水杯和热毛巾，海棠接住，冲他笑了一下，他也回应了海棠一个笑容。表现很好，继续加油！他给她比了个手势。董教练比海棠小十几岁，刚从省队退役。相比很多粗壮的运动员，董教练纤细灵活得多——大概他身上还带着孩子的淳朴，让海棠觉得很亲近。新年快乐。早点休息。怎么今天略显疲惫，是工作不顺利吗？要不今天少练一会儿……前一任教练离职后，海棠在董教练这里续卡，他想跟海棠把关系保持好，抛开应有的礼数之外，常常多表示一份关心——这，似乎是时下管用的营销方式。在海棠为数不多的几条朋友圈里，小董积极点赞，并发私信给她：海棠姐好美哟！今天吃得真好，小心长肉肉哟，记得明天来锻炼……大多数时候，海棠都没有回应他，她屏蔽了所有工作伙伴，其实也可以屏蔽他的，但她想了想，又安慰自己，何必多此一举呢？——她的脸一红，仿佛也察觉到了自己的心虚。

海棠坐在落地玻璃窗前，看着楼下抽出细枝嫩芽的栾树，怀里抱着刚刚安静下来的柠檬，到底要不要给它绝育？海棠苦恼了很久，这么漂亮的猫，还没生一窝呢。邻居不嫌柠檬吵，主动预订了它的孩子。春风撩动窗纱，窗纱吹拂着海棠的脚踝，她穿着棉拖鞋，没穿袜子，白白的一截脚踝露出来，海棠把目光在上面停留了两秒，又看向楼下的花园——春色正铺天盖地而来，没开窗，但几乎都能闻到草木因繁衍而产生的各种湿热气息。

忽见陌头杨柳色，悔教夫婿觅封侯。王昌龄的一句诗突然跳入海棠的脑海，这是前段时间团建时，海棠刚跑完带球接力，某领导靠近海棠时说的，当时她一愣，确信那声音不大不小，旁人不可能听到，便也假装没听到，借取饮料走开了。那位领导还曾给海棠发过一条奇怪的骚扰消息，也是春天，他发的是一则视频，题目是《无花果有花吗？》。看上去毫无问题，但等看完，便明白，这视频从无花果说开去，讲了大部分花卉、植物，最后得到结论，花是植物的生殖器，只有开花的植物，才能获得授粉、结果的机会。

怎么会有这样一则视频呢，点击率还这么高？海棠笑了一声，到底是知识分子，骚扰女下属也这么高级和隐秘——关键是稳当啊，她甚至能想象他双手摊开的样子，我可什么都没说，他会辩解。于是，她什么也没说，半小时后，发了个大拇指的表情过去，并主动放弃了那次竞聘。

无论如何，我都不会选他的。海棠听到自己对柠檬说，一刻钟之前，柠檬突然嚎叫起来，猛地冲向门口，撞在门上，几次跳在把手上，试图打开大门。没有办法，海棠只好放下工作，想尽各种办法安抚，但不管用，只能眼睁睁看着它折腾，等它折腾得精疲力竭了，才把它抱在腿上安抚。柠檬似懂非懂，喵地叫了一声，打了个呵欠，把头搁在海棠膝盖上，闭上眼睛。我不会选有妇之夫，更不会与任何人交换！海棠瞧不起那种女人，她在脑海里狠狠朝地上啐了一口——像《红楼梦》里的人一样，说了声，呸！

哦，那个医生！海棠想起那位医生，跑医院那段日子，闺蜜给他推荐了一位医生，留洋博士，刚回来，看乳腺很厉害的哟！闺蜜向她眨眨眼。第一天去的时候，他正在奋指敲病历，头都没抬，听到闺蜜的声音，便说，那过来呗，先给我摸摸。闺蜜扑哧一笑，海棠有点尴尬，一时没作声，安静了一会儿，医生抬起头来，海棠安静地看着他，他有些慌了，连声说，对不起对不起，我以为……但后来，接触起来还好，热情，稳健，高效。一米八四，七十五公斤左右，身材魁梧，有相当体面的工作，衣品不错，也有风度……可，可什么呢？海棠细细回味起来，作为一位外科医生，海棠感受不到他对病人的关心，他甚至都不是冷漠，而是一种不屑，凌驾于所有人之上的高傲。这令海棠觉得，他的善良，一定是沉睡在内心深处，很难被唤醒的一种品质。可是，跟一个人做朋友，怎能忽略"善良"这种品质呢？在生活中，有多少时刻，是需要抛开法律规则，来唤起一个人内心深处的柔软啊。

那位制片人，对，未婚女性不能冻卵，还是他告诉海棠的。他人很好，当然，首先是她人很好。他到台里办事，焦头烂额，办完之后，一时不想起身，海棠看出来了，给他泡了杯恩施玉露，耐心陪他说了一会儿话，原来他正处在事业的低谷，是进还是退，正在艰难抉择。海棠寥寥数语，分析利弊，并鼓励他——当然，这些道理他懂得更多,只是由另一个人嘴里说出来,效果不一样。后来,他走出了低谷。他会在情人节给海棠送花,请她吃饭,找到大项目会跟她分享,在她需要任何援助的时候,挺身而出。只是,他们都没有要再往前走一步的意思,这是为什么呢?制片人说,他错过了结婚的最佳年龄,那个带着热络、欣喜、好奇的时间错过了,就不再有通往婚姻的入口。海棠觉得,是他们都太冷静了,他们是那种平静的、克制的人,与人世间的烟火有一种隔膜的疏离感。哦,还有一点,他太纤长了,白白的、瘦瘦的,让人立即感到他的手是冰凉的——这么一想,海棠马上兴趣全无。

还有那个相亲认识的小公务员……唉,公务员……跟海棠搭档的就是个公务员。嗐,那家伙,因为那家伙,海棠把所有公务员的身上都蒙上一层灰——他们是川剧里的变脸,变形金刚里的装甲车,根据接触对象的不同,变幻不同的嘴脸应对。那个小公务员会在见到海棠的一瞬间有些拘谨,尽管已结婚离婚,却常常能表现出少年的一面来——那是叫海棠心动的地方,但,唉,嗐!公务员,那还是算了吧,她有点害怕。

灯光昏暗的工作室,厚重的天鹅绒窗帘前,围坐着三五个女人,桌上放着一颗水晶球,四张塔罗牌。女人们叽叽喳喳,又小心谨慎。部门的甲乙丙丁戊,哦,不要,最好不要跟同事有什么……那个至今还在她黑名单里的小男友;那个很有钱也很忧郁的老板;那个死忠粉;那个教会她背"白日放歌须纵酒,青春作伴好还乡"的老乡;男同学丁、丙、乙……海棠坐得稍远了一点,她没怎么说话,在心里暗暗过滤掉三十多个男人。如果让她最后留下四个,会是哪四个?她靠在小躺椅上,仰起脖子,天鹅般的长颈展露无遗,一旁波希米亚风格的耳坠,令她更显异域风情,便不时有喝茶的男男女女拿眼睛往这边瞟。海棠知，却装作不知。

最后剩下四个人，海棠把他们放入四张牌中。女主人熟练地发着牌，涂满丹蔻的长指甲真像鹰隼，手臂上、手腕上环佩叮当，一时让海棠有些分神。

抽一张，直到女主人再次用中文提醒道。

海棠抽了一张。

喝完一杯柠檬水后，海棠看向窗外，天边吸饱了水的乌云越聚越拢，压在整个城市上方，几秒便一闪而过的闪电，完全勾勒了云层的厚重和阵势，炸响的雷声由远及近，最近的一声，仿佛就在头顶十几米，震得整栋大楼似乎都摇晃起来。海棠不由得挑起嘴角笑了起来，那是因为，她想起一位美女作家的话。她有一头大波浪，和一双令男人闻风丧胆的眼睛。她说，下雨天适合干什么？适合睡觉，适合和心上人一起偎被窝，迷迷糊糊间醒来，一翻身，扎进心爱人的怀抱，一把抱住，再睡。

她经常向她抱怨，本圈真乱！戏称自己是围在一锅稀粥边想讨一杯羹，且放不下身段、弯不下腰。她想离开这行业，又舍不得这淑女身份。海棠很喜欢她，觉得她再努力一点，再勤奋一点，再多读一点书，简直是现代女版鲁迅。

谢谢你说了三个一点，不然，鲁迅先生真要气得从坟墓里跳出来。

还有一个，别那么矫情。

她用那叫人闻风丧胆的眼睛白了海棠一眼。

有段时间，海棠认识了一位精英男，那人话里话外调侃海棠女强人，强势。女作家听后，不动声色约他俩出来吃饭，酒过三巡，她笑吟吟举着红酒杯说：

强势？她不强势，我们都不可能认识她，如果她不强势，她现在在哪里？在小镇上、小县城，当一位老师，一个小公务员，拖一到两个孩子，打麻将，陪领导喝酒，周末做家务，周一到周五改卷子……你有什么资格认识她？在精神世界里，你们渴望女人比肩而立，却又想要女人温柔、漂亮、贤淑，你们呢，对自己提过什么要求？你貌比潘安，才胜子建，腹肌堪比质子团，荷尔蒙苏得过黄宗泽？啊坡侬！如果侬够强，侬才不会觉得女人强呢，但如果侬不够强，就勿要鹅跪舔，又服侍侬，又给侬服精神伟锅！

说完，她勾一勾下巴，看着海棠，海棠笑了，忍不住鼓起掌来——这段姻缘当然泡汤了。后来，海棠开玩笑问她，这下好了，梦想中的女儿没了，老了咋办？病了咋办？她点了点自己高挺的鼻子，说，我，只要我在——仿佛为了检验她似的，接下来的一周海棠扭了脚踝，真是她跑上跑下带海棠就医，帮海棠照顾柠檬的。

想起这段，海棠笑了，于是，给女作家发了条消息：暴雨将至，床畔有帅哥无？

却长久地没收到回音，一个念头闪过海棠的脑海——暴雨——这是她的好时节啊——海棠突然捂嘴大笑起来。

正笑着，鄂冉的微信过来了，说到了汉口，但暴雨导致各处事故，交通大堵塞。

海棠抬起头，朝汉口方向看过去，果然是黑压压的乌云压着城市，那云层越来越厚，越压越低，海棠疑心那雨水如果全倾泻下来，整个城市将会被冲成废墟。一丝恐惧掠过海棠心头，广播里又一次播报了暴雨红色预警的消息——这消息,令领班和服务员打了一个长长的呵欠——今天晚上的生意是彻底泡汤了——随着这一声声的预警,头顶的闪电也越来越近,越来越密集。终于在滋滋滋的一连串声音之后,头顶的水晶灯、灯带、壁灯,全部熄灭了,海棠连忙站起身向外眺望,刚好看得到沿江大道的路灯闪烁着,次第熄灭了。

4

请大家不要慌张,不要慌张,我们有发电机,两分钟之后恢复供电!

随着广播发出的声音,灯带又在滋滋的一串杂音后,恢复了光明。海棠向四周看去,偌大的旋转餐厅,竟然只有她和一对情人,这会儿,这位男士胳膊上搭着西装,扶着女人站了起来。海棠也准备离开。

四部电梯,停运了两部,里面困了人,海棠犹豫了一下,还是随那两人一同踏进了电梯——相比被困的可怕,夜晚一个人走楼梯,更令她恐惧。

这个鄢冉!她在心里骂了一句,但只是给他发了条消息:实在对不起,暴雨将至,吓人,我回家了。

对方很快回了消息,实在对不起,海棠,唉!过了片刻,他又追来一条,要不,我去你家楼下找你?海棠把手机放回了口袋,没再理他。

电梯停在一楼,海棠眼看着那一对走出电梯,男人拥着女人朝外走去,海棠猛然想起,负二的车位是立体式的,不知停电是否会有影响？果然，一出电梯门，就看到两位工作人员正对几位车主解释，如果车子没有被升起来，可以开走，升起来的，需要等半小时，工作人员正在赶来的路上。

海棠找了一圈，在原有的车位上没有看到自己的车，她按了一下车钥匙，车子在头顶好几层的地方回应了她。她着急地看看四周，原本昏暗的地下车库这会儿更昏暗了，墙壁上仅有的一盏灯闪烁不定，外面雨声唰唰，流水声哗哗哗——排水沟可能就在不远的地方，这地方不能久留，海棠瞬间作出判断。一转眼，那几个人也不见了。海棠拍拍胸口，深呼吸一口，镇定下来，然后赶紧从电梯上来了。

这个该死的鄢冉！海棠骂道。一出电梯，她就收到了鄢冉的视频电话，她没接，把手机扔进了包里。可透过那层鳄鱼皮，手机仍不依不饶地响着。海棠又惊又气，恨不得把所有的气都撒在他身上，她把手伸进包里，看也没看，从侧面按下了静音键——这下好了，你打个够吧！海棠翻了个白眼，稍显解气。

海棠在大堂借了把伞，打了辆滴滴，看着车辆越驶越近，心稍安。马上回家是对的，天彻底黑下来，密不透光，雨越来越大，大得看不见一米开外的人，大楼门前的几棵热带树被吹得失去了矜持，枝叶狂乱，狼狈不堪，门口的广告牌哐哐直响。

您什么时候来还伞？我退您押金。耳朵里灌满了雨声，说话不得不靠喊，前台问海棠。我上车就给你，海棠说。要不，我拿着，取车时再来还伞，我的车还停在这里。

海棠后来不得不感叹，幸亏带了这把伞，虽然雨横风骤，但身上总算没全湿透。

网约车从大厦背后绕上主干道，就开始堵了，司机从电台里听到消息，二桥发生了几起擦碰，严重堵塞，他便开始磨磨叽叽，海棠好声哄着，从十块、二十，直加到五十，他才不吭声了。偏偏广播里又播报，一块广告牌被大风从十二楼吹下，砸中了一辆的士，滴滴车主死活不干了，海棠先是哀求，接着威逼，恰巧这时候后车轮卡在花坛里了，趁海棠帮忙下车查看的当儿，车主一脚油门跑了。

伞都快被吹翻了，海棠得用力拽着，才不会连人带伞吹跑，她依稀看到几米外有一个公交车站，便顶着大雨挪了过去。包还在车上，幸亏等车的时候，手机转移到了手上。她挪到站台背风的一边，刚把伞收好，想理一理被雨打湿的头发和衣服，伞便被一阵风卷跑了。

手里只剩下手机了。海棠朝四周看去，路上早已没了行人，站台上也只有两位披着雨衣躲雨的中年人，公交车也迟迟不见来。耳朵里只有嘈杂的风声和雨声，整个世界仿佛被遗弃了一样。这时候，手机又振动起来。海棠带着想把它捏碎的心情，把屏幕翻过来，还是鄢冉的电话，她当然没有接，心烦意乱地把屏幕翻了回去。等振动停止的时候，她把手机解锁，发现有六十个电话之多。除了鄢冉的两个号之外，还有物业、同事、女作家各打的几个电话，另外还有几条微信和小董教练的两个电话。那个滴滴司机还发来了几段语音，尊贵的乘客女殿下，我上有八十岁老母，下有刚满月的小女，迫于生计才出来跑滴滴的，求求你不要投诉我……极端天气你们就不该出门呀，你们要出门，不能搭着我们赔上性命……海棠气得掐掉了语音，现代人是怎么了？怎么做什么都有理呢？还气壮山河。她摇摇头，看向公交车该来的方向，可是，还是连个影子也没有。

5

海棠计算着离此地最近的朋友家,结果是,最近的也有五公里。她突然想到,击剑馆过两条街就到了,而且如果有人值班,她还能洗个热水澡。

正这样想着,小董教练的微信又来了:海棠姐,安全到家了吗?海棠像抓住了挪亚方舟的桨,立即回复:没有,然后还加上了一个哭泣的表情。小董教练又问:你在哪儿?海棠想了想,发了个定位过去。他立即回复:你站在原地,我来接你。海棠迟疑了几秒钟,说,顺着某某街,我也往你那边走吧。

好!董教练发来一个愉快的表情。

海棠捏着手机,伸进毛衣里,裹紧大衣,一头扎进了雨里。很快,大雨把她的头发和衣裳都淋湿了,她尽量挨着屋檐走,因为那样能稍微暖和一点。很快,董教练找到了她,一见面,两人都因为彼此的狼狈而哈哈大笑——令海棠没有想到的是,小董教练竟然穿着一双塑料拖鞋。不好吗?又不怕打湿,能蹚水,还能速干!小董教练如此解释。海棠睁大了眼睛,耸耸肩,无言以对,只能说,他似乎说得还挺有道理的。

海棠洗完澡,换上击剑服,暖气的温度也升起来了。她趴在玻璃幕墙上往外看,发现无休无止的暴烈的雨似乎还没有要停止的迹象,几乎半个城市都在水里泡着,小董教练开着电脑,里面不停播报着各处受险的情况……海棠感到一阵后怕。小董教练从她这表情里捕捉到了这一情绪,笑着说:

看吧?幸亏今天我值班,怎么样,够幸运吧?

海棠笑了。

瞧,还有泡面,还有薯片。

小董教练很快泡上了面,一人一碗,他把塑料叉子叉在碗盖和碗沿的交界处,用来把碗盖固定住,两支叉子竖着,像两面小小的旗帜。

我特别喜欢下雨。有一年,省队在外面打比赛,小董教练打开了话匣子,住在小镇上,条件不是很好。好像是个中学,灰色的水泥墙,墙后有一些瘦长的树,歪歪扭扭,大概是暑假,学生们都放假了,几乎没有什么人。突然,风就来了,卷起地上的黄叶,把树的头发揉乱,紧接着,雨就来了,噼里啪啦,打在窗玻璃上,好响,在灰扑扑的地面上砸出一个又一个的大坑……后来,我就平静了——那天,我们打输了比赛,输得很惨。

我也喜欢下雨。海棠想到了女作家的话,笑了,但想了想,还是觉得暂时不能说。她说起了初中时经历的一场雨。

你笑了。

嗯?

你笑什么?

这个,不能说。

不能说?

嗯,不能说。

后面还跟着确定不能说?为什么不能说?以及,怎么才能说?海棠笑而不答,她揭开了泡面的盖子。

两人吃完泡面。海棠开始吹头发,顺手也吹了吹手机,恰在这时候,手机屏幕亮了,鄢冉的电话进来了。接,还是不接?海棠在心里翻了个白眼,可是,学霸可不是那么好敷衍的,他似乎又把身体里的那股蛮荒之力使了出来，手机屏幕刚刚暗淡下去，马上又骤然亮起来。

接吧。小董教练看出了海棠的迟疑，随口说出了句他马上后悔的话。

海棠一伸手，接了。到家了吗？鄢冉问。

安全了。海棠只得说。一边说，一边拿着手机走出了值班室。

外面太吓人了。我刚到酒店。想跟你聊聊。海棠听到了鄢冉放行李，脱鞋的声音。

嗯，好，你说。她穿过空旷的击剑大厅，走到大厅另一头，坐了下来。

很多车困在水里，但愿车里没人呐，鄢冉到卫生间拿了条毛巾，擦着头发，说，于老百姓，这怕又是一场灾难。

海棠还没有接话，他又接着说，你不是问我，怎么想通了呢？你没注意到我跟你联系的时间吗？疫情之后。那场灾难开始的时候，是在武汉，我一听到这两个字，想到的就是你，甚至连年迈的父母都没想到，首先想到的是你……我跟父母经常电话，虽然隔着时差，但也会找时间电话，我马上打电话问他们安全吗，缺什么？我很快投递了第一批物资到武汉，然后联系同学会，投递了第二批。你在名单里，我想，他们会给你的吧。

嗯，给了。海棠回答，他们也说了，是你捐的。

但我没法知道你的安危——那种感觉，抓心挠肝，却没办法。我给自己凭空设置了一堵墙，为什么要屏蔽你的消息？为什么不理你，不看你？还是自己肚量小了。

是这个原因吗？海棠静静听着，没有插话。任何回音都是余韵，人们说，余韵悠长，可人们也说，当断不断，必受其乱，海棠是喜欢断得干净的,但句号要打好。

海棠看到值班室的玻璃墙上,投射着小董教练的影子,他仿佛在跟自己的影子玩,侧脸勾勒出坚挺的鼻子,纤长的手指,一低头,稀疏的睫毛闪动着。

十多年过去了,虽然我刻意屏蔽,但还是有你的消息传来,我知道,这十多年,你一直认真地活着,有时候上岸了,有时候在浅水处扑腾,也有时深水淹了喉咙,我知道你洁身自好,没背景没后台,我心里难受,没人帮你,我亦不能——我只能远远看着——不是现在我放下了芥蒂才难受的,是一直难受——那边的环境是,看到一个女人如此自立,男人都欣赏爱慕,但这边,大家都躲,甚至还想上去揩一把油……

鄢冉轻轻笑了一下,把气息吹到话筒上了,海棠听到了一丝小小的回声。她没有接话,小董教练跟影子玩够了,他端着脸盆,穿过长长的大厅,去淋浴室。他穿着大一号的塑料拖鞋,啪嗒啪嗒走在木地板上,很响,走过海棠身边的时候,故意把声音弄得更大,海棠扭过头冲他笑了一下,他把头一歪,朝她做了个鬼脸。

鄢冉又说回了大学时代,那些回忆——海棠想,你为什么不放过自己?你过得比我好,应该不能释然的是我啊,可海棠生性豁达,也许从小到大没有得到的东西太多了,已经习惯了失去。海棠发现鄢冉的声音变成了背景音乐,接着,慢慢地,那只贴着手机的耳朵失灵了,里面除了嗡嗡的杂音外,什么也听不到,反之,另一只耳朵却变得格外灵敏,它听到小董教练把拖鞋甩在淋浴室门口,把盆子放在地上,把喷头打开,水花四溅,撞击到墙上,又反射到地上,热水从他的头顶流下来,他搓着脸,甩动头部,头发上的水滴四溅,下颌,颈部,喉结,胸膛……

海棠,你在听吗?鄢冉问。海棠蓦的一下就红了脸,她连忙说,在听在听。

这次在云南,我还遇到一位研究《易经》的大师,我请她帮你算了一卦……我常常在想,要是我们没有分手,会怎样?我申请转系之前,发生了一件事,可能你都不知道……那个周末,你的室友都出去了——为了给我们创造条件——可我,敲了半天门,我先是听到里面一阵慌乱,似乎撞倒了瓶瓶罐罐,然后,卫生间的门嘭的一声关上,你才开了门……

鄢冉终于结束了回忆,但似乎又陷入回忆的更深处。穿过十几年的重重迷雾,海棠似乎想起那个下午,因为她记得,一开门,并没有人,只在楼梯的拐角处看到个一闪而过的身影,迅疾下楼去了——海棠在卫生间洗衣服,有人敲门,她手一滑,摔碎了装洗衣粉的玻璃瓶,她稍稍收拾了下,擦干手,准备开门,一回头,看到晾着的各色内衣裤,便把卫生间的门关上了——等她再开门,门外却没有人。

海棠不知道是怎么结束通话的,她呆呆坐在地上,看着外面的暴雨天,一道痉挛般的闪电照亮了夜空,她从来不知道与鄢冉之间还有这样一段小插曲,原来在到达两情相悦之前,还要穿过这样重峦叠嶂般的迷雾。

暴雨还在继续,雨声由远及近,由左耳传到右耳,越来越响。哦,那是小董教练淋浴的声音,为什么洗了这么久?为什么他洗了这么久,还没洗好?海棠想起训练的时候,小董教练嬉笑着拉起她的手,要她抚摸自己钢铁般硬的腹肌。

哦，今天这个晚上，到底是我要穿过的重重迷雾，还是在穿过重重迷雾之后的美好夜晚？海棠坐在地上，像是已做完一场真正的运动般，一点力气也没有了。

2024年1月29日

四月的牙齿

1

卢森堡想起莫莉的时候,正是四月份,周末的下午,下着雨,他枯坐在玻璃窗前。

雨水猛烈地摇动着院子里的一丛竹子和一棵香樟树,风把樟树的嫩叶吹得满地都是,有些鹅黄色的嫩芽还粘到了玻璃窗上,也是这时节,卢森堡认识了莫莉。

是在一次茶聚上。也是周末,茶室上午办了插花班,中午几位美人留下,在茶楼吃了简餐,下午,老卢就喊了卢森堡来喝茶。老卢就是茶楼的老板。

喝了两泡茶之后,对着窗外的雨横风骤,老卢就说,干坐着多没劲,我给大家讲个故事吧,关于吃的。老卢到底讲了什么,卢森堡一点印象也没有,但他可以肯定的是,他确实讲了,而且讲的还真是关于吃的,对于这方面的故事,老卢有一箩筐。

而此时此刻,卢森堡想起的是莫莉的故事,那个女人的故事,曾有那么一段时间,让他浮想联翩。

那时候,莫莉坐在人群中间,并不是很起眼,个子不高,话也不多,等到老卢说,莫莉,你讲一个的时候,卢森堡才注意到她,才发觉角落里坐了这么一个素净的美人。身材娇小,但是皮肤细,白,坐在四月的暮春里,像是饱胀得吹弹可破,头发全部挽在耳后,一对翡翠耳坠在白璧似的脸颊旁晃动着。

卢森堡个子很高,一米八四,所以他女朋友的身高一直保持在一米七左右,一米六八到一米七二,略有浮动。老卢曾问过他,你怎么做到的?那时候卢森堡正在老卢家的卫生间里对着镜子梳头,他有点太高了,所以得弓着腰,低着头,问得他一愣,愣过了之后,他随即答道,巧合吧。可事后,卢森堡想了想,也未必吧,估计是他只对长腿美女来电。也有那么几个矮个子的女孩约过他,约过之后,就不了了之了。

可偏偏莫莉就不高,她穿着高跟鞋才能过他的肩膀,在喉结以下的某个位置,不穿高跟鞋呢,大概就只能齐他的肩膀了,所以他估算过,她应该在一米六左右,体重呢,大约四十九公斤。不要问他怎么能估得这么准确,这么多年过来了,他只要一抱女孩子,脑袋里想的不是别的什么,而是报幕一般地估计出她的体重来。

当时老卢说,莫莉,你讲一个,是带着点笑看着她的,一直不怎么出声的她笑了笑,露出一口细密洁白的牙齿,落落大方地说,好,我讲一个。声音不大,但讲出来的故事却有点惊世骇俗。

某天晚上,一个中年男人去酒吧,他想寻找一点刺激。刚说到这里,大家都哧哧地笑了,带着某种心领神会。

终于,在酒吧的角落里,他找到了一个猎物。女人很漂亮,也很有品位,一个人喝酒,一个人抽烟,一副落落寡合的样子。人们安静下来,听着莫莉静静往下讲。

他便坐过去搭讪。果然,一切进行得很顺利,半个小时后,女人看着他,伸出了五根手指。

莫莉不急不缓,接着往下讲,五百?男人心想,太划算了,只花五百块钱就能跟这么美的女人共度一晚!于是,他一把抓住女人的五根手指,付了酒钱,拉着她就来到了酒店。

当晚，红鸾被里度春宵，说到这里，莫莉捂嘴笑了，大家也都跟着哄笑起来，男人们鼓起掌来，以为故事结束了，但莫莉的声音又穿透了人群，接着说道：

第二天早上，男人醒来，伸手一摸，身边已没有人了，再转头一看，床头柜上放着五百块。原来——是我被消费了。

莫莉缓缓说道，男人们才恍然大悟。说完后，女人们都鼓起掌来，男人们都有点讪讪的，卢森堡当时什么感觉呢？应该感觉就像是被嫖过吧，被嫖过，他看了看老卢，老卢还在笑，但那笑声，有点儿什么呢，包含的意味应该很多吧。

她为什么会讲这么个故事呢？卢森堡在开车回家的路上，雨刷一边奋力地刷着雨水，以及被雨水打到玻璃窗上的樟树嫩叶，答案可能有两个。一个是，她与在座的某个男人有染，男人自以为占了便宜，到处讲，她便讲这个故事警告他。那这个男人是谁呢？老卢吗，还是其他人？

第二个原因呢，就是，与春天有关，这个女人想告诉别人，她需要。不过，卢森堡马上又否定了自己的第二个设想，他甚至一个人在车里摇了摇头，不不不，不像，凭他多年对女人的观察，她应该不是生猛的那一类。倒是对于此刻，对于此刻的自己，他想起她，倒是和春天有关。他叹了口气，突然有一句话从他的脑海里冒了出来：

到了这把年纪，任何能唤起他情欲的女人，都是有美德的啊。

这句话是他说的吗？不不不，他还有大把的时光可以好好享乐呢，是老卢吗？找个机会，一定要好好问问他。但此时此刻，他却真真切切地体会到了这句话里的痴狂。

2

他站起来,撑着黑色的布纹雨伞,从院里穿过,来到临街的咖啡馆,看到一个年轻男子从门口经过,穿着浅色衬衣,提着公文包,雨伞下露出的脸思虑重重,明显在想事情。

更年轻一些时,他也和他一样,穿着白色或浅蓝色衬衣,衬衣扎在黑色休闲长裤里,头发纹丝不乱,看上去像个高级白领,可只有他自己知道,他是公司里最底层的打工者,卡座在最外边,差点就连上了茶水间。后来,他狂追一位女同事,受到了白眼,便辞了职,一鼓作气连开了三家公司,再后来呢,又一家一家倒闭了。他在家里睡了半年,每天从下午四点开始,再后来呢,父亲在花楼街的面粉厂拆迁了,给他买了一栋两百平方米的房子,对欧洲无限神往的父亲又在这条路上买下一栋小洋楼,楼房不算很大,但怎么着也是清末民初俄罗斯人亲手建的。再再后来呢,这条路竟然被市政府规划成了步行街,绿树浓荫,老房子诉说老风情,这里成了人们怀旧的好去处。他适时地把临街的铺面租出去了,租金足以支撑他过上体面有余的好日子。

年轻时想着要奋斗,一鼓作气,再鼓作气,三鼓作气也放了哑炮之后,大多数人都会作罢,他也是这样。

老卢常被人认为是卢森堡的叔叔或者堂兄,但他们的情况完全不一样。老卢生在农村、长在农村,20世纪80年代才进城,也是吃过一些苦的,所以对老婆孩子特别好,哪知道老婆竟然在麻将桌上认识了个小白脸,卷了一笔财产,跟小白脸跑了。所以自那以后,老卢的私生活就像开了闸的洪水一样,奔腾,凶猛,席卷一切。

当然，这话是老卢说的，卢森堡打不出这样的比喻来，老卢常常会说出青蛙在鼓噪这样一类的句子，带着些田野的气息，又贴切，又有劲道，他想不出来，他形容鼓噪会怎么说呢，像风吹饱了船帆，不不不，这也不是他的句子，是他父亲的，他只会说，像风吹鼓了窗帘，唉，太没劲了。他想。

但那天，老卢到底讲了个什么故事呢？他想了想，没想起来，难道是因为喝断片儿了？他又定了定神，还是没想起来，但可以肯定的是，老卢讲了，而且真是讲了一个关于吃的故事。关于这方面的故事，他真有一箩筐啊。对，一箩筐，这也是老卢的比喻。

刚开始的时候，卢森堡总以为莫莉是老卢的什么人，总觉得老卢对她特别好。

是吗？老卢不以为然，怎么好了呢？她没花过我一分钱，我也没为她办过一件事。

在这方面，他是相信老卢的，那么就是真的了，可他为什么就觉得老卢对她特别好呢？

后来跟莫莉好上后，他故意挑衅般地带她上老卢那儿，当着他的面亲她，抱她，做些亲昵的小动作，但他真的没有变色，还是一如往常地待她。是的，他带她上老卢那儿去过几次，但好像也就几次，后来呢？后来的事，一概不记得了。这会儿他真有点紧张了，难道自己的记忆力就这样成破锣了？他又抽了支烟，定了一会儿神，想起来了，他们没有以后。

继那次排山倒海般的初恋后，他很是对莫莉下了番功夫的，几乎让他自认为是要浪子回头了，几次做梦，梦见儿女绕膝，莫莉炒好了菜端上桌。但最后竟不了了之。

那他们到底发展到哪一步了呢？好像也仅仅是拥抱亲吻。睡过没有？没有。

他把烟蒂扔在地上，用脚踩灭了，完全不顾女服务生的白眼，又撑起伞，走进了雨里，此时此刻，他是如此想她，就像有一万只青蛙在心里鼓噪。

3

卢森堡一边撑着伞走在雨里，一边用夹着香烟的手指翻手机，通信录里有几百个联系人，却没有莫莉的。也难怪，这么多年过去了，手机都换好几代了。

卢森堡快步来到老卢的店里，往椅子上一靠，开门见山第一句就是，你有莫莉的联系方式吗？

老卢正在调百叶窗，他想寻找一个合适的高度，让客人们既可以看到窗外的春色，又不至于光线太亮。他扭过头来说，怎么突然又想起她？卢森堡注意到了，他没有说有，也没有说没有，更没有问，哪个莫莉？这让卢森堡心里一紧，像有一道裂缝在心里闪过。

老卢调好百叶窗，转过身来，又拿一支鸡毛掸子掸着案几上的灰尘，卢森堡一直看着他，终于看得他不得不正视自己，那要问你自己啊，你怎么把她的联系方式弄丢了？他说，在茶几前坐下来。

十年了，手机都换好几个了。

你们要是一直有联系，就不会丢。

卢森堡无话可说，老卢说话就是一针见血，没办法，出过体力的人说话就是直接，因为你需要用最简单的方式解决问题，这是老卢说的。

当时你们俩怎么就不了了之呢？老卢问。

卢森堡用一口长长的烟雾代替了叹气。

十年过去了，怕也是孩子他妈了吧。老卢又说。

卢森堡心里又闪过一道痛苦的裂缝，甚至拿烟的手都有点颤抖了，为了掩饰自己的失态，他故作轻松地问老卢，你还记得她讲的那个故事吗？

什么故事？

就是那个"消费"。

老卢还是一头雾水。卢森堡不得不把那个故事重复了一遍，你说，她为什么会讲这么个故事呢？

不不不，老卢把头摇得像拨浪鼓，带着步入老年的沉稳，他把沸水冲入茶盏之中，不，那个故事不是她讲的。她讲的是另一个。

卢森堡从椅子上坐直了，不可能，我就是因为这个故事开始注意她的。

不，老卢很肯定地说，说着，他讲了另一个故事。

卢森堡呆住了，这个故事跟那个故事之间根本没有任何相似之处，是他还是老卢记错了？他不大相信老卢的记忆力，于是问，你还记得你讲的什么吗？

我？我讲了一个关于吃的故事，关于这一类的故事我总是很多。这回，老卢没有用一箩筐来形容，也许进城太久了吧，他已经把箩筐忘了。

卢森堡看着他，期待着他把那个故事再讲一次。老卢会意，便慢条斯理开了腔。

我出生在50年代末，这你知道的，70年代中期，正是长身体的时候，可那时候，中国老百姓的日子还是很苦很苦的。中学有位老师，据说是师专毕业的，下放来的，不知怎么的，就跟我特别投缘。那时候，学校基本上不怎么上课，大队出工的时候，我们常常一起开溜，他带我到河里捕鱼，树上捉知了，草丛里逮蚂蚱，然后，一律烤着吃。我至今还记得，那蚂蚱的大腿，外皮金黄酥脆，肉质香嫩可口，骨头嚼起来咯嘣咯嘣脆。

讲到这里，卢森堡想起来了，老卢讲的是这个故事，因为当时讲到这块儿，几位女士捂住嘴，一起发出"咦……"的一声惊叫，他想起了这个情景。

后来，到了秋天，蝉和蚂蚱都没了，家里快断炊的时候，老师给了他一张一斤的饭票。卢森堡彻底想起来了，老卢讲的就是这个故事，老师后来不断给他饭票，不断让他快要饿穿的肚子填满，可老卢似乎已沉醉在其中了，卢森堡不忍心打断他。

不知怎么的，老师的行为引起了党支部的怀疑，他们趁他外出时，撬开了他的房门，找到了好多饭票，他们拿在手里，左看右看，看不出什么问题来，但心里又有疑问，他哪来的这么多饭票呢？七翻八找，终于在他书桌的抽屉里找到了一张没有画完的饭票，那个红章子画得好圆哟，可惜只画了一半……

讲到这里，老卢停了下来。

后来呢？新来的茶艺师来上班了，她把一大盆钻石翡翠搬进来，绿植的颜色真绿啊，绿得像要滴出汁液一般。

别说观赏植物，我们那时候吃的菜，都没有这么肥厚，老卢说，后来，老师被送去劳教了。

就这样完了？茶艺师惊叫起来。

四月的牙齿

成年后，我到处打听他的消息，但什么也没打听到。

茶艺师直起身子来，叹了口气，那时候是那样，那时候的人，说丢了就丢了呀。

现在不也是这样？老卢笑了，朝角落里的卢森堡努了努嘴。

茶艺师转过头来，笑问，怎么，卢先生要找前女友了？

卢森堡无可奈何地笑了，坐直了一点，说，是啊，你有办法？

登寻人启事，兹有资深高富帅一枚，丢失旧情人若干，见到此广告……

老卢和卢森堡都笑了。

卢森堡倒不是没有办法找到莫莉，以前多次送她回过家。那时候她家住在德润里，中山大道上的小巷子，在大道上你只能看见一个小巷口，隐藏在卖丝袜、卖箱包、卖酸梅汤的小摊铺中间，几乎被忽略，但往里走，却别有洞天，左右两边都有门洞，进去，一个小天井，四角里都是人家，走几步，上两个台阶，深邃幽暗吱吱作响的楼梯，却可以上到四楼、五楼、六楼。每次莞莉都只让他送到天井口，她在那里挥手向他作别，莞尔一笑，然后他退出来，听到楼梯吱呀作响，到响声骤然停了，他听到开门声，然后莫莉出现在窗口，她探出身来，娇小饱满的身体塞在对襟竖领小旗袍里，伸出玉臂，再向他挥一挥。或是他去接她，也站在楼下的小巷子里，没得令，也没打算上去，在横七竖八晾着的床单被套长裤短褂甚至鞋袜下站着，转来转去，一支一支地抽烟，终于看见莫莉伸出白藕似的手臂收衣服，就表示今天她要晚回来。

德润里还没拆迁，他要是找去，还是找得到她的，但，他想了想，暗自叹了口气，毕竟不是毛头小伙子了，找一个女人，找到她家里去，一屋子甚至整个巷子的人都伸颈看着，年纪大了，他有些经不住这么多目光了。

十年前，通信方式已经很发达了呀，手机，QQ，微博……总应该还留着一个什么联系方式吧？茶艺师和老卢低声说着什么，让他回过神来。

他想了想，有了！他用颤抖的手打开好久不用的企鹅头像，那时候他每天都要跟她在QQ上说两句的。他逐个逐个地在联系人里寻找，哪一个是莫莉。

4

莫莉答应前来，这让卢森堡兴奋得有些忘乎所以。

两个小时前，卢森堡找回了密码，找到了那个最可能是莫莉的QQ号，尝试着对那个美女说了声嗨。

没多久，她回了他一个笑脸。

你知道我是谁吗？他想了想，问。

知道。

知道？

知道。

谁？

那个头像暗了一会儿，然后打出一行字：你穿43码的鞋。

卢森堡的心一阵狂跳，像是从心口上喷涌出香槟，他咧开嘴笑了，深呼吸一口，又问，你还记得什么呢？

那头回了一个笑脸，说，记得你喝醉了酒亲人的时候，嚷嚷着嚷嚷着，非要亲我，结果靠在我肩膀上睡着了。

卢森堡喜笑颜开，随时需要按捺住自己那颗要跳出胸口的老心脏。

正巧她刚从福建回来，答应来老卢的茶楼坐坐。

老卢和茶艺师还在小声嘀咕着什么，他也顾不上他们了，站起来，吹着口哨朝自己的休息室走去，老卢对他格外优待，在后院给他辟了间单独的休息室。他梳了下头，刮了个脸，在腋下和下体各喷上了不同的香水——不要以为会混杂着不同的味道，其实几乎没有味道，只不过略微会让人觉得神清气爽。最后，他对着镜子拔了几根白头发，谁说男人不老啊，老没老，自己心里有数呢。他想。

莫莉进门的时候，正听到老卢在跟茶艺师们讲故事，于是她把踏进来的那只脚收了回去，倚在门框上，听老卢把故事讲完了。

他那个媳妇特别好，怎么好呢？好到他一下矿回家，媳妇擀了面条，一手端着碗，一手提着裤腰带，问先吃哪个呢？

茶艺师们低头咻咻地笑了，莫莉站在门外，也笑了，十年过去了，老卢老到一定程度后，就没变多少，头发还是花白，皱纹多没多几条，就说不清。卢森堡呢，更是没有一点变化，原来偏瘦，现在圆润一点了，倒更显精神，只是脸色一向不太好，这是长期夜生活的结果，没办法的，这一点，老天爷倒是公平的。

只听老卢面带惯有的微笑，继续慢条斯理地说，有一天，他回答说，先吃面条，晚上回来再吃你，等他晚上一进门，看见老婆单衣薄衫，房里跑到屋里，屋里跑到房里，浑身大汗，他问，你这是干吗啊？她答道，给你热菜呀。

人们哄笑起来，一边议论纷纷，一边起身去做事，卢森堡这才发现了莫莉，她倚靠在门口，那门框子便成了一幅画，在卢森堡的注视下，莫莉缓缓把脚踏了进来，她穿着乔其纱暗绿竖条纹旗袍，外面罩着开衫，脚下是一双尖头软羊皮皮鞋，手上拿的却是一款香奈儿的手包。卢森堡的心又一阵莫名的阵痛，她一定嫁人了，他想。还是老了些，照片上当然看不出来，因为可以美颜，但老了之后，多了一些沉静，还多了一些风情。进门后，她款款朝他走来，莞尔一笑，又令他的心跳动起来，不由分说地，他揽住她，使劲将她往胸前按，似乎想把这些年积累起来的情欲都发泄出来似的。可是，他有积累起来的情欲吗？没有。

老卢坐在茶几后面，他也站了起来，绕出来，但他没有拥抱她，只是伸出手来热切地跟她击了个掌，看得出来，两个人都很高兴。

姑娘，这些年你干吗去了呢，怎么跟糖似的化了？

我没有那么甜。

那就是盐了，反正都一样，都化了去了，这十年，你干吗了？给我们讲讲你的故事吧。

我的故事，莫莉犹豫了一下，眼睛眨了一下，话风就变了，她开了个玩笑，就跟屎壳郎一样，在不停地滚粪球。

哈哈哈，老卢笑了，拿眼睛瞟了一下卢森堡，心想，你怎么不说话，你把她叫来又不说话，跟这么聪明的姑娘聊天，好锻炼智商的咯。卢森堡会意，于是笑了笑，接过话头，那你现在，不是有很多粪球了？

轮到莫莉笑了，她笑了笑，说，还不及卢老板的一餐饭。

话音一落，两个卢又瞪着眼对视了一番，然后不约而同地哈哈大笑了，都指着对方的鼻子，说，说你呢。没办法，这姑娘太聪明了，嘴太狠。卢森堡想。

也许是不知从何说起，老卢提起来那年讲的故事，你还记得自己讲的是哪一个吗？

莫莉微蹙着眉头，脸上拧出一个问号的样子。

老卢不得不把两个故事复述了一遍。莫莉还是一副云里雾里的样子，她微歪着头，微蹙着眉毛，沉默了半天，才说，我讲的是另一个故事。老卢和卢森堡两人惊讶地对视一眼，眼神里满是不敢相信，以及慌张。莫莉把这一切看在眼里，但并没有阻止她把故事讲下去。

屎壳郎，你们知道吗？

老卢和卢森堡点了点头，却不知道这和莫莉的故事有什么相干。

春天的时候，卢森堡想，原来这个故事也和春天有关，却只听到莫莉缓缓往下说，春天的时候，鹰在狩猎，它在追赶一只兔子。

眼看兔子就要被追上了，可是在草原上，它完全没有躲避的地方，情急之中，它看到了一只正在滚粪球的屎壳郎，它跑到屎壳郎的身后，求它救救它，屎壳郎答应了。于是屎壳郎挡在兔子和鹰中间，请求鹰看在它的面子上，等春天过了再来吃兔子。

鹰很骄傲，冷笑了一声，当着屎壳郎的面吃掉了兔子。

卢森堡又和老卢交换了一下眼神，这是十年前她讲的那个故事吗，怎么他们一点印象也没有？这十年，莫莉到底经历了些什么？但是莫莉的故事还没有完，她轻轻呷了一口面前的大红袍，继续讲道：

从此以后，只要鹰产卵的季节，屎壳郎就出来了，它会在鹰的每一个窝里堆上粪球和虫卵。鹰向上帝求助，上帝答应了鹰，让它在自己的袍子里产卵，然而，屎壳郎也推了一个粪球到上帝的袍子里，上帝很爱干净，怕把自己的袍子弄脏了，连忙站起来，想抖落粪球的时候，也把鹰的卵一起摔碎了。后来，鹰就只能在屎壳郎不出来的季节，在高高的悬崖上产卵了。

故事讲完了，老卢愣了一会儿神，过了片刻才鼓起掌来，说，这真是一个好故事。

莫莉笑了一下，好吗？

好。

真的好？

真的。老卢把金黄透亮的茶汤倒入公道杯，又给莫莉斟了点儿，一时间，几个人都没有话了。

5

晚饭是老卢安排的，私厨，一天只开一桌那种，是老卢的朋友开的，就在附近，他们既是朋友又是合作伙伴，所以临时给老卢加了一桌。三个人坐在院子的玻璃房里，屋檐下小雨滴答，餐桌上小火炉噗噗炖着鹿尾。

这一餐，怕真是要吃掉我好多年的积蓄吧？莫莉把一截雕着花的木炭投进小火炉里，一阵异香飘了出来。

哪那么夸张，老卢挥了一下手，又给莫莉斟了点儿红酒。我特别喜欢坐在这儿，这雨声总让我想起乡下漏雨的房子。那时候年轻，刚结婚没多久，老房子漏雨，两人干到一半儿，房子漏起雨来了，只得跳下床来，找盆儿罐儿，接雨。两人兴致好呀，接好了，跑到床上又干起来，哪知雨撵到床上了，换个边儿，把她挪外边儿来,可没两下,外边也漏起来了。

老卢这故事,卢森堡没听过,他正在低头想,他怎么突然讲起这个来了呢,就听莫莉清了清嗓子,低声说,也让我想起我家小时候的房子。这话让卢森堡吃了一惊,他从一小块青海羊羔肉上抬起头来,看着莫莉,只见她放下筷子,顿了顿,仿佛下了很大决心似的,往下说,房子是爷爷厂里分的小单间,爷爷生了五个儿子两个女儿,人人有份。一张床上躺四五个小孩,横着,并排着躺着,晚上,谁那里漏雨谁倒霉,只得端着盆坐着,或者到床边去靠着。

后来呢?后来不漏了吧?卢森堡想问,问不出口。

这雨声听着就有些聒噪了,三个人默默地吃完了这顿饭。

饭后,卢森堡打算送莫莉回去,趁莫莉上洗手间的当儿,老卢把车钥匙塞给卢森堡,他新买的那辆路虎,末了,还向他使了个眼色,可不知怎的,卢森堡觉得有些力不从心了。

莫莉从卫生间出来,一边拿纸揩着手,一边伸头看着外面的雨,雨似乎越下越大,青方砖铺就的地面,已经是一片一片的湿印子了,和着莫莉墨绿色的旗袍,像是雨下到了她的身上。卢森堡突然很想抱她一下,正要走远的情欲似乎又被唤回来了,但还有别的什么。可莫莉看了看他手里的车钥匙,说了句,搭地铁吧。

拿着香奈儿的手包搭地铁?卢森堡问。

A货。莫莉把手包举起来,在卢森堡眼前晃了晃,说A得不能再A。卢森堡就不便再说什么,之前跟莫莉在一块儿的时候,总是她迁就他,她几乎什么都迁就他,除了那事儿,所以,这次,他准备迁就一下她。

卢森堡打着他的黑布纹雨伞,莫莉挽着他的胳膊,两人一同走在雨下。街灯晦暗不明，还不如夏夜的一盏萤火，倒是不远处一闪而过的车灯起了照明作用，把两人投射在积水里的影子拉得很长，皮鞋踏着水印子，敲击着青石板，下水道间或有积水流淌的声音。车灯从后面来的时候，卢森堡看到了两人的剪影，娇小的莫莉挽着他，因怕把胳膊打湿了，有一点点靠着他的样子，他的心在雨里软了，结婚十年的好夫妻，怕就是这个样子的吧。

他有些不能理解地铁，一条龙，在地底下蹿，还要过江，过长江？他纳闷，但也从来不说，他和老卢，是从来不坐地铁的，宁愿慢，宁愿堵，也宁愿在地上看风景，尽管这个城市，地铁已经有了差不多十年的历史。十年，正是他和莫莉分开的时间啊。

幸好有莫莉带着，她帮他，买票，进站，刷卡，莫莉还告诉他，你要是在北京乘地铁还要过安检呢，每个地铁口都有安检，还检查得特别仔细。这些年，莫莉到底去了多少地方啊，一会儿从嘴里蹦出一个城市。

地铁里人很多，他找了个地方抓住把杆，但莫莉只能抓住吊环，车开起来时，她随着车子的颠簸一下一下扑在他怀里，他心里又涌起了异样的感觉，很想像那些小青年情侣一样把她搂在怀里，但他拿不定她是怎么想的。

让你跟我一块儿乘地铁，为难你了吧？莫莉突然抬起头。

哪里。他忍不住伸出手去，捋了捋她额前的一缕湿发，手顺着她的胳膊滑到她的手腕处，她的衣服湿漉漉的，虽然隔着薄薄的开衫，他也感觉到她胳膊的冰凉。他捏住了她白皙冰凉的手腕。

你们那个阶层，很少坐地铁吧？莫莉又说，卢森堡看了她一眼，发现她正看着自己，眼睛里没有恶意，他想说，是的，这是我第一次坐，开着车子还是方便一点，但他说出口的却是，莫莉，本来你是可以和我一个阶层的。

一脚踏进你的阶层？莫莉仰起脸来。

今天的莫莉怎么了，句句话带刺儿？卢森堡有点儿快要失去耐心了，但还是点了点头。

车子到了一个大站，下去很多人，又上来很多人，流动的空气似乎暂时缓解了压抑气氛，卢森堡找到一个位置，坐下来，莫莉走过去，把手搭在他肩上，说，好难的。你看到老卢没？他拼尽一生，跟你成了朋友，可他半只脚还在我们这儿。

卢森堡看着她，不太理解，等着她继续往下说。

遇到你之前，我的人生还不曾很用力，遇到你之后，我觉得咱俩行不通，就想着，要不努把力试试？

为什么行不通呢？

给你买一条皮带，我得存半年的工资。

你也可以不买的。

那我送你什么呢？我自己吗？可我不敢的，不敢赌。穷人是没有本儿的。

就是这？卢森堡看着她。

我根本无法带你见我的家人。卢森堡想起了那吱呀吱呀的楼梯，和楼梯尽头抹不开的黑暗。他的确从未踏进去过，也从未想过要踏进去。卢森堡知道他要再次失去她了，便把她拉到自己身边，抱着她坐在自己的大腿上。他把自己的额头抵着她的额头，开始亲吻她的脸颊。我们不能再试一下吗？他低声在她耳边问。

莫莉说了声什么，他没听清，因为地铁到站了，车门打开，人群向门外涌去，莫莉也站了起来，牵着他的手，随着人流向外走。

来到地面，是一片空旷的绿地，雨后的清新空气瞬间包围了他，远处有蛙鸣阵阵传来。看来莫莉住得很偏了。雨停了，伞就显得有些多余了，卢森堡把伞左右晃动了两下，把上面的雨水抖落，把一片一片伞叶理抻抖，提在手里，伞就成了一件装饰品。为什么会这样？莫莉想，是因为他本身就是一个多余的人吗？

卢森堡一手提着伞，一手拉着莫莉，在方砖铺就的小路上往前走。下雨还好些，下雨还能挨紧些。卢森堡说。

莫莉笑了，头一歪，小嘴儿一嘟，就挽上了他的胳膊，有几分故意的，步子迈得大大的，踢踢踏踏，也不管把路上的积水溅到了他的裤腿上。雨水穿透裤子，濡湿了他的皮肤，冰凉凉的，他感觉像有几十张小嘴在吮吸他的小腿。卢森堡的心又为之一软。他把她的手往上拉了拉，夹得更紧了。可是很快，到了莫莉住的小区，进了院子，走到她楼下了，她似乎没有要邀请他上去坐坐的意思。

谢谢你送我回来。

她站在他对面，两步开外的地方，并拢双腿，两手交叉握在胸前，标准的礼仪姿势。回去怎么坐车，知道吗？她问，似乎没有给他回旋的余地。以前是房子太破，兄弟姐妹全是眼睛，现在，她应该是一个人住吧？也不让他上去？

都到楼下了，也不让我上去喝杯茶？他把心一横，厚着脸皮说。

莫莉笑了笑，卢森堡几乎要绝望地闭上眼睛，耳朵正准备迎接"不了"二字，却听到莫莉带着笑意说道，五十万？

卢森堡大吃了一惊，睁大了眼睛，莫莉？他想说，莫莉，你怎么变成这样？却听到她接着说，保证会让你有前所未有的体验。

四月的牙齿

他的下巴都快要惊掉了,雨伞差一点滑落,却听到她又说,你不是出不起的人吧?

三十万?

卢森堡转身走了,他想,从此可以放下这么一个人了。他步子迈得很大,走得干净利落,却听到莫莉在那边幽幽地说,你不想知道我这些年的故事吗?

6

莫莉的房子很小,但装修得不错,简单,舒适,一件多余的物件都没有,开关就是开关,灯就是灯,凳子就是凳子,这或许跟她小时候生活在拥挤的家里有关。但这房子,这布置,也隐隐地透露出莫莉似乎打算永远一个人生活下去。

卢森堡没有把这些疑问装进心里,他上来就揽住莫莉的腰,一只手抽出来,托住她的头,把她死死抱在怀里,不容分说地,他在她左右两颊狠狠亲了两下,然后把她推到墙上,开始扯她的衣服,啰里啰唆的盘扣怎么也解不开,他干脆一狠心,抓住领口,狠命一扯。

衣服扯坏了!莫莉嚷道。

扯坏了我给你买!

衣服坏了一大块,莫莉的白胸露了出来,卢森堡的手就上去了。

干什么呀,你这流氓!

你说干什么呢?卢森堡一边动作,一边含糊不清地回答,深更半夜,孤男寡女,你说我干什么呢?干我该干的!说着,身子压着她,手便顺着旗袍往下走。

这时莫莉已经有些气喘吁吁了,一双手想推他,哪里推得动,他压在她身上,一只手扣住她的肩,另一只手已到了屁股上,捏住两瓣小巧浑圆的屁股,使劲地揉搓起来。莫莉又踢又咬,可是奈何不了他。终于,卢森堡把右手收回来了,放在她肩头,莫莉刚准备说点什么,却被他把肩一扳,顿时,她就在他怀里调了个面,他把胸腔压住她肩头,左手扳住她的腰,她便动弹不得了,一气呵成的,他的右手就伸到裙子里去了,摸摸索索拽住了内裤,使劲往下一扯,就在这时,卢森堡的电话响了。

卢森堡并没有要管电话的意思,左手揽住莫莉的腰,往后一拽,右手又动作起来,可是电话却继续响个不停,大有不接不罢休的架势,好不容易等它停了,卢森堡准备再发力的时候,它又响起来,如此再三,卢森堡终于被弄得泄了气。趁他接电话的当儿,莫莉一转身,反手一推,已从他肩下溜了出来。

等卢森堡接完电话,莫莉已换了一套齐整的家居服出来了。

谁说的,保证让我有前所未有的人生体验的?卢森堡挂掉电话,瞪着她。

莫莉一笑,谁说人生体验就是如此这般呢?如此这般的人生你还没体验够?不能是听故事吗?你最后不也是因为想听我的故事才上来的吗?

卢森堡有些无奈,在莫莉家的地板上坐下来。客厅里没有沙发。

莫莉给他倒了杯水,远远放在他手边的地上,这回,如莫莉预料的,他没有扑上来拉扯她。

喝了一杯凉水,卢森堡平静了些。你很缺钱用吗?他问。

莫莉扑哧一声笑了，我这一生，对于钱的渴望，就像老卢对于吃的渴望。

不不不，老卢现在并不渴望吃了，他只是爱讲吃的故事。

莫莉喝了口水，按了一下手机，客厅的四个角落里就传出了舒缓的钢琴曲。

你，我，老卢，我们的人生，在三个不同的季节里，夏天，秋天和冬天。莫莉缓缓打开了话头，然而，状态呢，却是三个天气，春风和煦，细雨微斜，大雨倾盆，不，或许用下雪，来形容落在我童年时的贫穷更为相似，这场雪只落一次，可惜一落就是一生，我走啊走啊，努力走了半辈子，脚却始终被焊在雪地里，怎么也走不出去。

卢森堡看着她，他不明白莫莉为什么非要用自己的双腿走到他身边，当初，他一伸手，他的整个世界不都是她的吗？

如果我的人生从来都不曾用力，也许，你一伸手，我就可以跨到你的阶层，然而，我是个好孩子，你知道吗？积极，上进，体面……老卢一定知道，在泥地里，是不能用力的，越用力陷得越深。那用力的二十多年，已锻就了我的姿势。还记得我对你的百依百顺吗？那全是硬生生装的。

从小，在那个大家庭里，我就要学会与人斗争，与父母斗，不让他们太过偏心，至少要让我有书读，有钱买课外作业，有一两套体面的能穿到学校的衣服，球鞋的补丁不能太多，袜子至少要能辨得出颜色，偶尔有几毛钱零花钱，春游的时候，同学们拿着各式零食站在码头的时候，我也能拿一个在手上装装样子，也不必管它是什么，好不好吃。要与弟弟妹妹们斗，早上抢洗脸盆，晚上抢台灯，谁睡门口，谁睡漏风的窗户底下，谁睡漏雨的地方，早上起来谁倒便盆,一件新衣服来了,谁先穿。与同学们斗,与有钱的同学斗,与没钱的同学斗,与那些想要揭开我家贫穷的同学斗,与漂亮又有钱的同学斗,与漂亮却同样贫穷的同学斗,比成绩,比衣服,后来就是比男生们的眼光了……还有老师,甚至社会上的每一个人,早上你拿一个搪瓷缸子去买热干面,买三碗,回来后,一大家人分,你一个小孩,站在队伍最后面,总有人插你的队,老板也不管,总是从你头顶接过那些大人的碗,一碗牛肉面,一碗瘦肉面,一碗炒粉,你真吃不起,谁的钱多,老板娘就给谁多一点儿笑脸。轮到你了,总是白眼,涮面的水,唰唰唰,总是溅到你身上,那时候,你才高案板一点,很多时候,水是溅到了你脸上,你胸前,关键是,买回去的面还少,根本不够一家人吃,你没有别的办法,于是,你知道了,你只得放狠一点,你不要人插队,谁插队你就踩谁的脚,也不管他穿的新皮鞋还是白球鞋,当然,这样,你就得穿一双破拖鞋出门了。你学会了把搪瓷碗往案板上一顿,眼睛一横,声音不高语气却不低,指挥下人般地指挥老板娘,下三碗热干面,他们竟也真乖乖的了,低眉顺眼把面下了,心里含着更多的气,等你一转身,他们便在后面戳着你的脊梁骨说,哟,那个贱货,这么小就一副妖精相,长大了肯定是个卖货。你都知道,于是,下次,你更狠了。有什么地方你不需要斗争的呢?没有,对于一个贫穷又想要体面的女孩子来说,太难了,几乎没有地方不需要斗争,你要在人群中杀出一条血路来。衣服,商场里的倒是明码实价,可是你肯定买不起,只有在小摊上,汉正街,保成路夜市,一件裙子,开价八百八,你要还到五十,老板可能还能勉强把笑容贴在脸上,但要还到三十,她就要破口大骂了,骂就骂吧,她也有怨气,她也要吃饭活下去,骂完了也还是要买的，也还是要卖的，这也就是为什么，外地人看不懂武汉人，一顿高声叫骂，骂完了彼此的娘和祖宗十八代，然后又亲热得不得了，勾肩拍背——都做兄弟了，你的娘也是我的娘，你的祖宗也是我的祖宗，那就骂的不是你，而是我自己问候祖宗了，还不行吗？能不斗争吗？等着你驾着五彩祥云来接我？不敢奢望有那一天，我在枯井里坐了二十几年，太冷了，我得想办法爬上去，爬到半道，你突然把头探进来，你就这么窥视一眼，我就知道，你是我的救命稻草，我得逮着你，爬上去。汉口弄堂里长大的女孩子都有这本事，懂得为自己打算，不为自己打算谁替你打算呢？父母卑微，活都活不过来，等着他们安排，那就等着嫁个老实巴交的吧，只有自己才知道自己想要什么样的人。有美貌的拼美貌，有身材的拼身材，长得高的拼身高，拼父母，拼家世，拼嫁妆，拼学历，那从来都是一场没有声音的厮杀。我长得不算高，也不算惊艳，只有智商，于是，当你把目光投向我的时候，我要在开口讲第一句话时就抓住你……

卢森堡换了个坐姿，他想起莫莉讲的那个故事，这会儿，他更加相信，莫莉讲的就是那个关于"消费"的故事了。

那你成功了。他说。

莫莉点了点头，有点儿成竹在胸的样子，但又似乎因为这成竹在胸而带着点儿羞赧。

那为什么又放弃了呢？

一只鸡，好不容易学会了飞翔，但后来，你要她变成仙鹤，迈着大长腿在水边散步，这，对于一只会飞的鸡来说，并不容易。就像老卢，到现在，他都忘不了吃，尽管他再也不会饥饿了，但饥饿感遍布了他的人生。

卢森堡不再作声,为了让自己坐得舒服点儿,他伸手把附近的那个蒲团也捞了过来,塞到了后背,靠在墙上。接着,继续,请。他说。

刚才那个电话,是老卢打的吧?莫莉突然问。

卢森堡点了点头,突然一下警觉地坐直了身体,一个念头像闪电一样劈过了他的脑海,你?他?你和他?

莫莉轻轻摇了摇头,像是否认这种关系,又像是叫他不要着急,听我慢慢往下讲,如果一下讲到结尾,这故事还有什么意思呢?

卢森堡重又靠在垫子上,听莫莉往下讲。

那段时间,老卢特别沉迷于讲故事,喝茶时要我们讲,喝酒时也要我们讲,只要是聚会,他都会叫我们讲故事。后来,我就发现,讲故事的分为三类人:一类是吃过苦的,像老卢,忆苦思甜,特别喜欢讲那时候的苦难;一类是丧权的,也就是说曾经当过官,喜欢讲一讲当年勇;还有一类呢,就是特别喜欢吸引人注意的。

我属于哪一类呢?卢森堡问。

你哪一类都不属于,所以你的故事讲不好。

而故事的内容呢,也可粗略分为三类。一类情色,艳遇,那些男人,没发生在自己身上的事,喜欢扣上自己的名,真发生在自己身上的呢,又喜欢假借他人之身,反正真真假假,假假真真,过一把意淫的瘾。第二类,奇闻逸事,这样的故事不多,需要在雪夜,半斤酒下肚,那些跑江湖的,讲出来都是叫你咋舌的,听一个,保证你一辈子不会忘记。

第三类呢?

我把我和老卢的故事，全都归为第三类：吃。

吃？卢森堡吃惊地问了一声，突然就明白了，他想起老卢下午讲的故事，可莫莉又补充了一句，我们一生都在完成吃的大业，所以讲出来的故事都是各种各样的吃。

所以，你和老卢，卢森堡问得小心翼翼，是一类人？

是的，我创业的第一桶金，是他给的。

他给的？卢森堡把"给"字说得很重，那你们？

你说呢？孤男寡女，恩情蜜意，干柴烈火……

卢森堡一伸手，把面前的水杯铲飞了，又一脚踢翻了茶几，他弯腰拾起地上的蒲团，狠狠打在莫莉身上，你这个贱女人，你要钱，为什么不找我呢？！

莫莉把蒲团扯下来，扔在地上，就你这样，叫我跟你要钱，我开得了口吗？何况我跟他，又不是买卖，是真正的顺其自然，水到渠成……

顺其自然，水到渠成？卢森堡一把把莫莉拎了起来，一张狰狞的脸凑到她面前，扬起手来就要打，莫莉看着他，很平静，眼里的威慑终于把他的怒火压了下去。他一松手，莫莉晃了两下，扶着墙站稳了。

过了片刻，卢森堡终于又开了口，你很缺钱吗，你要钱干什么？

我家的老房子，在漫长的等待拆迁的过程中，父母四处托人帮忙，几乎耗尽了他们的家财，但最后呢，又说不拆了。父母想找人去把那些送出去的东西要回来，别的也就算了，其中有一对金镶玉的耳环，据说是高祖在浮梁做县令时添置的，这也是父母唯一分到的家产，就为这一对耳环，父母羞愤交加，相继离世了。

东西是我托人送出去的,我却没能帮他们要回来,我保护不了他们,我感到深深的自责,也是因为这个原因,我离开了武汉,离开了你。我可以选择永远不回来,或者至少不要回德润里,可,除此以外,这世上还有什么跟我有关的东西呢?于是,我想把那栋老宅买回来,一整栋,既是给父母一个安慰,也想从那里重新开始自己的人生。

重新开始?卢森堡有些不解。

是的。我需要房子宽一点儿。天井里不要堆放杂物,劈柴、板炭、旧橱柜全都拿走。天井里要亮一点儿,摆两个石墩,放几盆兰花,楼梯要修一修,不要让自己整个青春期都在担心,担心再长胖一点儿就能把楼梯压断,不管什么时候回来,都是提着一颗心,仿佛提着一颗心就能让自己变轻一点儿。那幽暗的楼道,墙上的广告,我都要铲下来。我想给父母留一个单独的房间,他们相处得不好,可能跟没有时间单独相处有关。我自己也要有一个单独的房间,如果回到那时,能请你上去坐一下,看着我梳妆,也许,我们能够走得更近一点,而不是始终带着隔膜。弟弟,我欺负得最多,倒便盆的事,他做得最多,我要给他一个带卫生间的房子,让他每次去青少年宫踢完球回来,能够畅快地洗个澡,还能在自己的小房间会朋友……总而言之,我要在这个房子里重新长大,让那些幽暗的、隐秘的、连绵不绝的贫穷和痛,都从我的人生里清除出去,让我的一生也能变得轻盈一些。

莫莉缓缓说完,就趴在茶几上睡着了,也许这样的倾吐,让她变得轻松一点儿了。

不知这样过了多久,卢森堡站起身来,来到阳台上。在黎明前的夜色中,他抽了一根烟,莫莉的故事,他还是有点理解不了,但这三十万，还是要给她的，不是因为别的，是因为他给得起。莫莉睡着了，要不要去把她弄醒呢，还是把她抱到床上去？他抽完最后一口，把烟蒂弹了出去，从十九楼上俯瞰着它在空中划出一道长长的弧线，摔到地上，弹跳了几下，最终消失不见。

  此时此刻，他有一点点的心疼，为那三十万，当然，只有一点点。但为了这一点点，他必须做点什么。他打开通往客厅的门，钻了进去。

2019年4月24日于华科7号楼

无限寺

1

那天喝完茶之后,俞问樵是走回去的。

茶楼离他家很近,何况雨过天晴,清风徐来,俞问樵很喜欢在街上走一走。所以当茶楼送客的车开出来时,他摆了摆手,跟大家道过别,就信步走到了街上。

俞问樵随着步子走到了玉带街上。这是他回家的必经之路,也是较近的一条路。这条街白天没有什么特别的,但到了晚上,就有些异样了。怎么个异样法呢?就是别人在跟你说到某个人某件事时,会突然眨一下眼睛,暧昧一笑,你立即心领神会了——这条街就是这样,它属于常常被人挤眼睛之列。

俞问樵大步流星地,眼看要走出玉带街了,却在他身后出现了一阵骚乱。他并没停下脚步,只是回头看了一眼,原来是有关部门在执法,几个身着制服的大汉,正把一个年轻女子押着,从一家小洗脚坊推了出来,女子不从,挣扎着,喊叫着,一路撞翻了垃圾桶和电动车。

俞问樵没有停,继续朝前走,就在这时,却听到在黑夜里有人喊出了自己的名字,他本能地一回头,看到那女子已被推上车,但她努力挣扎着,扭着身子,伸长脖子,向下面站着的一个看上去比她更年轻的小姑娘喊道:

别怕,别怕,你别怕,去区政府找俞、问、樵,俞主任!

俞问樵惊得全身冷汗一炸,脊背上像中了一排冷箭,我喝多了？不会多到这种程度吧？顿时茶也醒了酒也醒了，待他细细一回味，"俞问樵俞主任"六个字犹在耳边回响，没有错。

俞问樵想回头看个究竟，可那女子已被人推上了车，很快，车门关上，车队呼啸而去，俞问樵也回过神来，他想，这事得从长计议，但此刻还是赶紧离开这是非之地比较好。

他快步走到主街上，一轮明月正从云层中涌出来，清晖万丈，可他已无心欣赏。那女人什么时候知道他名字的呢？一次酒后失德？俞问樵摇了摇头，他没有。某次不太有边界的聚会，朋友的朋友带来的？可如果是这样，她凭什么在这时候去找他呢？还那么理直气壮……前两年，他上官网查过，全省跟他同名同姓的只有一人，是一位秭归的老先生，如果健在，今年应该已经97岁了——她该不会是要去找他吧？

或者余问桥？俞问乔？

俞问樵又摇了摇头，就他所知，区政府跟他同名甚至同音的，根本没有一个人。

俞问樵走到自家楼下，没有直接回家，而是在花坛上坐了一下。

近两年来，俞问樵感到不是一点儿的不顺。各种事儿，莫名其妙地冒出来，缠住脚，绊住人，浪费了太多精力，想推进的推进不了，想摆脱的摆脱不了，阴差阳错失去好几个机会。在同学们看来，他大小是个人物，但只有他自己知道，可走的前路已经越来越少了，想起读大学那会儿，意气风发，在心里暗暗立下齐家治国的远大理想，不觉有几分羞愧，在黑暗里，他无力地摇了摇头。

妻子突然打来电话，问他在哪里？他说到楼下了，妻子说家

无限寺

门口堆着两箱橙子，大概是老家人送来的。俞问樵笑了，老家这事，有点儿难办，人托人找到他，他花了些心思，这个周末，请了工商局、教育局、财政局等几个部门的小头头，在郊区山庄里消磨了两天，总算把这事给解决了。既然是老家送来的，他得赶紧回个电话过去，千里迢迢的，多谢果农们的一片心意。

可这会儿，他却有点不想动，他坐在花树的阴影里，看到明月把树枝的剪影投射在自己脸上，突然很想化在这春风里。

2

第二天一上班，俞问樵便拿了盒特级金骏眉，去了书记老汪的办公室。

老汪正在看报纸，俞问樵自己坐了，从柜子里取出老汪的茶壶，烧上开水烫了，又慢条斯理把茶叶拆了，剪开，余下的放回老汪的柜子里了。

老汪正在看报纸，偌大的报纸遮住了整张脸，但他乜斜着眼睛看到了，便问，干甚干甚呢？

老汪是陕西人，还带点儿口音。时间长了，俞问樵也觉得这话挺有意思的，比干什么要少一个字，简洁多了，他也便学着说，不干甚，馋您的紫砂壶了，喝口茶，行不？

老汪不作声了，把报纸折起来，扔到桌上。接过俞问樵递过来的茶杯，也就正过了身子来。

俞问樵一边斟茶，一边把昨晚那事当笑话讲给老汪听了。

讲完后，他停顿了几秒，想看看老汪的反应，但他没吭声。为了缓解这尴尬，俞问樵勉强笑了两声，说，汪书记，我向您保证，我绝对是清白的哈。

俞问樵又坐了一会儿，喝了两杯茶，就回了自己办公室。要说，俞问樵是信得过老汪的，刚来单位时，老汪还是中年汪，爱打个篮球，俞问樵是忠实队友，截到球后，必定喂他两个。后来老汪心血管不好，打不动球了，改徒步，俞问樵每周陪他远足一次，鞍前马后的。这会儿，老汪快退了，直感到人未走茶先凉，只有俞问樵还经常串串门儿，嘘寒问暖，这会儿，他正在为退休后的生活培养新的爱好——研习书画，俞问樵也肯花时间陪他，在书画院一坐就是半天。但老汪今天的态度有点儿说不准，不信任他？不至于，多少年的朋友了。信任他？又没个话。俞问樵想起前段时间老汪所托的他儿子的事，必定是这个了，他一时半会儿还没找到机会跟曾局开口嘛。他敲了敲桌子，心想，不想了，已经跟他说了，万一有什么事，我也算是第一时间跟党组织汇报了——这就是他的小目的啊。

俞问樵在办公室转了几圈，最后决定还是要跟赵胖子打个电话。如果说他是匹白马，那老赵就是匹黑马。不是有寓言说过吗，驾车需要两匹马，一匹白马，一匹黑马，黑马办起事来可比白马方便多了，老赵就属于那种太阳照不到的地方全归他管的马。

十年前，俞问樵还是政府办的小科员，赵胖子也只是个夹个皮包，到处点头哈腰递烟的小老板，挤破脑袋给政府做了些工程，有些小事找到俞问樵，要他行个方便，能办的，俞问樵都办了，不能办的，也耐心跟他说清楚，或者指点着他办。一来二去的，老赵的生意越做越大，他们的友谊也保留了下来。如今老赵已经是响当当的房地产开发商了，在本地算得上是手眼通天的人物。

俞问樵费了点儿劲，把赵胖子约了出来，一五一十把那事跟他讲了。可赵胖子不沉默，他先是笑，笑得双下巴随着全身的肉一起抖动，说，纵横江湖几十年，没听说过这种事。

俞问樵似笑非笑，白了他一眼。

他一边猛吸了一口烟，一边又歪嘴笑了，说，人家那么理直气壮地要找你，那肯定是有点什么吧？

俞问樵连忙打断他，对天发誓，天地良心！

你看你看，心虚！谁？谁对天发誓，谁的天地良心？发个誓，连自己的名字都不敢装进去？！

俞问樵深深叹了一口气，说，老哥，你别玩我了，这么多年，你不信我？

信。他伸出手掌，点了点手指，做了个少安毋躁的动作，制止了俞问樵即将脱口而出的解释。放轻松，老兄，我咋能不信你呢？你还记得十几年前，你研究出一套人际关系代数式吗？

俞问樵有点蒙，看着他，努力在脑海里搜寻着。

唉，你看，亏我还记得，名字这么拗口，害得我舌头都打结了！说着，他故作夸张地活动了一下腮帮子，看到俞问樵还一脸茫然的样子，便提醒道，等量，等量关系式！说着，索性说了下去：你说，所有的关系都可以用代数式来表现，比如，稳固的关系，就是等量。稳固的男女朋友是等量，稳固的夫妻关系是等量，稳固的母女关系，是等量，好的权利结构，也是等量……你别看那男女朋友中，有的女人很丑，可是她的家庭背景、工作单位、为人处世，都是加分项，所以也能构成持久稳固的男女关系，甚至走进婚姻殿堂……而夫妻关系呢，你别看有些人好像很不匹配，但他们相安无事地生活了很多年，仔细一观察，发现，嘿，你还真别说，其实都是半斤八两，这里强一点的，那里就要差一点,总的来说,就是势均力敌,特别是平常的夫妻,你不要只看到一人灵光,另一人一脸蠢相,等你接触下来,会发现,在深层次,两人基本上在一个平面上。还有,就是通过其他方面来维持平衡,比如,你看老王的生意越做越大,老王媳妇生的儿子就越来越多;老汪的官越当越大,他老婆却越来越丑,但她掌握了老汪的核心秘密,一招制衡;当然,老王也有可能找几个小三,用以制衡……这种平衡也有可能被打破,打破之后,如果亏损的一方不及时补充,等号变成了大于号或小于号,关系就会重组,变成另一种关系。而最绝的是你关于一张桌子、一张床上的等量关系的诠释。你说,一张酒桌,是绝对的等量关系,主和宾,绝对是等量平衡的,请什么样的主客,就绝对会请相当分量的陪客来作陪,如果不存在主宾关系,只是哥们儿靠杯,那一定就是半斤八两的几个人,否则,这顿饭就有人吃得不舒服……老弟啊,你这话太精辟了,我就是学习了你这套理论后,才纵横商场几十年屹立不倒的啊,可以说,学习了你的理论后,我的所有饭局,人人吃得开心,喝得痛快……

俞问樵看着他,根本插不上嘴,只见他又接着往下说,最最绝的是关于床上——或者说,上床的论断。比如说,老汪和他老婆,是夫妻关系,也是等量,共同生活在一个屋檐下,维持着某种平衡,但他俩绝不上床,各睡各的,这就说明,床上关系是绝对的等量关系,是抛开其他关系而绝对是个人与个人等量关系的较量……这个,导致的最直接结果就是:我不能嫖了。

每当我扑上去的时候,我就在想,这是一种对等关系,那么,我是什么呢?鸭子,还是妓女?——没错,肯定是嫖客,但嫖客又是什么呢?和妓女对等的,和妓女进行等量交换的——什么？我回答不了这个问题，就直接导致我废了……从那以后，我就再也没嫖了，当然，你知道的，只不过换成了另一种形式的补充……说着，他嘿嘿笑了两声。

俞问樵找到一条缝隙，连忙把话头儿插了进去，说，所以，你看，她说的那人根本不可能是我，你相信吧？

相信相信，当然相信！又闲话了些别的什么，老赵才正经起来，慢悠悠掏出手机，往外打了个电话：你问问玉带街那几个主儿，看看最近有没有一个叫俞问樵的在那儿消费？俞，就是比喻的喻不要口，问，问题的问，樵嘛……樵嘛，这个樵怎么说？他问俞问樵。

大概一盏茶的工夫，那边回过电话来了。

有，还有好几家呢。俞问樵听到电话那头大声说。

唷！老赵也吃了一惊，那——看看有没有赊账，赊了多少？

赊账倒没多少，半年结一次，也不多，还有万把块。

那，一时间老赵也愣住了，顿了片刻，他才接着说，那人长什么样儿啊？

电话那头出现一阵停顿，传来几句小声的议论，然后听到那人又说，矮墩墩，胖乎乎，是个大黑胖子。

老赵上下看了眼俞问樵，仿佛这会儿才排除他的嫌疑似的，说，不对，那搞错了！

嗯？

电话那头一愣，老赵也不管对方一脑袋问号，问，那人是不是真叫俞问樵？有谁看过他身份证吗？

那边迟疑了一下，然后说，没有……

老赵挂了电话，又冲俞问樵歪嘴笑了一下，说，这还真巧了，李逵遇上李鬼了，可李鬼是要李逵的名号呢，要你俞问樵三个字有什么用？

俞问樵看着他，一脸蒙，他确实不明白，从政这些年，基本上是与人为善，广结善缘，不说是到了谨小慎微的地步吧，也差不多了，怎么会不知不觉得罪了人呢？

赵胖子突然凑过来，右手揽住俞问樵的肩，轻轻拍着，然后扭头过去，凑在他耳边，咧嘴一笑，问，你小子是不是真在外面有什么风流债啊？

俞问樵心里的火差点就冒出来了，但也只是无可奈何一笑，说，真没有。如果有，我现在去找那人，不就结了吗？

嗯，也是。老赵把手拿下来，若有所思地点了点头，握了个空心拳头，轻轻叩击着黄花梨桌面。

正在这时，老赵的手机又响了，那边有点小激动，说，调出监控来了，赵总要不要看看？发过来三个字话音还未落，那边就发过来了，老赵点开微信，俞问樵凑过去，看到一个微黑的胖子正站在柜台前，俯拍的，正面、侧面、背面都有，还有几张戴口罩的。还戴着口罩就瞎跑，怎么得新冠的不是这种人呢？俞问樵心想。

认识吗？老赵问。

不认识。

没准这家伙真叫俞问樵。

也在区政府上班？俞问樵想说——怎么可能？这厮就不配叫俞问樵，他这名，是前清秀才的太爷爷给他取的，太爷爷从缠绵已久的病榻上抬起身子，拈了三天的胡须，才给他取了这名字。他配？

老赵突然猛地一拍脑袋,说,哎呀,我大意了,他怎么可能叫俞问樵?有谁去嫖的时候,还把自己的尊姓大名告诉小姐,还连名带姓地连着工作单位?

3

俞问樵跟老赵分开后,没有回家,而是去了单位,单位里几个年轻人正在加班,把几份文件送过来让他签字,又说了些别的事,他们走后,俞问樵把门关了,灯也没开,在黑暗里坐了一会儿。

他没有对老赵说实话,那个人,他有一点点印象,一点点模糊的,似曾相识的感觉,尤其是他走路的那个视频,那两腿迈动的幅度,总让他好像要想起什么,有什么念头就要在脑海里呼之欲出,但又出不来。对于赵胖子,他自然是信得过的,但到了这一步,他认为得自己出手了。

看了看墙上挂着的时钟,才八点过一点儿,在这个城市,约夜宵还真算是早的。俞问樵把电话打给了大学同学小万,约在了老地方。他们的老地方是大学侧门街上方姐开的那家苍蝇小馆,都过去二十多年了,方姐已经由原来亭亭玉立的小嫂子变成了油腻大婶,但老远扯着嗓子的一句"小俞来了"!还是令俞问樵心里一热,他们最先在这个城市里落脚的时候,不也就只有方姐的一句"小俞来了"吗?

一落座,一壶开水,一盒恩施玉露,碗筷,连同一个接水的盆子,就放到俞问樵桌上。俞问樵拆开消毒碗筷,把筷子放入杯中,倒上开水,涮起碗筷来。

凉拌毛豆，刀拍黄瓜，上汤苋菜，小龙虾，这些是这个城市夏天的标配，也是俞问樵的最爱。两瓶冰啤递上来，方姐麻利撬了，俞问樵给小万斟满，也给自己倒上一杯，两人一仰脖干了，伴随着一股清凉浸润脾肺，全身的毛孔微微张开，一股爽快似乎要冲破沉闷之气，在这种感召之下，俞问樵连干了三杯，顿时，他感到自己像是蜕去了一层皮似的暂时得到了解脱。他掏出手机，打开那段视频，递给小万——当然，他已下载保存到手机相册里了。

有印象吗？

谁？小万一边看一边问。

听说是我们一校友。

没什么印象。怎么了，犯什么事了吗？

也没有。在一校友群里看到的，说这人有点怪癖，我觉得面熟，就问问你。

俞问樵当然明白，面熟不一定是同学，同学也不一定是大学同学。面熟的有可能是初中校园门口的小吃店老板，有可能是小区附近的公交车司机，但俞问樵认定他们是同学也不是没有根据的，从视频上来看，他们年纪相仿，正负不超过三岁。公交车司机会完完整整说出你的大名？小吃店老板会冒充你去夜店消费？当然不会。能干出这事来的，必定有什么瓜葛吧。

说起校友，我们那一届倒真是出了不少怪才，有一个就在文理学院，专门研究清史，出了好几本爆款书，像《古代行刑为什么在午时三刻》《娶妻娶德纳妾纳色》《清朝首级文化三十问》，是学者，更是名流，常常往返于各大电视台及政要的饭局，听说他还挺热爱收藏，最珍贵的一件藏品是嘉庆皇帝穿过的一件常礼服，上面有一块血迹，珍贵就珍贵在这儿，据考是嘉庆皇帝流的……

嗯。俞问樵抿了一口酒，不由得问，那这个怎么证明的呢？DNA吗？

当然不是。清入关260余年，自顺治至宣统共10位皇帝，遇刺的还真有两位，一位是雍正，一位是嘉庆，雍正那次不可考，但嘉庆帝，历史上还真有记载，嘉庆八年（1803）闰二月二十……

这就能证明了？

是。我当时也这么问。可半个月后，人家就拿出厚厚一沓稿纸，从丝织品年代，图样，纹饰，以及手工，证明了就是这件衣服——顺便还开了个研讨会。

说着，两人哈哈大笑起来，又碰了一杯。

俞问樵往自己碗里夹了一只小龙虾，低头剥起虾来，说，这没用，到时候把嘉庆帝的DNA调出来，一比对，他做的所有功夫都白费了。

人家当然也想到这点了——他已经通过自己的社会关系，把这件常礼服捐给省博，大张旗鼓办了捐赠仪式——他已经得到了他想要的、诸多、种种。

俞问樵不吭声了，真是棋高一着啊，他有点后悔自己刚才说的那话，显得太弱了，真是幼稚，他想。

说起来，你们还有点渊源呢。小万说。

哦？

你们都来自×县。

×县130万人口呢，这也叫渊源？莫不是说长江上游有小孩在水里滋了一泡，全市人就都喝到了童子尿？

你呀你呀。小万伸出筷子点了点俞问樵的头。你们×帮在省里是相当厉害的,你就是不沾边。

够不上呀。俞问樵当然明白,要挤进那个圈子谈何容易,更重要的是,自己削尖脑袋挤进去了,还能按自己的心性办事吗?

——最厉害的要数政法学院那位。

俞问樵会意,点了点头。是,三代培养一位贵族,一位学术巨星,也要举几代之力啊。

听说他马上也要进军政界了。

不说了不说了,干杯,俞问樵说。

对了,你刚说的那人应该也是×县的吧?

俞问樵一愣,指了指手机,你说视频里的那位?

是,他只嗯了一声,我听口音有点像,可能你们平时不觉得,但外人还是听得出来。

俞问樵又愣了一下。

4

在回去的地铁上,俞问樵眯了一会儿,他现在有个毛病——正儿八经躺在床上睡不着,却时常在各种吵闹的环境中感到疲惫。

在梦里,他还在过家乡的那条河,河水突涨,他却没有舟楫。醒来后,他发了一会儿愣,地铁里正在播报:韶关站到了。他一惊,发现又是一场梦。俞问樵疲惫地靠在座椅上,嘴里就不觉吟出两句对联:笑古笑今,笑东笑西笑南笑北,笑来笑去,笑自己原无一物;观事观物,观天观地观日观月,观上观下,观他人总有高低。

这是无限寺大门上的一副对联。无限寺是区里的一项好资源，也是由来已久的一个难题。寺庙建于两江交汇之处，春水四溢之时，一座观音阁遗世独立，耸立在波涛滚滚的江面，甚为奇特。历来信众特别多，每年的门票收入就有一千多万。大年初一省市领导都要去上香，达官贵人们无事时，也喜欢到禅房坐坐，在禅院的梅花树下喝一杯梅花饮——听说，这一杯能解千愁，任你是什么天大的烦心事，只一杯梅花饮便能化解。

但巧便巧在，大概在历朝历代的更迭中，寺庙时毁时建，这座千年古刹竟然没有得到民宗委颁发的证书。上次说要拆除是一年半以前，区里叫了施工队，还派了一帮武警跟着。但荷枪实弹的武警把那扇两米多高的大门撞开，所有的大师父小和尚都在天王神像下诵经——闭目，合十，凝神静气，所有人都被镇住了。

回来后，亲临现场的局长在办公室抖落了一身尘土，嘴里骂骂咧咧，哪个真要拆呢？我想拆？又不是压了我家的祖坟地，我想拆？！我也不想做历史的罪人哩！

哪个想拆？领导们也不想拆，就会给我们施压。这下好了，咱们样子也摆了，庙也没拆，皆大欢喜！一干拍马屁的把这话说得更直露。

于是，这事就这样拖了下来。但一年半以后，这事成了俞问樵的事了。

分管民族宗教这块儿的副局长提前退了，但上面一直没派下来个人，局长便把那块儿扒拉了扒拉，把民宗这块儿分给了俞问樵。俞问樵誓死不从，但局长不管这些，直接在大会上宣布了，消息一公布出去，有事都找他，起先，他还耐着性子说，唉，小某，唉，某主任，不是，这块就不是我管！……结果事情越积越多，人家还是找他，眼看着局长的脸越来越黑，终于在背地里放出一句狠话——不听话，就走人！俞问樵望了望天，只得消极应承下来。

这拆是拆不了，那就只有想办法保护了。俞问樵想了很多办法，也找了不少省市领导，最后终于找到一份旧文件，里面说如果寺庙超过五百年历史，占地面积不少于两百亩，可以直接办证。可这份文件是哪一年的呢？1999年。俞问樵很无语，1999年，这寺庙的住持在干什么呢？难道也在研制梅花饮？

俞问樵拍了拍脑袋，一阵烦闷。出了地铁站，他打的去了玉带街，他还是想会会那人。

他坐在河堤上，望着对面来来往往的行人，喝啤酒的，吃烧烤的，打情骂俏的，他突然觉得，眼前的一幕幕就是一部电影，可能是一部名为《玉带街的花与火》的纪录片。他就这么饶有兴趣地站在河堤旁，或坐或蹲，看着那些骑自行车的，步行的，或者提个公文包的，或心急火燎的，或故作悠闲的，走到某一个亮着红灯的小洗脚屋旁，猫腰一望，见四下里无人，赶紧钻了进去。

俞问樵就这么看着，足足盯了半小时，也没看见那个大黑胖子。他想起税务局曾局，他想了想，提起精神给他打了个电话，电话通了，他声情并茂地说，少年，玉带街的晚风，能邀你出来喝一杯吗？

那头似乎传来一声苦笑，说，还在加班，事儿没搞完。

半小时搞得完不？

搞不完，一小时也搞不完。

那就先出来吃，吃了再回去加班。

曾局笑了一声，也就答应了。

十几年前，曾局和俞问樵差点成了连襟，只可惜那个风流成性的大姨姐临结婚前突然恋上了一个小她六岁的大学生，要死要活跟曾局分了手，她成没成另说，但确实是令曾局消沉了好一段时间。那时候曾科长约俞问樵居多，不管什么地方，多晚，俞问樵必定到，大多数时候是去收拾残局，把不省人事的曾科长背回家。也好，那股被抛弃的哀怨变成了工作中的生猛，一路上曾科长手起刀落，过五关斩六将，很快成为区里最年轻的局长，紧接着又由商务局调任税务局，成为区里炙手可热的人物。成为中心人物后，曾局倒似乎没有什么变化，有时候私人聚会也喜欢把俞问樵喊上，过年过节的问候短信，比俞问樵的到得还早，这两年，明里暗里没少帮俞问樵的忙，也正因为如此，汪书记儿子的事，俞问樵才迟迟不好意思开口。

二十分钟后，曾局到了，俞问樵选了一家大排档最靠外的桌子，让老板把桌子斜放，他坐在面对街市的那一角，他相信，无论从哪个方向走出来一个一崴一崴的大黑胖子，他都能看到。

半扎啤酒下肚，从面前路过的，来来去去的腿不知看了多少双，俞问樵始终没看到一双一崴一崴的黑腿，正在他考虑还要不要再叫一扎啤酒的时候，一辆大块头的宝马越野吱的一声刹在路边，车门夸张地打开，跳下来一个小胖子，嘭，车门关上，越野吱的一声开走了。小胖子左手捏着手串，右边夹着公文包，一崴一崴地从马路边走过来了。

是他？不是他？不是他？是他？俞问樵的心突突跳着，不能完全肯定，毕竟镜头里总会有点失真。他停了筷子，眼睛一直跟着那人，只见他走进一家副食店，在门口买了包烟，拆开，点上，又要了瓶汽水，把公文包换到左边腋下夹着，一边抽着烟，一边仰脖子喝着汽水——这是那厮？俞问樵心里的疑虑越来越大，只见他竟然在门口的凳子上坐了下来，除了卖东西那男人，里间还走出来一个女人，两人都俯身在柜台上，伸长脖子，跟他交谈着，脸上挂满了亲热与巴结。

俞问樵把目光收回来。心想，你们聊去吧。

就在这时，他余光看到那人从凳子上站了起来，正一手夹着烟，一手夹着包，晃荡晃荡朝前走去，眼看他走到一个巷子口，俞问樵带着七分酒劲，一下站起来，冲那边喊了声：俞问樵！

那家伙一愣，回了下头，似乎感觉不对劲，猛地又把头扭了回去，刹那间，从腋下取下包拿在手里，就冲进了巷子——整个过程一气呵成，速度快得俞问樵的酒嗝才只打了三分之一个，等他气喘吁吁追到巷子口，连那人的影子都没看到，只听到深长幽暗的巷子里传来咚咚咚有力的脚步声的回响。

他拿拳头狠狠砸在墙壁上，上面筛下来很多细小的石灰皮，见鬼！他小声骂了句。

俞问樵试着向巷子里追了几步，但什么线索也没有，他垂头丧气地折返回来，曾局已经站了起来，关切地朝这边望着，问，什么事？

俞问樵心里一热，竹筒倒豆子般，把那事对他讲了。

曾局一笑，说，这事不是什么大事，顶多是个恶作剧，真正有深仇大恨的人不这么搞。

俞问樵听他这么一说，心里轻松多了，刚准备举起酒杯来，就听到他顿了顿，又说了下一句，不过，你还是小心点儿，今年换届，不要撞枪口上了。

俞问樵把酒杯放下，苦笑了一声。

5

星期五下午的时候,赵胖子组了个局,在白塔山庄。

白塔山庄在郊区。一高一低两山夹一道山涧,高的那山是悬崖峭壁,如刀劈斧凿一般,山庄就建在这山石之中。其中更有一个妙处,有一块凸出的岩石,上不着天,下不接地,伸在半空中,仅能建一个小亭。赵胖子便是一个月之前预订了这间小亭,给曾局庆生。

陪客们早早都到了,也不多,才五六人,但还没看见寿星的影子。赵胖子也不拿自己当外人,说,曾局还有个局,我们先聊。说着,便有人把窗子关上了。云罄松风顿时被关在了窗外,一时间格外安静。

俞问樵很少见赵胖子这么严肃的,只见他默默把一支烟抽完,顿了顿,才开口:承蒙大家赏脸,今天来赴我赵胖子的约,今天所到的各位,都是我所知的,曾局过命的朋友。可以说,这些年,我仰仗了曾局,也仰仗了各位,所以想请大家坐一坐。

他顿了顿,又接着说道,曾局今年四十五,在区里已无年龄优势,他必须在这一次换届中进入副区级领导班子,争取下一届进入常委,才不枉他这一生勤政为民哪。

知道他卖的什么药了,大家似乎都松了一口气,是啊是啊,大家都附和着。俞问樵稍稍朝椅背上靠了靠,云罄松风似乎从遥远的地方传到了他耳朵里。

又有人接着说,上头有人明示过,曾局目前的竞争对手有三位,一位是教育局甄局长,女性,"70后",实干型,也有人脉,传闻是……还有两位是"80后",上面不是一直说要起用年轻干部吗?这两位其中一位就是省里送下来培养的,还是"80后"女干部。

另一位呢?

另一位"80"后估计是陪跑的,暂时可以忽略不计。

这是明面上比较有实力的两位。

甄有基层、一把手的工作经历,两任,八年,曾局没有。但曾带领的税务局在抗疫中取得了省级先进集体的荣誉,曾局本人也得到了国家级的表彰——立即有人插嘴——甄是省人大代表,甄历任的乡镇两次被评为国家级卫生城镇……

不用比了,你们说的这些也太细致了,我记不住!赵胖子终于找到插嘴的时机了,但我算听明白一句话了,他们俩,是半斤对八两,对吧?那不如,我们现在来说说,怎么让那个八两变成四两?

一阵短暂的沉默后,终于有人缓缓开了腔,去年,不是某乡镇幼儿园出了事吗?

那不是甄任上的事,那时候她还没去教育局。立即有人反驳。

可那事不是还没完吗?还有家长在要说法呢。

所有人都沉默了。

赵胖子把手一挥,说,下一个!

这个"80后"的女领导嘛,省里送下来着重培养的,成绩平平,但很稳啊,挑不出什么毛病来的。

那,她结婚了吗?

有人不明白,盯着赵胖子,他一着急,脸便一黑,说,结了婚有结婚的说法,没结婚有没结婚的说法!

结了,老公好像在省城,开公司的……

什么公司?

正聊得炽热,俞问樵收到司机的一条短信:俞处,您有没有堂兄弟之类的,被人喊老俞或者问乔的?

俞问樵的心怦怦跳起来,他知道这个司机不是个多言多事的人,紧接着,司机发来一张照片,是背影,还是那个大黑胖子。他简短发了个消息过去:在哪里?

在停车场五十米左右的半山腰。

俞问樵把手拢在赵胖子耳边小声请了个假,就一路从山巅跑下半山腰,可停车场四周哪还有人。

6

俞问樵接到曾局的电话是第二天中午,他在电话那头笑,问,有没有兴趣见一见你那位同名的兄弟?

俞问樵正准备去看望丈母娘,只得好言哄骗妻子,让她自己去了,另外叫了辆车,直奔曾局处。原来已有人在别处看到那个大黑胖子开的宝马了,上相关网站一查,便查到了他的一些资料,然后顺藤摸瓜,查到了他的其他资料:余贵生,男,1978年出生,胡家凉亭小余湾人,初中文化程度……名下有一家建筑公司,两处房产,两辆车。

是你同学呢。曾局说。

俞问樵凑过去,看到了网站上余贵生年轻时的脸,那些在脑海里呼之欲出又不出的记忆终于脱壳而出,余贵生!他拍了一下脑门,终于想起来了。

我约了他下午过来喝茶,他答应了。曾局说。

俞问樵恨不得握住曾局的手,连连摇着说谢谢,但他只笑了笑,把手放在额角,向他敬了个礼,说,谢了。

加了把凳子,俞问樵坐下来,饭局已经残了,服务员倒上来茶,一圈人开始抽烟。人们开始议论纷纷,无非明年的换届,眼前的楼市,即将动工的新河大桥,在一片嘈杂之中,曾局的电话响了,他做了个噤声的手势,所有人立即安静了,就连老曹打了半个的喷嚏也硬生生吞了回去。

嗯,嗯。好,好。四个字,曾局的电话接完了,他站起来,问俞问樵,这会儿区里有个紧急会议,我得参加。你是跟我一块儿走,还是……

我?俞问樵刚来,他更着急想见见那位初中故人,他摇了摇头,说,我,就在这里等你们吧。

大家纷纷站起来,有人要去看外孙,有人要补午觉,还有人有三千万的单要签,大家都散了,只有俞问樵留了下来。杯盘狼藉撤下去后,服务员上来做好清洁,茶艺师便上来了,点了檀香,再净手泡茶。

俞问樵站到窗边,院子外面是一片老城区,一个油渍斑驳的巷子口正对着马路,石库门上横七竖八拉着许多电缆电线,上面又五颜六色挂着许多长裤短褂,老人三三两两拄着拐棍,提着青菜在门口闲聊。一个骑着自行车的少年从门口呼啸而过。

曾经有一段,余贵生是他非常要好的同学、伙伴儿、哥们儿、知己。

1989年,俞问樵从村办小学考上了镇上唯一的重点中学。开

无限寺

学后，他每天都要步行十几里，从村里到镇上去上学，下午放学后，又要步行十几里，从镇上返回村里。因为全村、全小学，只有他一人考上了镇中学，所以那条路他一直是一个人走。其实孤单点儿倒也没什么，俞问樵经常一边走一边背英语单词，一边走一边做试卷，但秋冬季节，天黑得太快，经常是离家还有四五里路天就黑了。俞问樵那时候还没长个子，生得单薄瘦小，村里的老人常常开玩笑，一只半大狼崽就能咬住他的脖子，把他甩在背上背走。所以俞问樵每到天黑的时候就非常害怕。这种害怕是与生俱来的，白天的时候，太阳还在山脊，他会想，我一定不怕，这有什么好怕的，如果狼来了，我就跟它搏斗，我要用书包带子缠住它的脖子，用石头砸它的脑袋，不，眼睛，先弄瞎它……可是到了晚上，天一黑，狼还没有来，这个小小少年就不由自主地感到害怕了。

大约过了小半年，俞问樵发现，自己身后总跟着一个人，一个矮墩墩的小黑胖子，他走他也走，他停他也停，到了胡家凉亭后，他往左拐，他往右拐。开始的时候，他还没在意，只是心里庆幸，多了个同路人，狼和害怕的这些念头便很少到他脑海里了。直到有一天，他因为上体育课扭伤了脚踝，怎么也走不快，那个小胖子依然跟在他身后。

但他也没打破这种默契，每天无声地同行到胡家凉亭，他往左，他往右。直到有一天，在快到胡家凉亭时，俞问樵一回头，发现小胖子一直在无声地哭泣。他站住脚跟，想问问为什么。等他走近，看到他手里捏着一张卷子，他想起来了，下午各班都发了数学试卷，他看到他的试卷上无情而狰狞地写着59分。

我怕回家被我爸打死。小胖子就这样开口了。那是他们第一次说话，但小胖子一开口就说了很多，他说知道他叫俞问樵，是隔壁班的，知道他成绩好，作文写得好，字也写得好，老师们都很喜欢他。

要不，我们换一下？俞问樵很着急，眼看着天色就要黑下来，而他还要往前走四五里路才能到家。

真的？小胖子喜出望外，那惊喜让俞问樵也无法考虑这方法的可行性了，两人当场交换了卷子。

俞问樵不知余贵生是怎么蒙混过关的，但第二天，他给他带来了肉包子，他早早等在凉亭里，见俞问樵走来，远远便扔了个纸包给他，俞问樵打开一看，竟然是久违的肉包子！

香吗？

香！

好吃吗？

好吃！

他俩就这样对上话了，余贵生滔滔不绝讲了一路，什么隔壁母猪下崽了，一窝下了二十个，家里鸡发瘟了，所以吃到了鸡肉，前天晚上父亲跟母亲干仗了，天上的，地下的，看到的，听到的，他都跟俞问樵讲，俞问樵读英语的时间都被他占用了，但也乐得被占用，他仿佛才知道，原来除了读书，还有那么多有趣的事。两人从此结伴而行，在路上干了不少坏事，下河摸鱼，田里偷瓜，把迷路的小牛犊赶到水凼子里，把狗尾巴草结成绊子绊人，在路上挖个坑，把新鲜牛粪埋在里面当地雷……俞问樵每天在学校里还是一本正经地拿第一，但放了学就不一样了，他俩就像那没上笼头的半大畜生一样，撒开了四蹄地到处撒野。

直到进入初三的那个秋天，一天傍晚，他刚刚到家，天还没黑下来，堂屋里放着一辆崭新的自行车。自行车！他惊呼了一声，扑上去，双手握住自行车把手，转动了一下龙头，按了按铃铛，又蹲下去，用手捏住踏板，摇了一下，车轮转动起来，钢丝发出细密又悦耳的喳喳声。他马上把自行车推出屋，推到附近的稻场上，就着三脚架骑起来。姐姐和母亲拿着手电筒跟着，没有人告诉他，这是父亲咬牙卖了一头喂了几年的半大牛犊买的。

第二天，俞问樵早早上路了，尽管田间小路，一半是人骑车，一半是车骑人，他依然比平时早到了十分钟，而余贵生早已等候在那里。

哇，自行车！余贵生也高喊了一声，他围着自行车转了个圈，摸摸这里，拍拍那里，眼里心里满是兴奋。

走，我带你！俞问樵说，说着，他就跳上了自行车。

好。余贵生也没有多废话一个字，他看准俞问樵骑稳当了，就往后座上一蹦。哪知嘭的一声，两人都摔倒在地上。

再来！我刚才没准备好。这回，我喊一二三，喊到三的时候你再跳。俞问樵把车子扶起来，崭新的车子摔在地上，他有点儿心疼，但他什么也没说。

但是第二回，两人还是同时摔倒在地上。

跳了第三回、四回、五回，还是两人连车子一块摔在地上，余贵生不好意思了，说，别，别跳了，车子都摔坏了……我心疼……要不这样吧，你在前面骑，我在后面跑——我跑得可快了，你骑慢点儿，我肯定能追上你。

俞问樵看看前面的路，又看看余贵生，太阳已经升起来了，英语老师怕是已经进教室了吧？他一着急，跨上三脚架，说，那好吧，我骑慢点儿。

那是一条沙石大路。俞问樵起先还骑得挺慢，余贵生还能在两米开外跟着，他一边气喘吁吁地跑，一边还在跟他唠叨，我爸昨晚又跟我妈打架了，一拳打在我妈的鼻梁上，我妈的鼻子顿时就歪了……我迟早要敲破他脑袋的！余贵生狠狠地说。

不知不觉地，俞问樵越骑越快，开始他还能听到余贵生的唠叨，后来就只能听到他的脚步声，再后来，在小坡顶上休息的时候，看到余贵生已是一个圆乎乎的黑球了，在灰白的大路上蠕动，他把手拢成喇叭状，大喊：余贵生，跑快点儿！余贵生加紧跑了两步，但又慢下来，俞问樵不知道他已累得嗓子发紧心口发疼，两条胖腿在地上拖也拖不动。

一辆自行车从小路插到大路上来，骑车的年轻人看了俞问樵一眼，从他面前扬长而过，瞧，他骑得多漂亮，他从后面上车的，腿伸得笔直，画了一道优美的弧线，俞问樵的目光追随着那人从坡顶俯冲下去，没有一秒钟的耽搁，他也跳上了自行车——这时，他还没有忘记余贵生，他心想：我到前面坡顶上去等他吧。

第二天早上，俞问樵到达两人会合的凉亭时，余贵生已等在那里，但他脸上挂着的不是平日那喜出望外的笑容——有一点儿尴尬，有一点儿小心翼翼，平时话多的他甚至都不知道说什么了——还是他先开了口，他说，你骑，你骑，我跟得上。

俞问樵还没发力，自行车就跑出了好远，他轻轻踩了两下，余贵生就被远远抛在了后面，他大喊道，我到前面坡顶等你。

好！余贵生大声回答，他小跑起来，冲过来，想抓住后座，但自行车晃了一下，他又赶紧松开了手。他一直跟在后面，书包打在他屁股上，发出啪啪啪不均匀的声音，汗水从他黝黑的脸上冒出来，流下来——大路上只有自行车发出的细密的喳喳声和他粗重的呼吸声。

一颗小石头在脚下滚了一下,余贵生摔在地上了,不知是出于什么原因,他没有像平时那样喊出声——他爬起来,自行车已骑出去很远,他干脆停下来,看到自行车越走越远,远到只剩下一个小黑点。

第三天,余贵生不在凉亭里,俞问樵想,他是不是先走了?第四天也没看到,然而,一路上,他都没看到余贵生。

俞问樵的生活开始有了新的内容,新班老师讲课太快,作业太多,新的对手太强大,他还能考到第一吗?……他的新生活里有新的同伴儿,渐渐地,他把余贵生忘了。

后来,偶尔在出早操或上厕所的时候听到别人提起过余贵生,说他辍学了,也有说他那个开拖拉机的父亲当上小包工头了,把他转学到了城里。听到这些消息时,俞问樵愣了一下,那些愉快的放学上学路上的记忆就要涌来了,可急促的上课铃声马上把他拉回了现实,大喇叭里传出校长的喊话:同学们!要加油!要努力!一分压倒一批人!决定你们穿草鞋还是穿皮鞋的时刻来临了!

成堆的英语试题、数学试题、物理试题,让俞问樵彻底忘记了余贵生。

现在,余贵生回来了。他甚至用这么个恶作剧似的方式回来了。这让俞问樵不觉又在心里笑了一下,他感到了一种从未走远的情谊,就像余贵生在他肩头轻轻砸了一拳——这小子,他一定混得还不错!不然,他不会回来,更不会用这种方式来跟他打招呼。

俞问樵坐在寥寥茶香里,他不用再问那个问题了,关于余贵生为什么要冒充他,他有一百种答案,尽管不一定是余贵生心里想的那个,但一百个围攻一个靶心,也差不太远吧?

对面的楼群旁,立着几棵泡桐和几根电线杆,在渐渐暗下来的天色中,一群又一群的鸟雀正飞往这里,它们一排排地停留在电线上,已达数百只之多,甚至还不止。可能是麻雀,也可能是乌鸦。俞问樵在心里说。他想到家乡的田野已经空了,鸟雀已经和人一样,不得不迁往城市。

他和余贵生一样,都是这迁徙的鸟,还有小万。余贵生想成为他,而他何尝又不想成为别人呢?X,Y,Z,甚至别的他。

天黑了,要下大雨了。茶艺师顺着俞问樵的目光看出去,她用略带着轻松的语调说。

有人喜欢下雨吗?俞问樵看向她,年轻的眼睛里压抑着兴奋的光,答案不言而喻。

俞问樵不知道的是,他把余贵生冒充他当作一件大事来对待,谨慎得如同一只惊弓之鸟,但,他不知道的是,今天下午的常委扩大会,就是处置无限寺的问题。

这些鸟儿千里迢迢迁徙到这里,怎么会想到自己历尽千辛万苦,腾挪躲闪,还是逃不开这朵铅灰色的云呢?

咚咚咚!三下,接着又是三下,把门擂得发出回响。余贵生现在过得不错啊。否则哪有这底气敲门,俞问樵想,不知他最终把父亲的头敲破没有?推开门后,他会说一句什么呢?

老俞,你让我找得好苦啊!还是——走,去坐一坐我的宝马香车!

2022年2月7日

阿盲拾金记

1

也许,我的生活被打乱,就是从我提回一袋美金开始的吧。

多年以后的一个秋天,我们坐在江边,面对滔滔奔流的江水,看着从芦苇丛中走来一对对拍婚纱照的情侣,不远处的江面上响起了一声声悠长的汽笛,阿盲的话匣子打开了。

那时候,阿盲还在开的士。

他叫瞎子阿盲,但只是高度近视,那是我们初中那会儿给他取的外号,不论谁喊,他都能答应,所以一直叫到了现在。照说,一个高度近视的人,是不应该开的士的,可生活嘛,哪来那么多照说。读书那会儿,老师老说照这样计算照这样计算,一个人两分钟吃一个馒头,十分钟吃几个?半小时吃几个?稻谷亩产1000斤,每年递增10%,第二年亩产多少?第五年多少?——一个人十分钟吃五个馒头,半小时还是吃五个,至于亩产嘛,现在的超级水稻大概亩产1600斤,跟第几年几乎无关。所以,成绩优异,超级会演算一边进水一边出水的阿盲也理所当然地开上了的士,而且开得不错,从未违章,从未遭到用户投诉,从来都是拾金不昧。他的车干净整洁,就像他的人一样。

然而,除了那袋美金。

那是个初夏的晚上,应该是五月份吧,草木茂盛,树叶葱绿,接近深夜了,阿盲的车开到城边,刚送走一位客人,他停下来,准备去树丛里嘘嘘一下,哪知车刚停稳,就从浓黑的树荫里走出来一个人，要打的，阿盲问了地址，不是很远，便把尿意憋了回去。

那人上了车，坐在副驾驶的座位上，表情严肃，一副拒绝讲话的样子，阿盲看了看，本就不多话的他便闭了嘴。到了目的地，那人付了钱，下了车，直直一顿小跑，跑进一片浓荫之中，便消失不见了。

同样是一片浓荫，一点儿也不影响阿盲嘘嘘，他钻到树林里，长长嘘了一顿后，回到车旁，活动了一下手脚，在树下深深吸了几口新鲜空气，正准备上车，才猛然想起，刚才那人上车的时候拎着一个黑色塑料袋，而他下车时，却两手空空。阿盲活动着僵硬的脖子，心想等一会儿吧，那人估计要回来的。他早已不是第一次捡到东西，各种各样的乘客丢各种各样的东西，衣服，钱包，土特产，手提电脑，甚至孩子，他都如数上交给公司了，所以他年年是优秀员工。可是等了大约十分钟，那人还没有回来。他是在路边拦的车，不是网约车，他可能联系不到我，阿盲想，他上下车都没有看车牌，特别是下车，直直地朝前跑去，根本什么也没看，他为什么这么匆忙呢？在鸟不生蛋的地方上车，又到鸟不拉屎的地方下车，下车还跑……阿盲回忆起那人的种种表现，不觉一阵脊背发凉，脑袋里不由得跳出几个法制新闻的标题：《男子深夜碎尸，抛尸计程车》《计程车主拾金不昧，"金"却是人手人脚》……一秒钟不到，阿盲跳到车右边，拉开椅子，取出那人放在座椅下的塑料袋，打开一看——或许不是看，而是当他的手指触及塑料袋的一刹那，他就知道，那是钱！等他打开一看，更是惊得下巴脱了臼，那是一捆捆，捆得整整齐齐方方正正的崭新美钞！还带着银行的封条！

阿盲拾金记

阿盲的心猛烈地跳动起来，他感到自己全身的血液都在往上涌，他的脸发胀，手发紧，嗓子发干，他粗略用手扒拉了一下，足足有十几捆之多！他左右看看，确认四下里无人，又把酒瓶底似的眼镜取下来，放在T恤上擦了擦，重新戴上，再看，确实是美钞！他感到似乎有人抓住了他的脖子，猛地把他往上一提，有一种眩晕感，他将那一袋美钞抱在怀里，上了车，回到了驾驶室。他深吸了一口气，把袋子扎紧，扔到了座位底下，还毫无必要地把座椅往前移了移。他锁了车门，手握在方向盘上，却没有开车的打算，他在脑海里盘算着：他是在路边拦的车，不是网约车；他付的是现金，不是支付宝，不是微信，没有要发票；他上车的时候从树荫下走出来，没看车牌，下车时在右手边，下去后直直地上了人行道，跑进了树荫里……阿盲深呼吸了一口，又捋了捋思绪，他发动了车子。

这一回，他没有把钱交给公司。

2

一共有二十万美金，折合人民币大约一百四十万，这是他二十年的工资，阿盲迅速在脑海里扒拉了一下——二十年不吃不喝不拉撒的工资总和！二十年啊，多少个起早贪黑，多少个风里来雨里去，阿盲仿佛穿越了二十年的腥风血雨，天气恶劣的凌晨，交接班，凄风苦雨，等在空无一人的大街上，打着破伞，伸长脖子盼望车子的到来；半夜车坏了，一个人在路边苦等，等待救援的车子；辗转租房，结婚，寒酸的婚礼；孩子降临，高兴，却也愁苦，奶粉钱，医药费；母亲老了，生病，在医院打点滴，冰冷的病房，没有钱医治……就这一下，就得到了二十年的工资！不花一个小时，不费一滴油，不要一个油门刹车，就得到了二十年的工资——总和！那是一套房子，一个家，甚至更多，阿盲经不住这换算，这换算让他不能自已。

阿盲把车子发动，离开城郊，把车开到了灯火通明的汉口，可有人拦车也照样让他心惊胆战，他太怕被认出来了，钱被人要回去还在其次，更重要的是那种被人指认出的羞耻感，想一想就让他害怕。他把空车牌打下来，把车开回了德润里，停在里份门口，他关掉车灯，坐在没有灯光照射到的车内，把那笔美钞从座位下捞出来，搁在大腿上抚摸着，他就这样直挺挺地坐在车里，重复着这一个动作，任何一点儿风吹草动都让他一阵哆嗦，一只野猫从垃圾桶上跳下来，一对偷情的情侣从旁边嬉笑而过，一片树叶掉到引擎盖上……就这样坐了一小时，阿盲像是经历了一场历时长久的酣战，浑身疲软地从车上走下来，他把那个黑色塑料袋装进每天携带的运动背包里，幸好它够大，除了他自己，谁也看不出来多装了什么。

进门的时候，小影正背对着门在电饭煲里捣鼓着，听到门锁响动，她转过头来，回来啦？她冲阿盲一笑，然后又转过身去，阿盲趁机把背包轻轻放在凳子上，沉重的背包碰撞椅子发出轻微的响声，幸好小影没有注意。

你在搞么事？阿盲问。

卤鸡蛋呀，小影微笑着转过头来，给你明天带着。在武汉的大街小巷，最不缺的就是吃的，随便刹一脚，就能找到各种各样的好吃的，可小影依然这样，好像阿盲每次出车都是一趟远门。

我有点累了。他靠着墙坐下来。

好，我把卫生间收拾一下，你就进来洗澡。说着，小影进了卫生间，阿盲趁机把黑色塑料袋拿出来，丢到床底下。

小影是阿盲的女朋友。五六年前，一天傍晚，阿盲出车路过东亭一路，看到一栋石头砌的宅院，门口挂两个大红灯笼，夜色阑珊中，一个小个子女孩蹲在门口号啕大哭，宅院里或者说店家吧，没有一个人上前来看看，问问为什么，零星三两个路过的人也跟门口的石狮子一样无动于衷。阿盲把车停在马路对面，穿过呼啸的车流，跑过去问她怎么了，需不需要帮助？小影抬起哭皱的脸，哭肿的眼睛，看向阿盲，从此，她就跟着阿盲走了。

阿盲并没有要瞒着她的意思，恰恰相反，他是为了她才拿这笔钱的，一想到巨款，阿盲想到的首先是房子，房子！阿盲想到的是小影和孩子们在地板上做游戏，她柔软细致的腰肢在屋子里走来走去，细细白白的脚后跟在他眼前晃动……只是，在他没想好该怎么做之前，他还不想告诉小影。

等阿盲从卫生间出来的时候，小影已经躺在床上睡了，她睡里面，面朝着窗户，留给阿盲一个纤巧的背影，两个白皙的肩膀从暗红色吊带裙里露出来，格外惹人怜爱。阿盲的心动了动，侧身坐到床上，伸手拍了拍她的肩膀，可小影已经睡着了，她迷迷糊糊应了一声，并没有睁开眼。小影的工作很累，除了当服务员端菜外，还要拖地，洗碗，择菜，洗菜，工作很杂很多，这让阿盲格外心疼，他想了想，把手伸到沙滩裤里，拍了拍自己，也侧身睡了。

这一夜，阿盲睡得很不踏实，他做了一夜乱梦，个个都跟这笔钱有关。

首先，他梦见这笔钱是一对下岗夫妇的，他们东拼西凑攒给儿子出国的，结果钱没了，儿子也没了。

　　第二个梦，阿盲梦见那笔钱是海外华侨捐给希望工程的，打算在阿盲老家建五所希望小学——这下好了，脸都丢到老家去了——阿盲并不太介意丢到海外——他梦见自己被抓走时，母亲拖着年迈的身子在警车后面跑，他把脑袋从窗户里伸出来，大声喊着，妈，妈！想说一句我是被冤枉的，可怎么也喊不出来。他还梦见自己见到了法制节目的主持人阿尔法，在看守所里，他穿着橙色的看守服，戴着手铐，阿尔法采访他，请问这位公民，据我所知，你一向拾金不昧，为什么这次，这次……阿盲张了张嘴，正准备回答，可话筒一下杵到他鼻孔里，他一晃脑袋，躲过了，刚一回头，话筒又杵了过来，他使劲摇着头，就醒了。

　　第三个梦最漫长细致，阿盲梦见自己跟小影一块儿逃难。后面有很多警察追击，荷枪实弹的，噗噗噗，子弹到处射击，打得灰尘四起。小影背着那一袋美金，匍匐在前，阿盲跟在后面，他一直大声喊着，小影，小影，你快跑。小影说，不，要走一起走……结果，一梭子弹射来，阿盲中弹了，他又醒了过来。

　　阿盲感觉自己出了一身大汗，在床上印出一个人字形的印子，他朝外挪了挪，在黑暗中喘息了一会儿。真被发现了，也没必要开枪射我们吧。阿盲心想，大不了到时候把钱还回去。子弹打到哪里了呢？会不会有致命伤？不会就这样挂了吧？醒来后，阿盲的心还是扑通扑通跳个不停。阿盲想起梦里阿尔法的那个问题，可……可什么呢？毕竟这笔钱太多了，足够阿盲翻身了——不，不止，不止他翻身，还有小影，小阿盲，小小影。

　　阿盲翻身过去，把脑袋伏在小影肩头，手搭在她髋骨上，轻轻摩挲着，小影迷迷糊糊地醒过来，侧过身来，把头扎在他胸前，

阿盲拾金记　115

一边在他脖子上蹭着,一边说,怎么了?想?说着,就要去褪肩上的吊带。

阿盲长吸了一口气,可小影的温柔让他还是不能自已,他脱口而出,小影,我捡到了二十万。

话一出口,阿盲马上又指望着小影没听见,可她迅速睁开了眼睛,啊?还眨动着迷糊的眼睛,却努力抬起上半身,看着他。美金。他说。小影坐了起来,下意识地朝四下里看看,带回来了?

是的。

3

第二天一早,阿盲很早就醒了,但他躺在床上,一动也不敢动。

他屏住呼吸,连大气也不敢出,仿佛黑暗里有一股神秘力量在窥视他似的,好像一动,就会被什么无形的鬼魅抓走一样。他就这样直挺挺地躺着,一动也不敢动。直到窗外的曙光透进来,麻雀开始在树枝间跳来跳去,叽叽喳喳叫个不停,这样,一些力气才多少恢复到他身上。他摸到床边的眼镜和手机,去了卫生间。他在马桶盖上坐了很久,咬了咬牙,深吸一口气,仿佛狠狠下了一股决心似的,终于打开了手机。

还好,没有无数个未接来电,没有短信轰炸。

他小心翼翼点开了公司的微信群,一群,二群,三群,骤然间几百条消息跳了出来,阿盲没有像以前那样直接设成已读,而是一条一条从头往后读。

《5G前夜的定点清除：美国围猎华为始末》

《面对特朗普提出的停战条件，我们能答应吗？》

不知谁率先在群里发了这两篇文章，顿时炸了锅。

不答应！老子第一个不答应！

会不会打起来呀，老子好怕怕呀！

怕？怕个锤子哟！不存在的。

打打打！who怕who？

……

阿盲一条接一条往下看，几乎能从屏幕上闻到唾沫星子溅出来的口臭味儿，但就是没有寻找美金的消息，一群、二群、三群，都没有。阿盲的心稍稍安了点儿，他用自己的左手抓住右手，把它们塞到屁股底下，压住，这才看不见它们的颤抖了。

这不合理呀！阿盲突然跳了起来，丢了那么一大笔钱，怎么会没人找呢？他有些按捺不住，不可能吧？是不是还没找到我们公司来？会不会在下车的地方苦等？拉横幅？悬赏？

阿盲想去事发地看看，可又不敢。会不会被认出来呢？这不是自投罗网吗？多少凶手都是因为好奇，跑回事发地查看结果被逮了个正着？——《刑警巧布局，笨"贼"自投罗网》《守株待"贼"，好奇害死猫》，不由自主地，阿盲脑袋里又跳出两个法制新闻的题目，理智告诉他，不能去冒那个险。

阿盲克制着内心那着了魔似的念头，刷牙，洗脸，吃了小影昨晚给他做的早餐，从床底下拖出那袋美金，捏在手里，反复翻动，摔，打，砸，让它们发出各种声响，还狠狠地扇自己耳光——还好，没有从梦中醒来。

难道，这是假钞？冥币？阿盲被自己的想法吓了一跳，他想

阿盲拾金记

丢几张下楼,看看有没有人捡,但最终还是忍住了,你想把警察引来吗?你这瓜娃子!他骂自己。

阿盲从每捆里抽出几张,怀揣着下楼了。

4

阿盲刚走到里份口,就碰到个发传单的。

那人快步走到阿盲面前,递过来一张花花绿绿的纸,问,先生,要房子吗?

要房子吗?阿盲一愣,随即说,好像房子是送的呢!

差不多,买房子送车位!那人态度好,赔笑着。

你看我像买得起房子的人吗?阿盲一边往前走,一边说。

那人一愣,但随即笑道,当然像!我看大哥您天庭饱满,地阁方圆,非富即贵,一定是买得起豪宅的人!

阿盲心里的紧张稍微松弛了一点,随手接过那人递来的宣传单,问,您还会看这个?

当然当然。

阿盲心里有事,只顾往前走,那人却跟上来,说,大哥,这上面有电话号码,是我的,你要看房子,记得先给我打电话!阿盲随口答了声,好嘞!他举起宣传单,看到上面印着一家三口,正向一栋高档住宅奔去,上面用加粗的印刷体印了一句蹩脚的广告语:回家的诱惑。那个男人穿着高档服装,显然跟阿盲不是一个阶层,但那个穿裙子的女主人纤细的身影,不由得让阿盲想起小影,他不觉停住脚,问,这房子在哪里?多少钱一平方米?

那人赶紧跟上来,吧嗒吧嗒说了一堆,怎么认筹,怎么让两万变五万……阿盲正在脑海里加紧计算到底多少钱一平方米的时候，那人问了句，大哥，有烟吗？

阿盲把手伸到裤兜里，平时出门，他是会带烟的，他不抽，用来敬人，可偏偏那天他没带。他把手抽回来，正准备抱歉地笑笑，可看到面前那个一口一个叫他大哥的男人，正满脸期待地看着他，一个狡黠的念头在他心里闪过，于是他笑了，说，真不好意思，大哥，偏偏今天没带，不过，昨天载了个外籍友人，送了我一张美钞，你要是不嫌弃，送给大哥您买烟了。

那人笑了一下，连声说，不嫌弃不嫌弃，多谢多谢。

阿盲把钱给他了，往前走了半条街，又折回来，躲在暗处，看见那人去便利店买了包烟，优哉游哉地点上了——这么说，这钱是真的了？那这就不用验证了？阿盲正想着，可眼见着那人走到阳光下，把宣传单夹在腋下，从兜里掏出那张美钞——原来他没用，他把美钞在阳光下弹了弹，对着太阳看了看，竟然对着它吐了口气，认认真真折叠好，放回了口袋。

阿盲气得骂了句娘，狠狠跺了下脚，看来还是只能自己去银行了。

他去了里份外最近的那家银行，自从使用微信、支付宝收付款之后，他很少来银行了，没想到里面依然人头攒动。这是老城区，老人比较多，他们提着手提袋，背着背包，有些还拉着小推车，下了早市的菜农也挑着筐子歇在门口，等待着把手里的零钱存进去，把微薄的退休金取出来。

阿盲小心从他们身边挤过，找到大堂经理，在她的指引下，填了张表。身份证号码，住址，联系电话，还有对应的卡号，都要一一写上——不能取现金，只能兑换成人民币打到银行卡里。

其中还有一项是用途，用途？阿盲想，人民币的用途？那可就太多了，吃饭？穿衣？结婚？买房？正在一筹莫展的时候，那位长得像模特的大堂经理又转过来了，原来，用途指的是出国旅游、文化交流等——大概意思就是，你这美元，是怎么来的。

唉，没文化，真可怕。阿盲不由得在心里感慨。

一个胖乎乎的银行小姐接待了他，她看了一眼坐在柜台前的阿盲，嗫着肉嘟嘟的红嘴唇，问，哪儿来的呢？

嗯？

胖小姐抿了一下嘴唇，相当于是翻了个白眼，她扬起手中的钞票，说，我是问这些钱，钱是哪儿来的？

阿盲一愣，单子上填了，可怎么填的呢？排队等了好半天，银行冷气足，他给冻忘了，他想把单子拿出来看看，可已经递给柜台小姐了。他突然脑袋短路，该怎么回答呢？他只得挠了挠额头，终于脱口而出，是，是表哥给的。

胖小姐歪着脑袋，两颊坠着两团粉嘟嘟的肉球，盯着阿盲看了好一会儿，似乎想从阿盲的五官上判断他是否有一位这么发达的表哥似的，盯了好几秒，竟然又问，表哥在美国啊？

嗯嗯，是的，表哥，考大学出去的，在世界五百强做主管呢。阿盲成天在街上跑，见过各色人等，也听过各种曲折离奇的故事，所以一旦确定好要编故事后，也能顺着往下编，我这表哥呀，小时候家里可穷了，但他读书特别用功，他真是太争气了，全村第一个大学生，说一定要考到美国去，把美国总统策反，可他去了美国后呢，就不回来——被老美们策反了……嗯，行了！柜员小姐听得不耐烦了，阿盲还打算往下说，那时候他读大学的学费，还是我们家出的呢，他是我妈的亲侄子，这不，还算有良心，回来探亲，给我们一人带了一面美国国旗，还有这……可他看看柜台小姐的样子，心想，我还是不要多嘴了吧，万一把她给惹毛了呢。

这钱当然是真的，换到了一笔货真价实的硬通货——人民币，阿盲把这钱从卡里取了出来，放在裤兜里，他把手伸进去，捏着这笔钱，钱蓬蓬松松的，还带着些张力，捏一下，塌下去，手指稍稍放松，便又膨胀起来，微微抵着手指肚。他捏一下，然后又松开，松开，又捏一下，体会着钱对手指肚造成的轻微的压力，想象它们正在他的裤兜里伸懒腰打呵欠。一个笑容在他脸上荡漾开来。

他快步从银行的台阶上跑了下去，心情好到要起飞，恨不得一步从最上面跳下去，太感谢那位素未谋面的表哥了，哪来的什么表哥呢？表姐倒有不少，有一位还真是他们家资助的，可毕业后，她就给老家寄过一封信，从此没了消息。有人说她被拐卖到了大山里，有人说她嫁了个官二代，谁知道是怎么回事呢？嫁了个官二代为什么不认自己爹娘呢？怕婆家嫌弃？一家人可被她害苦了，本来就穷，还要给她还贷，简直是雪上加霜啊。

唉，真是。阿盲感叹了一番，不过好心情并没有因此而遭到破坏，他从楼梯上冲下来，找了个僻静的角落，拨通了小影的电话，大声说：

小影，我们有钱了！我们有钱了！

阿盲在路边扫了辆共享自行车，一掀长腿就跨了上去，夏风把他的衬衫吹得鼓胀起来，阿盲感到路过的所有行人都对他展开了笑脸——这个世界温柔极了，他突然撒开双把，迎风狠狠踩了一段——他想要给这世界，给他遇到的所有人，一个狠狠的拥抱。

阿盲拾金记　　121

5

在里份门口,阿盲等小影,窄窄的几米宽,他走过来,没看到小影,走过去,也没看到小影。他只得换了一种方法,数到五十再抬一下头,如果没看到的话,再数到六十,再抬头——可他直到数到数字错乱了,也没看到小影。

阿盲,你这个鬼东西,转来转去转得我脑壳发昏!在门口卖葱的太婆捡了块小石子砸他。阿盲一闪,躲过了,没想到倒把小影砸出来了,她小小尖叫一声,朝阿盲跑过来,阿盲扭头对太婆说,哇,你是孙悟空变的吗?一点就把我们家小影点出来了。太婆毫不理会阿盲的玩笑,挥着手说,小伢们,边哈去玩边哈去玩。

那个?在黑暗的楼梯上,小影的黑眼睛里闪烁着光芒,等不及要问。

阿盲忍着要溢出来的兴奋,没有回答,而是在她腰上掐了一把。

被别人看见了!小影惊呼一声,朝墙边让了让,可阿盲不依,反而往前凑了凑,一手扳住她的腰,另一只手就又伸过来了。小影往后一退,两只手接连拍打着阿盲,转身就闪进了屋。阿盲也踩着脚跟进来了,一进来,长腿朝后一踢就把门扣上了。他捉住小影,使命按在墙上,嘴上手上就使了些力气。

嗯嗯,那个那个……小影的嘴被堵住了,还想含含混混说些什么。

是的,傻瓜!阿盲的手上更使力气了。

那个那个……

哪个？

阿盲的头让开一道缝隙，小影指了指窗帘。才二楼呢，小影不想第二天被嫂子们开玩笑。

阿盲这才松开小影，走过去把窗帘拉上了，小影又指了指床头柜，阿盲一笑。他拉开床头柜的抽屉，把口袋里的钱拿了出来，在小影眼前晃了晃。小影惊呼一声，两步跳了过去，可阿盲没有把钱递给她，而是在她面前晃了晃，小影知道阿盲在逗她，便伸手去抢，可阿盲左躲右闪，就是不让抢到，趁小影一低头的瞬间，阿盲把一沓钱抛向空中，在粉红色花雨的序幕中，阿盲把小影推倒在床上。

这钱是真的了？

真的！

啊！小影大叫一声。

真的真的！比你还真！

小影在阿盲背上抓了一把，这回轮到阿盲尖叫了。

我要回家看奶！

看！

我要给奶看眼睛！

看！

我要……我要见你妈！

见！

我要……

我要你。阿盲不让小影再说话了。

阿盲醒来的时候，小影还在昏睡。她小麦色的皮肤在黄昏来临的出租屋里显现出象牙般的色泽，几缕头发被汗水濡湿了，粘在额头上，阿盲侧过身去，轻轻把它们挑开了，小影的嘴角微微翘起，露出一股满足的笑意，阿盲心里又一阵悸动，但他忍住了，他翻身起床，来到了厨房。他饿了，想找点吃的。

砧板上有两块西瓜皮，是他等小影时吃的，刀没洗，窗外的蚂蚁顺着甜味，曲曲折折爬到瓜皮上、砧板上，在那里忙忙碌碌。有两只爬到刀锋上，急促地在上面走来走去，却找不到路。往前几步，后退，左走两步，右走两步，又急急忙忙折返回来，紧张兮兮伸出头去探望……阿盲呆呆地看了一会儿，把瓜皮扔进垃圾桶，擦掉砧板上的汁水，却不忍心擦掉刀上的两只小蚂蚁，他把刀竖起来，靠在窗台上，那附近有一条曲曲折折的蚂蚁路。

阿盲把砧板挂起来，看到下面垫着的一张宣传单——是小影一直想去玩的真人游戏，乞力马扎罗之巅。小影的好朋友在里面上班，听说一整栋房子都是游戏区域，分角色扮演，有穷人，有富人，有官员，有商人，通过各种公平买卖集聚财富，便可升级，最高级别就是顶楼的乞力马扎罗之巅，那栋楼就在江边，俯瞰整个江滩，听说顶楼有多得数不清的神秘奖品，全部是稀世珍宝，如果能在游戏里达到那个级别，在生活中也就翻了身。阿盲跑的士时常路过那里，晚上也灯火通明，他有时候会仰望那里，里头到底有什么呢？他也曾好奇过，惹得那么多人追捧。不过，小影想去完全是因为她的闺蜜，她在那里打工，业绩一直不好，老受人欺负，小影想去支持她一下。

阿盲算了算账，捏着那张宣传单，拍醒了小影。

6

阿盲用美钞换来的那笔人民币，没有花完，但他没再动它了，他把那笔钱塞在钱包里，把钱包丢在床头柜上，出门时就捎上它，回来时又丢在床头柜上。一个星期过去了，小影看到那钱包没有瘦，反而更胖了。

阿盲有时候也会眉头不展，这钱是真的，这么大一笔丢了，丢的人不着急吗？怎么就没有人找呢？在捡到钱的狂喜之中，这个问题始终像一个深水炸弹，令阿盲害怕。

也许人家有钱呢，人家不在乎这么点儿钱。小影说，说完自己也觉得不可信。

谁有钱到了那种程度呢？迪拜皇室，还是马云？

最近这段时间，小两口玩起了小弹簧的游戏。也不知从哪一天开始，他们俩就达成了这样的默契，总是小影先上床，躺在床的一边，阿盲拿手指戳戳她的肩膀，说，小弹簧，滚过来。小影便蜷着身子，骨碌碌，滚三下，滚到阿盲怀里。阿盲抱一抱，亲一亲，又说，小弹簧，滚过去，小影便又蜷着身子，骨碌碌滚三下，滚到床那边。片刻之后，阿盲又戳戳小影的肩头，说，小弹簧，滚过来。小影便视心情而定，会说，滚不动啦，或者，弹簧坏了，阿盲便拍几张人民币在她枕边，小影便说，弹簧修好了！便又骨碌骨碌滚过来。

两人对这个游戏乐此不疲，每天上演。

这天晚上，小影已经在床沿上蜷半天了，可阿盲像是没懂似的，嘴里直念叨，你说，怎么会没人找呢？是真钞，又不是假的。

小影只好翻过身来，说，也许人家在找，只是我们不知道。

人家在找，我们会不知道？

也许，人家不方便到处嚷嚷？小影试探着往下想，是不是怕打草惊蛇？

一番话说得阿盲更加胆寒，万一要是被他们找到了呢？空欢喜一场，恐怕还不止，那种得而复失的沮丧，会把他们掏空的——不能想，不能想，那一定比原本没有还要痛苦百倍，一想到这，阿盲顿时浑身颤抖，他感到自己瞬间被冰冷的海水吞噬，连呼救的机会都没有。

还是得去看看，一切早做打算。阿盲把心横了横。

第二天，阿盲是白班，他早早交了班，搭车去了事发地点。他特地留了个心眼儿，从汉口坐车到光谷，再从光谷转车过来。

坐在公交车上，又是在马路对面，阿盲可以好好观察一番。白天跟晚上还是很不同的，行人多了好多，但也称不上热闹。小区门口，一个背着编织袋的女人在跟保安打听什么，保安把手往这里一指，又往那里一指。出门右边是几个门面，看不出有什么生意，店主不是在打盹就是在玩手机。隔了几家像是个内衣店，一个胖女人在门口支了个躺椅，半躺在里面，不知从哪里跑来一只流浪狗，对着她脚边的哈巴狗直叫唤，女人放下手机，支起身子，跺着脚大喊，去去去！可狗越叫越凶，女人左看右看，捞起门后面一条扫把，狠狠朝狗扔了过去，一下没打中狗，狗跑开两步，又折了回来，女人不死心，左看看右看看，可手边什么也没有，只好脱下自己的拖鞋，狠狠扔出去，正打中了狗肚子，狗哼哼叫唤着，沿着墙根不胜悲伤地往前跑去。

狗跑到一家超市门口，大概被里面传出来的肉香惊呆了，超市里正大声播放着周华健的《难念的经》，一对老年夫妻刚买了菜出来，碰到一个推着婴儿车的女人，女人弯下腰逗起孩子，男人拨弄着婴儿车上系着的三只气球，一只粉红色，一只黄色，一只白色，那男人只对那只粉红色的气球感兴趣，弹一下，再弹一下，却不小心把它弄爆了，吓得孩子哇哇大哭，搞得与他同行的老妇人也尴尬不已。

公交车慢慢开动，阿盲把目光收回来，怎么也不像是有人丢了一百多万呀，没有人在等待失物，没有人大呼小叫，没有人寻死觅活，这是怎么回事呢？

说不定，这钱就是老天爷给你的呢？你看，偏偏落在你车上，不是网约车，路边拦的，发票也没要，关键是连找都不找，你说，这不是天上掉下来的是什么？小影拿这话安慰阿盲，慢慢地，阿盲也信了——谁不愿听自己想听的呢？

找都没人找，你说，我们要是再不收着，那不是个傻儿吗？

阿盲若有所思，点点头。他要了瓶白酒——破了他进城十年来的戒。

小影，我要买房子，我要买大房子！你信吗？小影一杯一杯地倒，阿盲一杯一杯地喝，顿时，酒精全变成了汗水和话淌出来。

信信信！小影伸手给阿盲擦了擦额头上的汗珠。

我还要买辆车给你开，你信吗？

开到川菜馆来端盘子？小影想，但她没这么说，她说出口的是，信！我信！

回到德润里，楼梯又黑又陡，阿盲还在大幅比画着，小影担心他从后面栽下去，便在他身后伸出双手撑着他。就在这时，阿盲的手机咕咚响了两下，是一条短信。

小影正在开门，门口没有路灯，她把门打开了，钥匙却怎么也拔不出来，弄得叮叮当当直响。她看见阿盲好不容易把手机从裤兜里掏出来，凑到眼前，顿时脸色就变了，他晃了两晃，要倒，她伸手去扶，却没扶住，只见他身子一歪，一屁股跌到地上。

门打开了，对面楼里的白色灯光穿过房间，照到阿盲身上，他颓然坐在灯光下，像个哭泣的小丑一样，令人心酸。

小影就着阿盲的手，看到他手机上的字，只有几个：

不要去银行！

小影的心也猛地一惊，急速向四周望去，可四周只有各种树杈子和黑沉沉的夜。正在这时，手机又咕咚叫了一下，又来了条短信，上面写着：投资理财，你还去银行吗？108位理财师告诉您正确的做法！投资理财，请上某某网。

小影长吁了一口气，再去看阿盲，仿佛也还过魂来了，他一手拽着小影，一手扶着门，站了起来，跟跟跄跄奔进了屋，扑在床上，就再也不肯起来了。

7

其实，小影支持阿盲把钱留下来，还有一个理由，一个足以支撑他们抛弃良知与常识，而她又不愿意对阿盲提起的理由。

阿盲原本出生在近郊黄陂。

十岁时，当了一辈子工人且无儿无女的大伯回了趟老家，把十几个子侄的脑袋摸了个遍，选中了阿盲。母亲给阿盲做了套新衣服，口袋里揣了两个刚煮熟的鸡蛋，阿盲就跟着大伯来到汉口。一切都是陌生的，新鲜的，可好吃好喝好玩的，也抵不过母亲温暖的目光，一个星期后，阿盲就吵着要回家。开始时，大伯还说，好好好，过几天就送你回去，后来就不理他了，再后来，吵烦了就一句，你是我拿一车红砖换的！阿盲听信了，整个暑假都在捡红砖，红砖头沿着德润里的墙根堆了几排，邻居们乐了，就跟他开玩笑，小伙计，砌长城呢！晚上却偷偷把红砖头拿进屋砌炉灶。

暑假过完了，阿盲到新学校报到，认识了我们，他没以前那么孤单了，但还是经常往老家跑，但每次都没成功——太远了，他不记得路，也没有路费。可惜大伯是个粗人，跟机械打了一辈子交道，寡言少语，冷冰冰的，只觉得阿盲养不家——每次阿盲都不得不返回德润里，站在墙根下，哭泣着，抽噎着，有好心的太婆劝大伯，伢在外面站一下午哭一下午，你克劝一哈，给个台阶下，把他拉回来。大伯不，总是天黑了，阿盲擦着墙壁悄悄溜进来，摸黑上床，饿着肚子，含着眼泪，睡了。

这日子过得有多艰涩，任谁都能想象出来。可是更糟糕的还在后头。

第十个年头，有一天早上，大伯突然领回来一个女人，说是他年轻时的相好，现在她老公病死了，他们要结婚了。

我儿子也就是你大伯的儿子，你说，那是你亲呢，还是他亲呢？女人一句一句说着，一层一层剥着，她要和阿盲解除过继关系。

那是个大清早，阿盲刚下夜班回来，眼皮拿牙签都撑不住。他心里一层一层的苦水漫上来，他羞愧着，竟然更多的是羞愧，做了十来年儿子，现在别人不要他了，光是克制这些感受就够他忙的，根本来不及计算自己的得失。他一直点着头，稀里糊涂把什么都答应了。那天他睡到很晚才醒，一蒙头又睡了一觉，一直睡到晚上，破天荒请了一天假，他希望继续睡一觉，等醒来，发现这只是一个荒唐的梦。可等他半夜饿醒，出来找东西吃，却发现屋子空了，锅碗瓢盆全不见了，只除了他，和一拳就能击垮的单薄四壁。他的影子孤单地投射在黑黢黢的板壁上，只是徒然增加了上面的黑。

大伯买了新房，搬出去了，把房子租给了阿盲，一个月一千五，在这一带真不算便宜。

这些阿盲都没怎么说，是里份里的老太婆在门口择菜时告诉小影的。自从你来之后，这伢的日子才慢慢像人样了。临了，太婆们总要加一句。小影心酸，也慢慢地在心里有了恨意，天下哪有这么欺负人的？在小影看来，阿盲应该有不一样的人生，读完大学，找一个体面的工作，就像她在地铁里经常看见的那些年轻人一样，男男女女，穿着干净的衣服，夹着公文包，体面，快活，骄傲，对，阿盲也应该是骄傲的，而不是整天坐在狭窄的出租车里，低着头，弯着腰，盯着大马路上的脚丫子。十几年过继给大伯的日子，已经将快乐连根从他心底铲除了。小影看得出来他不高兴，不是人前开玩笑、贫嘴、哈哈大笑，是偶尔沉默的时候，小影一回头，看到阿盲失魂落魄地挂在椅子上，始终像一个要哭的小孩，小影就知道，他心里的苦太深了。而这次捡到钱后，小影看到阿盲眼里有了许多小星星，热切地闪着希望之光，它们仿佛连缀成了一条银河，她相信这条银河能够把阿盲从苦海里救出来，重新做一个把脑袋浮在水面正常呼吸的人。

这下好了，老天爷出手了，那女人夺去一套房，这不正好还了一套吗？小影在心里盘算。

随着时间一天天过去，阿盲也渐渐把心放宽了，关于那笔钱该怎么用，暗地里，他也有了详细的打算。

五万给小影的奶奶治病,她奶奶眼痛多年了,见风就流泪,两只眼睛肿得像烂桃,先花点钱把她的眼病治好。另外,拿十万给小影做彩礼。五万给母亲,母亲没有收入,轮流住在大哥二哥家,老看嫂子的脸色,让她手里有点钱,心里安稳一点。另外给大哥五万、二哥五万,这是看在母亲的面子上给的,希望两个嫂子能看在这个分上对母亲好一点。两个姐姐四万五,大姐只养了两个孩子,可惜儿子身体不好,没有劳动能力,阿盲想多留一万,悄悄给大姐……还有一百万,八十万用来交首付,二十万留着装修,买家电,买家具,沙发、鞋柜、橱柜、窗帘、梳妆台……阿盲看着空茫茫的天花板,仿佛一件件家具已飞到他的眼前。首付之后,凭我和小影两个人,年轻,勤快,吃几年苦,很快就能把房贷还上了。到那时,我们就有一个家了,能在大武汉安上个家!这想法像一股巨大的潮汐在他身体里,一呼一吸,不停鼓噪,他每天都忍受着这种鼓噪,他感觉自己像被吹饱了的气球,马上就要炸了。

生活到底还是发生了一些细微的变化。

里份里如果有人吃晚饭,在门口支张小方桌,阿盲下白班从旁边经过,人家喊住他,客气一下,瞎子,来喝一杯?阿盲也肯坐下来,把一百块拍在桌上,支使旁边的半大小子,说,去,给你盲叔扛一箱啤酒来,多的算你的,小费!

有时候下白班,有哥们儿提议去喝一杯,阿盲也会应允。喝完后去洗脚,阿盲笑一笑,不跟他们一块儿走,却也会在洗脚城门口站一会儿,看他们一个个猫腰进去。你说,那地方是规规矩矩的吗?阿盲在心里自问自答,应该是吧,不然,警察不会抓他们吗?可要是正规的,这洗脚有什么好馋的呢?你看那些女的,个个肥肥白白的，白天黑夜的歪着身子躺在门口的沙发上，这会是正规店？以前，这样的店，阿盲是看都不敢看的，现在，他却愿意站在门口琢磨一下。旁边一个提着公文包的白胖子路过，立即从门里蹦出来一个女人，一把逮住那人，把他拽了进去。

阿盲对着她的背影狠狠吐了一口痰，小声说，妈的！以为老子没有钱吗？

你小子最近么样了？走桃花运了？

阿盲的对班司机小王是个快活的年轻人，早早结了婚，现在孩子在乡下，老婆在惠州，分居三地，他却像单身一样自由，该吃吃，该喝喝，时常洗个脚，见个网友什么的。有天早上，阿盲交接班的时候，他突然问。

阿盲一愣，随即打着呵欠，说，我中五百万了，昨天晚上，在梦里。

小王咧嘴笑了，说，那你不跟拐子分？

行啊，等我今天晚上去取出来！阿盲也笑。

小王一边上车，点着火，转动方向盘，一边笑着看向阿盲，说，我看有可能！我看你那嘴角啊，从来都是垮的，这两天突然就翘了！走路说话啊，都带着春风呢！小王一边把车开出路边，一边还不忘回头望望，补一句，我看，真有可能，别忘了，下午就去买彩票啊！

阿盲挥了挥手，等小王把车开远了，他笑得更开心了，他在路边给小影买了一份豆皮，就往德润里跑去。是的，他最近都不用搭公交了，他就想在这清新的早上，在这个属于自己的大城市的大马路上，狠狠跑一下。

刚跑到德润里门口，阿盲背上已经渗出了密密麻麻的汗珠，他把早点从右手换到左手，揩了揩额头上的汗珠，就又碰到那个发传单的了。这回，他叼着烟，很自然地走过来，递了根给阿盲。

大哥，晨跑呢？

不知为何，阿盲不由自主地接过那根烟，尽管他不抽。嗯。阿盲一边把烟塞到耳朵后，一边微笑着答道。

要房子吗？他还是那样问。

送吗？

送。他很肯定地答道，不由得，两人都笑了。

你莫笑，现在卖房子真像卖白菜，见人就问，要房子吗，要房子吗，这楼市怕是要垮了。

那人又递上那花花绿绿的宣传单，阿盲自然接了，看到那上面印着的一家三口，正奔向那栋高档住宅。那是他向往的生活。要美元吗？阿盲脱口而出。

大哥，不收！这里是中国，只收人、民、币。突然，他话锋一转，又问，您有很多美元吗？

阿盲突然意识到不对，便一笑，又换了副小痞子相，说，我跟你开玩笑呢，我就是想看看你们这些商人，到底是热爱祖国还是美元？！

8

阿盲要把这钱换成人民币，可怎么才能变成人民币呢？

去银行吗？阿盲心里咯噔一下，又想起那个短信，虽然他知道那只是个广告，可没来由的，总会让他心惊一下。也似乎的确不能去银行，银行要登记身份证号码，一下冒出这么多美钞来，怎么解释呢？上次说是表哥给的，这次说表姐？这不是鬼侃吗，你敢说，人家也不信。

阿盲和小影又去了乞力马扎罗之巅，这个游戏已让他俩着迷，上个星期，小影攒了十万块钱，以为可以跻身为富户，哪知只进了一次小商品交易市场，三倒两倒，她手里的钱就化为乌有了。

出了大厦的门，太阳已经偏西了。阿盲和小影都沉默着，顺着西边墙根走，旁边是一溜老红砖建筑，武汉人称之为"水塔"，再往前，是一栋前清时期留下的洋行，墙根下坐着一排穿得俏皮的武汉人。阿盲下意识地扭头看了一眼，这一看不打紧，门口小板凳上坐着的那个男人立即小声对他说：

外汇外汇！外汇要不要？

吓了阿盲一跳，牵着小影的手紧走了两步。

那人竟紧跟上来，问，黄金黄金，黄金呢？

阿盲捏着小影的手马上出汗了，恨不得脚下生出两个风火轮来赶紧离开这里。

走过一个十字路口，阿盲慢下来，哪知，刚一回头，旁边的电动车上，又下来一个人，神神秘秘凑过来，把披着的夹克徐徐展开，露出怀里的纸板，上面写着：美元、英镑、欧元、外汇、黄金、首饰……吓得阿盲像见了鬼一样，拉着小影一路小跑。

直到过了马路，他认为安全了，才停下来。

你跑个啥子嘛？小影埋怨道。

那几个人神里神经的，我怕上当。

上当？怎么上当？我们又没带钱。

回过味来，阿盲有点不好意思。只是有些事儿，他没跟小影讲过，刚进城那会儿，他没少上过他们的当。讲一口地道的武汉话，个个穿得抻抖灵醒，连胡子都刮得精光，可脸再白，那皱纹里也始终藏着油腻。在江汉路步行街，他们当街拿着高档运动鞋吆喝，只要你从旁边经过，看他一眼，他便跟上来，贴着你，缠着你，又谦卑又友好，叫你去他家的店子看看，就在旁边。一般心软的人，总经不住这央求，但他的店在巷子里，质量自然不好，又贵，你不要，没关系，带你去另一家。在一条又一条黑咕隆咚的巷子里穿来穿去，你总会害怕的吧，买不？只好乖乖掏钱。即使你不想掏，那也不会让你溜掉的，几个中年男人，挡住去路，脸一垮，任你也不敢不掏钱吧。

还有当街"捡到"钱包，要跟你分；当街拦住你，说你身材跟某某亲人很像，要你给做个模特……各种骗术，不一而足。

这当然是21世纪之前的旧事了，现在这个城市又文明又友好，可阿盲心里的阴影还在。但他又不甘心，这不是打着灯笼也找不着，正好遇上了吗？他回头望了望，迟疑地说，小影，你说，他们会是真的吗？

也不可能太假吧，不然，警察不抓他？

阿盲还有点儿犹豫，小影一拽他，说：怕啥，咱们又没带钱！这青天大白日的，他们不可能杀了咱俩吧？

阿盲一想，也是，就咧嘴笑了。

两人设计了一番，绕了一圈后，分开，小影在前面走，阿盲吊在后面。

小影拿出手机，一边走一边看，走到其中一人旁边时，故意放慢脚步，装作不经意瞟他一眼，那人立即丢开同伴儿，凑过来，小声问，小美眉，美元美元，有没有？

小影看了他一眼，没有停，继续朝前走，他立即紧跟上来，

阿盲拾金记

继续问,欧元欧元,有没有?黄金,黄金呢?

小影这才停下脚步,问,黄金怎么换?那人立即说,要看成色。小影又问,美元呢?按银行交易价来。小影故作老练地一笑,上下打量他一眼,说,那不可能,那你赚么事唎?

那人一笑,抖着胯子,右手拿着纸牌敲打着左手,上上下下瞟着小影,说,那你就不用管了,反正我不会喝西北风。随即话锋一转,问,你有多少呦?

看到这边有生意了,四周的钞票贩子都围拢过来,七嘴八舌,说:

我们肯定有我们的门路呦,你放心,都是正规渠道。

你有什么不放心的唎,你换回来的是人民币,这个你都认识的呦,你还可以到银行去验钞。

又有人说,你要是不放心,还可以在银行里交易。

这句话让小影眼睛一亮,她立即说,在银行交易?在银行哪里交易?

还有哪里?当然是柜台上呦。

小影有些不解,还想继续往下问,最先那人拽着她的袖子,朝前走了两步,说,小美眉,你这么谨慎,你有多少呦?

这时,阿盲已跟了上来,他给小影递了个眼神,她立即心领神会,问,你能换多少唎?

那人一听这话,立即振奋了精神,胯子也不抖了,牌牌也不敲了,似乎暗地里来了个立正,身量都高了好几寸,上下好好打量了小影一番,立马说:

你有多少?

小影也不傻,翻了个白眼,没理他,那人立即客气了,嬉笑着说：小姐姐，你这防备心理怎么总这么强咧？这样说吧，你有多少，我就能换多少。

小影一听，心里有底了，便说，好，到时候我来找你。

说着转身就要走，那人哪里肯放松，小跑两步，跟上小影，塞给她一张名片，说，你到哪里找我呢？把你电话给我吧！小影摇了摇头，接过那人的名片，他立即说，那你记得给我打电话，要换多少，提前打电话。

往前走了两条街，阿盲看到那人转身去招徕别的顾客了，才紧走几步跟上小影。靠谱吗？他问。

他说能在银行交易。

那怎么操作呢？

问了，他没说。

阿盲有些怀疑，但也没再说什么。

9

阿盲和小影都像那满弓的弦，不断地讨论、设想、推翻，又讨论、设想、推翻，紧张着，紧张了一夜，结果第二天早上起来，反倒像是更累了。

好像被人拉去推了一夜的磨，小影揉了揉脖子，说。阿盲一愣，也苦笑着点了点头，说，你说得还真像。

洗漱完毕，小影给那人打了电话，商定了兑换的金额和地点。

为了安全又清静，阿盲和小影把地点选在了解放公园里。一进公园门，两人远远就看到桥上站着一群人。一看到他俩来了，那几个人立即挤出笑脸来，迎出好远。

都带来了？来，看看。是多少啊？哦，这么多呀？

五万美金，是早上说好的，那人却装出一副喜出望外的样子，嘴里念念叨叨，不知是职业习惯，还是个人毛病。他们来到靠近公园围墙边的小树林里，坐下来，那人抽出一张钞票来，对着太阳照了照，又绷起指弓弹了弹，弹完立即放在耳朵边听，听毕，又拿出一个紫外线小手电筒来，翻过来照过去。旁边那几个也没闲着，伸手在钞票袋子里扒拉着，一人抽出几张美钞来，折，弹，抻，仿佛个个是钞票专家，研究得带劲儿。

阿盲和小影在一旁耐心等着，也不敢多话。只见那人终于咧嘴一笑，似乎是好了，阿盲和小影暗地里舒了一口气，一转眼却看到那人把装钞票的背包往自己怀里拉。吓得他俩一齐拽住那包，齐声说，还没给钱呢！

急个什么嘛，马上给！那人不慌不忙，说着，又咧嘴一笑，还冲阿盲和小影抛了个媚眼，把他俩搞得浑身一哆嗦。

付钱！那人下了一声指令，拍拍屁股站起来。

付钱？还没谈好，怎么付？小影说。

六个点。那人斩钉截铁。

六个点？银行今天是七点一六三五四个点！

眼看着这边起了争端，原先潜伏在不远处的几个同伙，像闻到了血腥味的鬼魂一样无声无息飘了过来，七嘴八舌插嘴了：

怎么，在这里换外汇啊？这合不合法啊？

这肯定不合法吵，要合法，不去银行了？都有点鬼。

那既然有点鬼就都吃点亏呢，怎么能跟银行里的比咧？

几句话把小影惹毛了，她想跟他们争论，可一张嘴哪敌得过七八个老油子，他们连说带损，有一个还把手搭在小影肩上，抖着腿，居高临下看着她，一副"你小姑娘不懂"的模样。

不换了，不换了！小影一把抢过背包，抱在怀里，说，我们不换了。说着，拉着阿盲就要走。阿盲一看，完了，失控了。他也不想换，可不能就这么走，这几个游魂跟着，能到哪里去呢？去哪里都不安全。但事已至此，他只能装得更坚定，拉了小影就走，比小影还坚决。

从旁边的树林里钻出几个人来，挡住阿盲的去路，说，小兄弟，消消火消消火，他不仁义，我仁义，你说，你想几个点换？

阿盲心中一喜，知道台阶来了，赶紧刹住脚，说，除非去银行，行不行？

行！没想到那人一口应承下来，出门右拐就有家银行。

怎么换？

六点五。

阿盲和小影都暗自松了口气，经历了刚才那一番较量，他们已不抱什么希望了，这个汇率真让他俩喜出望外。两人互相对视一眼，都看到了彼此眼里蹦出来的亮光。

那人带着阿盲和小影挤进银行大厅，阿盲一直抱着包，等叫到他们的号时，阿盲才抱着包来到窗口。虽然是那人办理，但阿盲一直在旁站着。填单子，拍照，签名，手续有点儿麻烦，害得排在后面的老太太过来催了好几次。取好后，还是用阿盲的背包背了，阿盲只感到这包沉多了——当然，是原来的七倍啊。阿盲心里的小人咧开嘴笑了，欢欣鼓舞着，都快从他的嗓子眼里蹦跶出来了，但他表面上不动声色，只暗地里使劲捏了捏小影的手。

到了桥上，阿盲抱着包，那人也不拉扯，就让阿盲抱着，就在阿盲怀里拉开拉链，往外拿钱。一扎，两扎，三扎，阿盲心中

阿盲拾金记

早已默算好，是2.5万——此刻，他超级会演算，进水出水的数学功底总算发挥了作用——他看着，以为他会停手，哪知那人突然面色一变，双手像吸盘一样紧紧抓住背包，使劲朝阿盲怀里一推，然后猛地一拽，背包已从阿盲的双臂中飞出，再一掀，背包画出一道悠长的弧线，阿盲随着那道弧线望出去，只见小树林中跑出一个人，像电脑制作的对接轨道一样，看准背包，一伸长臂，稳稳接住，甩在肩上，就朝公园外飞奔了去。

阿盲看得目瞪口呆，半天才像从梦呓中惊醒似的，想要拨开眼前那几人，可哪里推得动，那几人像盘根错节的藤精树怪一样缠住他，锁牢他，让他动弹不得。

10

阿盲到底年轻，嘶吼一声，一股绝望般的力量从脚下爆发出来，把缠着他的两人推开，冲到公园门口，看到那人上了一辆黑色桑塔纳，他紧跑两步，刚够看到汽车发动，车头猛地抖动两下，窜了出去。

阿盲频频招手，可偏偏没一辆空车，顾不得多想，他拔腿就跑。两条腿哪追得上四个轮子？可他根本来不及想，只知道要追，要追，得追上，得追上。

这个城市的道路，阿盲早已熟烂于心，堪比蛛网还密的各种大道、小路、巷子、里份，在阿盲脑海里是一张平面图。可此刻，该往哪里追？一元路，二曜路，三阳路，四维路，五福路，六合路……哪一条才是这些亡命之徒奔逃的方向呢？

汗水早已湿透了阿盲的衣裳，贴在突出的肩胛骨上，他感到眼睛发胀，有东西在鼓动他的眼皮，感到喉头发紧，里面有血腥的东西往外涌，他担心自己会突然喷出一口鲜血来，不断喷出来，把他所走过的每一条路染红。这一路走来，每一个脚印里都灌满了血汗，如今，刚要翻身了，怎么就又全破灭了呢？阿盲心里的块垒像巨石一样，压得他喘不过气来，他感到那石块在延展，慢慢地快将他的四肢碾碎了。他感到城市的光鲜正在远去，车来车往的喧嚣也慢慢消失在耳朵里，他只知道，跑，跑，跑，追上，追上……他根本看不见、想不起其他的，仿佛追上是活命的唯一机会，他再也不觉得人群可亲，夏风沉醉。

不知跑了多久，突然，斜刺里杀出一辆的士，停在阿盲面前。

平白无故请假，害得老子临时来给你顶班，你说生病了，你生病了？你这是生病了？你他妈的在搞么事？环汉马拉松？环解马拉松？对班司机小王的头从车窗里伸出来。

阿盲心中一喜，感到有什么救命的东西正从冰凉的心里生出来，他跳上车，感到浑身又恢复了力气，用青筋爆裂的手紧紧抓住前排座椅，大喊了一声：快，快，快追上那辆黑色桑塔纳！

哪辆？

放眼看去，街上哪还有一辆桑塔纳。

车牌？

阿盲想了想，鄂A·HM……不，鄂A·H……M……凭着多年的职业敏感，阿盲说出了那个车牌号码。

好嘞！小王不慌不忙打开了车载电台，伙计们！伙计们！各位拐子，大叔，老弟！今天是阿盲，瞎子阿盲，你们的好兄弟、活地图、百事通、老好人，有事求你们！各位！看到一辆车牌为鄂A·×××××的黑色桑塔纳，就在解放公园一带，看到了就给

阿盲拾金记　141

我别它、拦它、超它、堵它，反正就是把它给搞住了，别停了，就是帮阿盲的忙了！

小王把车停在路边，跟同事们嘴了起来，少不了一顿酒的，靠杯加烧烤，啤酒两箱，拜托了哈，我保证我保证！搞么事？我也不晓得搞么事？是阿盲的事哈，大家知道他的，瞎子阿盲，人品倍儿棒嘛，哈哈哈……有可能，有可能抢他女朋友了吧！说着，他瞟了一眼阿盲，又嘎嘎笑起来。

阿盲坐在后座，心里的希望就像火星遇着油井，呼啦啦就燃烧起来了，可他还按捺着，不敢让它烧得太旺，他担心……万一，万一……他害怕那兜头一桶冰水的痛，得而复失，穷人根本承担不起，可心里的欲望根本不受他管控，只管呼啦啦燃烧起来，甚至已经烧着了他的血管，把他的双眼烧得通红。他两只手紧紧揪住坐垫，两片干裂的嘴唇神经质地抖动着，用只有他自己听得见的声音念叨，一定，一定要在二十分钟内顶住这辆车，否则，否则，换个车，否则……阿盲不敢说出来的是，他们就会在这个有两千万人口的城市里像回到深海里的鱼一样，消失不见了。

阿盲的脖子抻得痛了，他换了个坐姿，取下眼镜在T恤上擦了擦，眼睛进了汗水，腌得生疼，可T恤早已汗透，眼镜上仍然是一片雾水。他看了看窗外，看到将要暗下去的天色，看到模糊而瘦小的自己，正是在这样的天色里，被大伯带到了这个不属于他的城市里，因为讲着一口黄陂话而被人笑话，因为用不惯痰盂而被人笑话，因为穿着土气而被人笑话……他模糊看到那些庄重的灰色建筑，感到自己正在渐渐离他们远去，越来越小，小到变成花坛里的一只蜗牛，不，是一只蚂蚁，一只住在蜗牛壳里的蚂蚁。不是吗，到现在，他仍然是这个城市里的外乡人。

车载电台吱吱响了两声，里面传来一个故作神秘的声音：发现目标，发现目标！快，二七横路，小江南旅馆旁，正往北边逃窜！请求支援！

阿盲一下坐了起来，挺直腰杆，一把抱住前座，两只胳膊箍得紧紧的，心里的那把火再次嘭的点燃，把他整个人都烧着了。

踩刹车，点火，挂挡，松手刹，小王一气呵成，的士原地起跳，冲了出去。

小王在密集的车流中突围，在大街上画出一道又一道优美的弧线，左冲右突，刹车，挂挡，挂挡，漂移，方向盘在他手中听话得犹如婴儿的玩具。

终于，在二七横路与发展大道的交叉路口，一前一后，两辆的士，把那辆桑塔纳堵了个死。

一下车，那人还准备往巷子里钻，阿盲拿出的士备用包里的扳手，铆足了劲扔过去，正中那人背心，眼看着他就像被射中的野兽，猛扑在地上，半天没有爬起来，阿盲冲过去，把甩出老远的背包捡起来，拍了拍抱在怀里，又走回去，踢了他两脚。

他把背包背在胸前，用右脚挑起那人的上身，帮他翻了个身，一只脚踏在他身上，问，哥们儿，还动得了不？

那人点了点头。

那就好。我不是有意的，你知道，我只想拿回自己的东西。

那人勾了勾下巴，算是代替了点头。

阿盲掏出手机，对着那人的脸拍了张照片，说，你不知道把老实人逼急了，老实人也是会抽你丫的吗？

说着，他一脚踏在那人胸上，弯腰下去，狠命扇那人巴掌。

小王连忙跑过来，拉住阿盲，说，可以了可以了，再打下去，要出人命了。

阿盲直起身来,小王就伸手去摸他的包,阿盲一侧身,躲过了,小王一脸狐疑地看着他,说,哟,几大的个事?还瞒着你拐子啊?

阿盲没理他,走到桑塔纳旁,把里面坐着的人和车都拍了张照,存在了微信里,低头冲那人说:警我就不报了,可能有点儿对不住那哥们儿了,但这事不怨我,你说呢?他低头看着驾驶室的那人,只见他点了点头,才继续说,这几张照片,我就暂时替你们保管了。这半年,我要是不出事就算了,要是出了事儿,那就跟你们有关,任何事,懂吗?

那人看着他,嘴角神经质地抽动了一下,说,拐子,都是混饭吃的,见谅一哈,我们只谋财,不害命。

阿盲也点了点头,转身朝的士走去,没料到小王就在身后,突然伸出手来抢包,阿盲一闪,又躲过了,但他的手还是探到了包。

钱?小王狐疑地看了一眼阿盲,还不少?

阿盲面不改色地走回了车里,说,小影奶奶的救命钱。

这么多?那?那条老命还挺值钱的?

阿盲没再搭理他。一路上,小王也没再多话。

11

回到家里,阿盲猛灌了几杯水,又抱着钱坐了好半天,慌乱的心跳才慢慢恢复平静。

冷静下来后,他找了好几个地方,泡菜坛,马桶水箱,废弃的微波炉,一一把钱藏好。他已经想好了,晚上叫辆的士,带上小影和钱,直接回黄陂。回去把大哥大姐和母亲的身份证都借出来,明天一早,就把换好的钱存银行里。以后要是再换钱,哪怕一次少换一点,哪怕把武汉三镇跑遍,也要去银行。

忙完这一切,阿盲正坐在椅子上喘气,小影也回来了。再看她,整个人也像经历了一场大病,短短几个小时,似乎瘦了好大一圈,她拿两个大眼睛眶子看着阿盲,走过去,扑在他怀里呜呜哭了。阿盲何尝不想哭呢?那种拥有的感觉太美好了,何止是躺在云朵里晒太阳?那是希望,是他这一辈以及下一辈人的希望。阿盲抱着小影,也取下眼镜擦着眼睛,随着小影的泪水,阿盲感到自己身体里的一些悲苦正跟着慢慢排解。两人抱了好久,终于恢复了一点力气,小影擦了擦眼睛,站起身来煮面,两人默默地吃完了这顿晚餐。

只怕,最保险的方法,还是把钱用出去。收拾完碗筷,小影说。

把钱存在亲戚的账户里是另一种冒险,这个道理阿盲不是不明白。可他想到的花钱方式只能是买房子,他试着重新燃起对买房的渴望,可不知怎么的,这个愿望有些空洞,不那么令他兴奋了。

小影拉着阿盲看房子。两室两厅,三室两厅,大卫生间,落地窗,三阳台,燃气入户,地铁口,空中小花园……没有哪一处不比德润里好,所以没有哪一处不令他感到满意,阳光,规整,便捷,可他们还是捏着钱看了一套又一套,比了又比,不敢轻易出手,因为他们心里都明白,这可能是他们这辈子买的唯一的一套房子了,能不慎重吗?

阿盲拾金记　145

还看一套，还看一套就定下来吧。有时候是阿盲说，有时候是小影说，另一个肯定附和，好。

这天下午，小影特地请了半天假，回来换了件衣服，准备跟阿盲一块儿去看房，可就在这时，薄木门被咚咚敲响了，他俩对视一眼，受过伤的神经立即绷紧了起来。

小影正要应声，阿盲连忙拦住他，做了个噤声的动作，小影懂了，两人都不吭声，捂着嘴巴，猫着腰，听着外面的动静。

咦？应该有人的啊？阿盲听到外面有邻居的声音，那人说，一早我就在里份口坐着，明明见阿盲和小川妹回来了。

接着又响起敲门声，还伴着喊话：经警。麻烦开一下门，我们来了解一些情况。

一听到是警察，阿盲和小影吓得魂飞魄散。

只听到外面沉默了几分钟，敲门声便又急促响起，其中还夹杂着邻居的汉腔，我就说嘛，他们怎么突然就阔了呢。这个薄木门，一脚就踢开了呀，你们要像那个香港警察，喔喔——嘿哈——

不等外面人说完，小影立即把阿盲往窗子边推，一边推一边从床下捞出剩下的美元，说，你先走，先走！

里份的房子都不高，大多是两层，但空高挺高，普通老百姓住进来时都把一层隔成了两层，阿盲住在二楼，相当于普通房子两楼半的样子。外面紧靠着大马路，沿墙根有一排棚屋。小影逼着阿盲下去，阿盲问，那你呢？

我也走！

容不得多想，阿盲只好攀住长在墙缝里的一棵野构树，借势跳到了棚屋上，又跳到地上，他仰头看着小影，等着她从屋里出来。

小影一转身，又从另外几个位置取出剩下的几万美元，塞到背包里，抛下去，阿盲接住，她从窗口爬了出去，攀在构树上，又跳到棚屋顶上。这儿这儿！我接着！阿盲喊。可阿盲过分估计了自己的力量，小影一下把他扑到地上，两人结结实实摔成了狗熊，可也顾不得疼，赶忙爬起来，连身上的灰都没拍一下，迅速钻过曲里拐弯的各种巷子，穿过马路，朝对面人群密集的地方跑去。

怎么能撞门呢，他们又不是犯罪嫌疑人，我们只是来了解一些情况。面对邻居们的七嘴八舌，有一位年轻的警察解释道，但阿盲和小影没听到这些，他们早已跑远了。他们穿过一条又一条的马路，钻过一片又一片的低矮民房，顺着江边往北跑，也不知跑了多久，小影喘着粗气，拽住阿盲的手，说，歇一会儿，跑不动了。阿盲看看，似乎没有人追来，他停下来，站住喘气。这是往哪儿去？小影问。阿盲被问得一愣，这才发现，这是他小时候往老家跑的路。

两人就这样漫无目的地往下游走，也不知走了多久，街灯次第亮起来，小影摇了摇阿盲的胳膊，你饿了没？阿盲会过意来，说，那我去买点吃的。阿盲买了一份煎饺，两杯糊米酒，两人走到江堤上，靠在路灯下，慢慢吃了起来。吃完后，阿盲的手机响了，两人疲惫不堪，你看看我，我看看你，没有接。

可打这电话的，显然是个顽强的人，没隔两分钟，电话又响起来，还更恶躁。

哪个的？是陌生号码吗？小影问。阿盲看了看手机，不，是隔壁汉英嫂的。两人对视一眼，汉英嫂？这个点儿给我们打电话？她没在社区工作吧？

这么想着，两人把电话接了，电话那头果然是汉英嫂的声音，你们两个搞么事哟？到现在不回来？你没回来也算了，小影也不知野到哪里去了？阿盲还没来得及插话，她又接着说，我的小背心被风吹到你家空调外机上了，在那个夹缝里，我拿篙子挑了半天，都没挑到，你什么时候回来哟？我想到你屋里去挑一下，或者你叫小影收了，递给我一下……阿盲一句话都没插，汉英嫂说了一堆，可在这一堆略带埋怨的话语里，阿盲的眉头渐渐舒展开来，他笑了，连声说道，好好好，我马上给小影打电话，叫她马上回去，亲自收了，亲自给您家送过去。汉英嫂还在那头说，那快点呢，你们么时候回来？我明天还要穿呢……阿盲没再作声，挂了电话，把手机放回口袋，冲小影笑了一下，从汉英嫂的语气来看，他们俩没事了，至少，那伙人走了——除非，她是一个演员。

他俩互相扶着，从草地上爬起来，找了个长椅，坐下来。

也许，我们不该跑的。阿盲小声说。

好一会儿，两人都沉默着。可是，小影想说，不跑，万一警察进来了，搜到那笔钱，这段时间的辛苦、提心吊胆、高兴不都白忙活了吗？可话到嘴边，她没有说，她心里更清楚的是我们是两只惊弓之鸟，哪有不跑的道理？

阿盲抬起头，看了看远处灯光闪烁的长江二桥，轻声说，小影，我们不就是捡了点儿钱吗？怎么就这么难呢？

夏风吹过，摇动高大的广玉兰的枝叶，没有人回答阿盲。

12

就在这时，阿盲的手机又响了，一条短信。

他提起精神来看了看，说，二手车的。

说着，又递给小影看了看。小影没有力气，随便瞟了一眼便低下头去。

突然，阿盲像想到什么似的，把手机拿过来，往前翻，还好，他没有删短信的习惯，往前翻了没多久，就找到了那条短信：不要去银行！是一串实实在在的手机号码发来的，他又往后翻，找到那个理财广告，他有些紧张，哆嗦着双手，点开那条广告，是一串代码！——发消息的是一串代码！阿盲向后一倒，像是被人抽去了筋骨一样瘫软在小影身上。

小影不明就里，从地上捡起阿盲的手机，反复翻看着那两条短信，终于，她也明白了。

是谁？他有什么目的？他都知道些什么？一连串的问题从小影脑海里蹦出来，可是她看到吓得要哭的阿盲，骤然一阵心疼，她强打起精神，说：

要不，我们给那人打个电话试试吧？看看他到底什么意思。

阿盲还在犹豫着。

看上去不像要害我们，他。小影又说。

阿盲坐正身子，想了想，除此之外，还能有别的什么办法吗？他深吸一口气，清了清嗓子，把电话拨过去，嘟，嘟，嘟，电话那头一直响着，却没人接，阿盲屏住呼吸，等待着，正准备挂断电话，那边却传来一个平静又不失威严的声音：

今天才给我打电话，够沉得住气呢。

阿盲一愣，不知道怎么回话，只听到那人又说：

在开会，明天下午四点，时代广场顶楼见吧。

说着，便挂了电话。只留下阿盲跟小影面面相觑。

两人商量了一下，还是没有回德润里，找了个小旅馆将就了一夜，这一夜，两人几乎都没合眼，不住地唉声叹气，翻来覆去，经历了这一天，两人都苍老了好几岁，第二天两人挣扎着起来，都看到对方的憔悴，都暗自心酸不已。

下午三点五十左右，阿盲和小影互相牵着，到达了时代广场顶楼。

不一会儿，楼梯上响起了沉重的脚步声，两人的目光，像收到了无形的指令一样一齐投向楼梯口，那人在门口停顿了一下，伴着两声故意而为的咳嗽，一个穿着讲究的男人走了出来。他脸上浮着微笑，目光从阿盲脸上扫到小影脸上，再又从小影脸上回到阿盲脸上，打量着他俩。

阿盲和小影互相对视了一眼，脑海里同时跳出三个字：当官的？

阿盲搓着手，正在犹豫着，要不要自我介绍一下，但那人好像没那个意思，他自顾自地走到栏杆边，双手撑在上面，俯瞰着滔滔奔流的江水，说，我是第一次上来。

阿盲和小影都不知道该怎么接话。

正在困惑的当儿，那人已把对岸的蓝天白云绿树高楼从上游往下游看了个遍，又走到对面，面对着老城区的屋顶。他指了指远处的一片小洋楼，说，我就出生在那里。

似乎看够了，那人转过身来，问，你就是那个的士司机？

他十指交叉，双手自然地下垂在微凸的肚子上，选择了一个很舒服的姿势半靠在栏杆上。

阿盲点了点头。她呢？那人把下巴往前一勾，用下巴指了指小影，并不看她。

我女朋友。阿盲说。

哦。他点了点头，沉默了片刻，又问，你们就没什么想问的？

阿盲看了小影一眼，她仿佛得到授权似的，单刀直入：那钱是你给我们的？

当然是。那人还是面带着微笑，这回，他终于看向小影了。二十万，美金。

这下，阿盲和小影无话可说了，两人对视了一眼，小影又问：

那是你的钱吗？

是我的钱吗？那人笑了一下，似乎这是一个可笑的问题，他抽动了一下嘴角，说，这个问题问得好。你说，我能给你，是不是我的钱呢？

那你为什么费这么大周折呢？还嘱咐我们不能去银行？

那人又淡淡一笑，说，我能给你，还要看你们有没有本事接着了。

阿盲和小影无话可说。

那我们现在该怎么办呢？

现在该怎么办呢，那人用平静的语气把这问题重复了一遍，脸上带着若有似无的微笑，从上往下俯瞰着两人——尽管他不算很高，但那笑容总让阿盲想到小时候见过的庙堂里的菩萨，从上往下，俯瞰人间。可他是神灵吗？显然不是，那笑容里的意味让阿盲很不舒服。

两人等了一会儿,没有等到答案,阿盲只好换了个问题:

是你选中了我吗?还是碰巧,碰巧是我?

随便找一个人?不不不,当然不是。是我,或者说我爱人选中了你。

选中的?

当然。我拿二十万美金去随便给一个人?那人轻轻皱了皱眉头,说,可能在你们眼里,以为是这样的,但在我的世界里,这是不可能的,没有什么是从天而降的,没有什么不是有意而为的,没有什么事件不是在掌控之中的,包括一个眼神,一个喷嚏,一个手势。

仿佛为了补充刚才的回答似的,那人侧了侧身子,换了个更舒服的姿势靠着,缓缓开了口——他仿佛正在镜头前接受记者的采访,不急不忙,娓娓道来:

我聪明,睿智,实干,当然也不得不承认,机遇好,我成了一个坐在神坛上的人。

三十年,我一直为这个行业奋斗着,鞍前马后,出生入死,聪明,勤勉,踏实,几次差点死在了工地上,塌方,事故,过劳,急病,我没有死成,所以我有了今天的地位,我成了一个神。翻手为云覆手为雨的神,我要哪里开花哪里就开花,我要哪里结果哪里就结果,我要哪里竖起高楼哪里就竖起高楼,我要哪里夷为平地哪里就夷为平地……老百姓的笑,感激,拉着我的手,潮热的枯老的手不放松,磕头,跪地,痛哭,谩骂,口水,唾沫,我见多了,也都是我意料之中的,我能令他们快乐,也能让他们哭泣,我知道按下哪一个按钮,能让大片的老百姓出现哪一种表情……这种翻手为云覆手为雨的感觉,你们永远不能理解。

小影和阿盲交换了一下眼神,没有打断,任由他接着往下说。

这一片江山的神话,他的手臂伸出去,从左到右画了一道很长的弧线,说,都是我打造的,原来这里只是一片荒凉的滩涂,杂草丛生,野兔出没,到处丢弃着没人要的瓶瓶罐罐,破碎的船只遗弃在岸边,而现在,哪个来了不赞叹这片美景呢?

小影随着他划出的手臂看出去,她知道,他说得没错,这里以前是挺荒凉的。

我令跟着我的人升迁,实现价值,得到重用,占据高位。远房亲戚的女儿考985,差半分,他跑了一个暑假,皮鞋磨破了几双,一头黑发全急白了,我一个电话就解决了。朋友的公司濒临破产,辗转找到我,我给他指了条明路,三倒两倒,公司就盈利了,他甚至都不用苦苦经营,仅是出租厂房就够他吃一辈子了……这样的事不可胜数,像你们这样的小老百姓,想在大武汉落个脚,想要套新房子,一份好工作,这些,对于我来说,太简单了,我可以一瞬间,让你们升入天堂,这绝不是假话。想必,你们俩已经尝到了这种滋味吧?

说着,他意味深长地笑了。

阿盲和小影张大着嘴巴,过了半晌,小影才说:

所以你选中了我们?

那人抽动嘴角,看了他们一眼,又一笑,我喜欢改变人们的命运,我喜欢让他们笑,喜欢让他们哭,喜欢他们匍匐在我脚下的感觉。

就在这时候,一位穿着职业套装的美女上来了,楼梯门开着,但她仍谦恭地敲了敲,紧接着说,部长,打您电话您没接,我就上来了。下面的会快开完了,副部请您下去做总结。

不用了，我就不下去了，请严部做总结吧。你们总要慢慢适应没有我的会议。

美女点头应答，似乎有些不解，但仍面带微笑转身下楼了。

阿盲平复了一下心情，又接着问道：

你说那钱是你给我的，我不信，你是怎么做到的？

这很难吗？说着，那人嘴边浮现出一丝轻蔑的微笑。阿盲和小影已顾不得自尊了，齐声说，是的，我们想不明白。

那人又牵动嘴角，微微一笑，说，之前，我爱人坐过你的的士，一个偶然的机会，你的相貌虽然变化很大，但有一个下意识的小动作让她觉得很熟悉，从而她认定是你，于是她留心记下车牌号码，打你们出租车公司的电话一问，马上知道是你，而且，连你的绰号都知道了。阿盲，不是吗？说着，他笑了一下，马上又接着说，上月的那个周末，她用滴滴打到了你的车，当然，这有点儿麻烦，但也并不是太难，你们的车牌号码都在软件上有显示的。我和她约定一个地点，她上车后，我就在那儿等，她一下车，我就上了你的车——这很难吗？说完，那人摊开两手，笑了笑，居高临下的骄傲一览无余，重又把两手交叉，放在腹部前。

小影还想问，那我们现在该怎么做呢？可就在这时，楼梯口响起一阵急促的脚步声——那人淡淡看了一眼，没有流露出半点惊讶——一群警察噔噔噔跑上来，围住他们。阿盲很快明白，警察围攻的对象不是他们，而是他。

那人一笑，扫视了一眼，突然抱住面前的那棵大盆景，双脚往后一撑，稳稳站到了栏杆上。想不到他已不再年轻了，却有如此的身手。警察队伍一阵骚动，纷纷往前冲，又只敢在他面前刹住脚。

他把一切看在眼里，爆发出一阵大笑。

阿盲这才注意到其中一个警察，有一点点面熟，阿盲晃了晃脑袋，想起来了，就是那个在他家楼下发宣传单，找他要烟的男人——所有的谜题都解开了，原来警察早就盯上了他。

一切都完了，一切都完了！小影，什么都完了！

阿盲痛苦地捂住脸，继而，这些痛苦变成了愤怒，指向那个在暗中操控一切、给了他们希望又剥夺他们希望的人，阿盲上前一步，愤怒地说：

你以为那些是你的钱吗？那不过是老百姓的血汗钱！如果是你的，你为什么不要我们去银行，如果真是你的钱，为什么有警察盯着我们？其实你心里很明白！

听到阿盲的指责，那人站定，神秘一笑，双臂摊开，突然奋力向后一跃——他从38楼跳了下去，像一只雕一样俯身向下冲去，身后有回声传来，阿盲，我们是亲戚。

一道亮光照进了阿盲的脑海，表姐？那个大学毕业后就杳无音信的表姐？她真的嫁了个官二代？

警察们扑到栏杆旁，朝下望去。

小影立即给阿盲使了个眼色，两人想趁乱往楼下跑，可马上有警察跑过去堵住楼梯口。小影把背包甩在肩上，一把拉了阿盲，就往盆景园中钻。盆景多枝多刺，把两人的手臂都划伤了，可小影什么都不顾，就连警察在身后大声喊话，她也不顾。

别跑了吧，小影，认命吧！阿盲说。

不，不会的，旁边，旁边一栋36楼，我们跳过去就没事的！

小影气喘吁吁拉着阿盲穿过盆景园，来到了北边栏杆旁。阿盲，跳，跳过去没事的，跳过去就没事了！

不可能的，小影，他们已经盯我们很久了！阿盲拉着小影的双手，焦急万分，却不知从哪里说起。

不不不，我不相信，不可能！你不跳，我先跳，等我跳过去，我没事了，你就跳过来，知道吗？说着，小影把背包甩到胸前，爬上栏杆。警察在后面喊话。

小影都没朝后看一眼，一躬身跳了下去。——可惜钱太沉了，她根本没有跳过那段两米的距离，她撞在墙壁上，直线坠了下去。

小影！

阿盲大叫一声，扑到栏杆旁，看到小影瘦小的身子正急速往下坠。背包被撞得炸裂开来，花花绿绿的钞票从包里散落出来，像粉红色花雨一样在空中飘动着。

几秒之后，地面传来一声闷响，那是肉身撞击坚硬的水泥地面的声音。这声音，一直在阿盲的脑袋里回响，一直。

2022年1月9日

开往仰山小镇的顺风车

1

早春的时候,最早的是意杨的叶子,从道路两旁的树枝间冒了出来,在树上笼罩了一层薄薄的鹅黄色,没两天,田野便次第绿了。田埂,草坡,山顶,庄稼人的花圃,都绿了。春天便汹涌而至。

夏天的时候,路旁爆出蔷薇的新枝,栀子花碧绿的叶间开出一朵朵芳香馥郁的白花,法国梧桐遮天蔽日,只在车窗上筛下金色的光斑,意杨迎风招展,在风里欢喜地晃动着碧绿的小手掌。一路开过去,地势渐高,群山像翠屏一样在眼前展开。

米姐在小镇上班。小镇离县城30公里,这段路不是很长,也不短,米姐不敢开车,她早就拿了驾照,可上路第一天就撞死了一头小牛犊,小牛那含泪的大眼睛让她心痛不已,半夜起来,她就把驾照点了。车改之后,有很多男同事开上了汽车,有时候他们也会捎带一下米姐,但大多数车里都充斥着各种来历不明的复杂气味,米姐不喜欢,便巧妙地避开了那些人,她不想叫人尴尬,也不想委屈自己。她只能坐公交。公交有时候准点,有时候不准,遇上刮风下雨,被淋得一身湿漉漉,常常让米姐觉得人生就像这天气一样晦暗。

后来,不知怎么的,她就坐上了小先的车。

小先是科室新来的年轻人,办公室就在米姐斜对面,有时候拿报表过来请教,很有礼貌,而且聪明,一教就会。字写得纤细工整，一看就是心里通透的人，关键在于这通透二字，他从不话多，更不多事，在这个有两把刷子就跃跃欲试的政府小院里，这个干净、聪明却节制的年轻人，赢得了一帮老同事的好感，也包括米姐。

分来大半年后，小先结婚了，举办婚礼的时候没有请同事，周一上班就带了新娘子来，给大家发喜糖。新娘子微胖，喜悦而多话，很热情地招呼大家吃糖抽烟，俏皮地把打火机一开，火苗蹿得老高，差点把科长的眉毛点着了，吓得科长哦哦叫着，她却哈哈大笑。米姐也笑了，这是个有生命力的女孩，肯定能很快给小先生个大胖小子。

临回去的时候，得知米姐住在同一条线上，新娘子非邀请米姐坐他们的车不可，米姐不愿去当那250W的电灯泡，可她拉着米姐就不松手，那胖乎乎的手拉着，热乎乎的，米姐心里一热，也就上了他们的车了，灯泡就灯泡吧，半个小时的事，忍忍也就过去了。

可没想到第二天，小先就等在楼下了，说奉老婆之命，来等米姐，小先的车干净整洁，关键是人也不讨厌，米姐没有理由拒绝。

也许小夫妻有小夫妻的打算，多个人坐车，更安全，也可避免不必要的应酬，并且，米姐是科室里的副科长，在这样的机关，多交个朋友，总比多树个敌人好。这样想着，米姐就正式坐上了小先的顺风车，当然，她也不白坐，总会给小夫妻俩准备点什么礼物，有时候是一台榨汁机，有时候是一条丝巾，有时候是一盒坚果，有时候是一套化妆品，比对领导还上心。也许丢两百块油钱更省事，但日子是自己的，把日子过庸俗，一个念头就可以，想要体面又融洽，就得多花点心思，虽然米姐已经不再年轻了，但她心里，还是一棵在夏日骄阳下欢愉地招着小手掌的意杨树。

2

有相当长一段时间，两三年吧，米姐和小先是相处得很愉快的，到底是脾性相投，他们能聊到一块儿去。

小先，你为什么叫小先呢？

还有个双胞胎哥哥，他先出生。

那哥哥呢？现在干吗呢？

没了，没满月就没了。

米姐哦了一声，深表同情。

母亲在门前栽了棵树，将他的胎发埋在树下，就给我改名叫小先了，意思是要我替代他好好活着。

米姐再看，发现他果然有些形单影只的，新媳妇那么热闹的一个人，结婚几年，也没有把热情传播一点儿给他，却好像把他变得更冷静和克制了，而她却更胖了。

冬去春来，田野黄了又绿。

他们在车里有说不完的话，大事，小事，单位的事，东家长李家短，随口说说，一笑而过。即使不说话也不尴尬。

感觉大雨要来了。

是啊，大雨要来了。

不知道我们新来的书记能在大雨中全身而退不。

难，我看难。小先说。

他呀。米姐叹了一口气，摇摇头，便不再往下说了。说到她不喜欢的人和事,她便不再往下说了。

有时候,米姐也会收到小先的礼物,都不贵,但都别具匠心。米姐心想,这肯定跟媳妇把零花钱管得紧有关。有一次竟然是一串玛瑙项链,不规则的碎石形状,但温润透亮。

米姐脱口就说,真漂亮!

戈壁滩上捡的,手工串的。

你串的,还是你媳妇串的?

小先似乎略微有些脸红,尴尬地笑了,米姐便不作声,大概就明白了。

这家伙,还脸红个什么的嘛!米姐想,但同时,也有一种别样的感觉从心上爬过。是什么呢?米姐想了一会儿,便不再去想了,她把一杯柠檬水一饮而尽,又恢复了心如止水。她并不是个喜欢找麻烦的人。

这些年,米姐的生活并不是干净得一只公蚊子都没有飞近过,她是有人的。

他收入稳定,地位稳固,穿得体的名牌服装,一周打两次篮球,游一次泳,周末去爬山或者跑马拉松。米姐知道,这些年自己在工作上顺风顺水,与他罩着有莫大的关系。快十年了吧?或者更久,他们都没想过要再进一步,不不不,他们不是那种关系,他跟她一样,都是单身,只是他们都是明白人,甚至有些明白过头了,认为一切有意味的行为举止在一个合法的仪式后都变得索然无味了。

起因,经过,发展,高潮,结果……每次都这样。有一次,他躺倒在米姐身边时,说。

是啊。米姐也累了,双眼无神地盯着天花板,没体会到这个比喻的绝妙。

　　明知道最后的结果只有一个累字，却还要去爬一座山。米姐一愣，正准备捧腹大笑，却听到他接着说，害得我连这事也不想做了。

　　米姐笑了，接着便把他的六块腹肌拍得山响，揪住一块肉疙瘩，连声问，做不做做不做？

　　追问当然是多余的，下一次当然还是爬一座更高的山，躺倒在同一块草皮上休息。

　　米姐是真心把小先当弟弟的。在工作中，他们是互相欣赏的上下级，是不避人嫌的小团体，也是生活中的左右手。她家换灯管，修水龙头，添置大件的生活用品，这些，小先都包了。

　　有一次，小先换好了水龙头，接过米姐递过来的毛巾，擦干手，却没有走，而是在沙发上坐了下来。米姐面色凝重地看着他，心里有一百个问号，却不能问出口，只好迟疑地在沙发边上坐了下来。

　　小先喝了口米姐倒在茶几上的茶，新鲜的龙井，是本地产的极品，是他带来的吗？小先想。他看着米姐，犹犹豫豫地开了口：

　　米姐，你怎么不要个小孩呢？

　　米姐一愣，十年前有人问过她这个问题，现在没人问了，那时候她用各式各样让人哭笑不得的反问来回答别人。用反问来回答别人？对，是米姐的绝招，现在呢，现在没人问了，她也忘了那些反击了。是小先问，她便认真想了想，恍然大悟，我没有结婚啊。——可这是一个很好的答案吗？未必呀，因为对方很可能会接着问，那你为什么不结婚呢？周而复始……幸亏是小先，他没有恋战，而是问：

你不喜欢小孩吗?

米姐想说,喜欢,可是……可小先似乎并不在意米姐的回答,却自己把话头接上了,我很想要个小孩的,小孩能让家里变得热闹。

米姐突然想到同事们的议论,两三年过去了,小先媳妇并没有像自己之前判断的那样很快给他生下一儿半女,而是多年不见动静。

小先看了看米姐,她坐在更靠近阳台一点儿的地方,夕阳从外面射进来,照在她脸上,给她镀上了一层柔和的金色光泽,她看着他,关切的样子似乎想把他心里的疑虑都舀干,小先感受到了自己强烈地想要与米姐共处的渴望,他灌了铅一般想要在这里坐下去,任谁也搬不动他,任谁也不能叫他离开。他脑海里想的都是这个,他被这愿望折磨着,但除了一口一口地喝水,却一点儿也找不到更多的话题来拖延时间。

两个人都沉默着,小先怀着心事,米姐却是不敢打扰他,直到墙上的古董钟突然当当敲了六下。——那还是去年,小先夫妇送给她的新年礼物。

小先只得自己站了起来,从客厅到门口,只有几步,却走得犹如拖着一辆水泥罐车般的沉重,到门口了,已开了门,他一脚踏出去,又回过头来看了看米姐,说了句:我妈生前最喜欢小孩的。

米姐愣了一下,还没来得及说什么,小先就哐当一声把门关上了,倒让她在门后怔愣了好一会儿。

3

这晚约会回来的时候,米姐对着镜子取下了水晶耳环,耳环一晃,她就想到了小先,小先的那一双眼睛,应该是有很多话想说的吧。

这么想着,米姐就有些无力了,她扶着梳妆台坐下来。她想起母亲去世的时候,想起失去先生的时候,可到了晚上做梦的时候,她却变得很有力了。

这天晚上,米姐第一次梦见了小先。她和他。她像绵延起伏的群山,像一位地母,而小先,是一条冷而滑的蛇,他钻入了她的丛林,贴着她的皮肤,他把她抱紧,抱紧,再抱紧,只抱得她喘不过气来,从来没有人那样抱过她呀。他把她摊开了,揉碎了,他嘴里发出啧啧的声响……

米姐不知道自己为什么会做这样的梦,是他来得少了?还是……无论是什么原因,结果是,她一阵大汗淋漓,像真的做过一场运动那样疲惫。羞愧接踵而至,她一直是把他当弟弟的呀。

第二天下雨了,小先照例来接米姐,他看到米姐从单元门口跑下来,那一步两步她总是懒得撑伞,小先连连喊着,等一等,等一等,便撑了伞跑过去接她,擦得干净锃亮的小羊皮皮鞋踏在雨水里也不管。大伞一直护送米姐到了车旁,整个倾斜着挡在她头顶,看着她坐进车里,又看着她把双腿收进去。

米姐坐的是副驾驶,以前是为了看风景,而这会儿呢,总感到有点儿不自在。小先无声地递给她一块干净的毛巾,她脸上飘了点儿雨水,不多的几滴——这个动作是小先常做的,然而,由于昨天的那个梦,显得有些意味深长。

那个……两人一起说。

嗯……两人又一起说,还没等对方说出什么,便都一起嗯了。

米姐一低头,看到了胸前的玛瑙项链,像抓救兵似的抓在手心里,顿时感到一阵冰凉,原来不知不觉间,她已慢慢沁了一手汗。小先眼角一瞟,看到米姐的白手抓着项链,说,米姐,我们什么时候去戈壁滩看看吧。

戈壁滩?米姐问。

是啊,戈壁滩,我有个同学在那儿,他说,那是世界上最纯净和辽阔的地方。

米姐不敢接这话,是我们两个人,还是有其他人?

小先打开收音机,里面传来舒缓的钢琴曲。窗外要入冬的天气,凄风苦雨,零落的黄叶在枝头瑟瑟发抖,车内却温暖如春,两个人的气息也随着乐曲缓缓流动,试探,碰撞,交融……这真是一叶方舟,要渡我去哪里呢?有那么一刹那,米姐迷糊了,迷迷糊糊中,她希望这车永远开下去,永远不要停。然而,车还是停了下来,这一天开得慢一些,三十多分钟,然而,不管怎样,还是停了,在下车的那一瞬间,米姐突然意识到,不能再坐小先的车了。

就这样,米姐下定决心,不再坐小先的车,她开始找各种理由,要加班,有事,要去早一点,有重要领导要接待,要回去晚一点。每次小先都一笑,然后自己走了。可又有各种原因让他们碰到一起,米姐要加班,科长却让小先等村里送的材料,米姐要去村里,小先却有应酬,每次碰到了,小先都一笑,像是在说,看,还是被我逮到了吧。

米姐无法拒绝这被逮到了的时光,她喜欢那温柔的目光落到自己脸上、身上，这会令她不再跳动的心脏跳动，会令她不再泛红的脸蛋泛红，甚至微微羞怯，微微出汗。有时候，像捉迷藏似的，开门的时候，小先会故意碰一碰她的头，换挡的时候碰一碰她的胳膊，给她拿水的时候，碰一碰她的手指，这些，都令她的心悸动不已。一股甜蜜的气息在车内流动，窗外阳光正好，所有的草木都在秋色里散发出馨香。

米姐一直都活在这种微颤，甜蜜，试探，拒绝又靠近的纠结之中，直到不久之后，发生了那件事。

4

米姐单位的书记姓熊，中等个子，不算很胖，但无一处不滚圆，圆脸圆脑袋，一个圆滚滚的下巴连接着宽肩厚背，见人一脸笑，就像一只人畜无害的小熊。

在食堂排队打饭，遇到谁忘了带饭卡，书记总把自己的卡丢给别人，有谁送他一点儿高档水果或茶叶，他从不带回家，总是分发给大家。有谁家的小孩上幼儿园、转学遇到了困难，他总会帮忙想办法，哪家子女考大学，找工作，能帮上忙的，他总会帮一把。但凡亲属朋友，谁有什么困难，知道他有办法，找到他，他都不会让人失望。

唉，熊书记早！

早！

熊书记好！

好！

熊书记加班呢！

嗯，刚开了个重要会议。

仰山镇政府总洋溢着一派和谐热络的气氛。

但那一年，熊书记却出了点儿事。先是有小道消息传来，说有人在告他，可能会有事，但一直传了半年，也没见什么动静，他照样上班开会，出席重要活动，精神抖擞，大家想着，应该没事了吧。但突然又见他暴瘦，他说是在减肥，但大家都小声议论，这怕是查到猛料了吧？但过了一阵子，他又缓过劲来，小圆脸上长满了肉，一笑，两颊都颤动起来，大家便又猜，那事肯定过去了。

有一阵子，米姐的男友来得比较勤。爬完山之后，他喜欢靠在床头抽一支烟。那天，他正靠在床头，缓缓吐着烟雾，用手拨弄着米姐的头发，突然说，你们单位挺复杂的，小心点。

米姐一愣，怎么了？

他也一惊，像是回过神来似的，说，哦，没什么。机关单位，水总是深的，小心为妙。

米姐仰躺着，盯着天花板，想着单位这半年来大大小小的事，她也有所耳闻，听说检举书记的，正是单位内部的人。他在纪委上班，那么来一句，米姐不得不联想到他的工作。

听说，检举熊的，是我们单位的人？米姐翻了个身，俯身在他身旁，用手指抚在他的胸肌上。他捉住她的手，抚摸着，又拿到嘴边，轻轻啄了一下，但并不肯透露更多信息，说，你管他呢，反正有人敢欺负你，你就告诉我。

米姐觉得无趣，便又翻了个身，头靠在他胸脯上，眼睛正朝向黑暗中的墙壁，壁纸上是枝枝蔓蔓的暗绿色藤蔓，米姐的眼睛看进去了，就越发理不清走不出。

没想到快到年终的时候,这几个人碰到一起了。

那是个阴冷的星期六下午,米姐正和小先夫妻俩逛街,他打来电话,叫她去白塔书院。米姐还有点儿犹豫,这地方她都不知道啊,怎么去呢?叫滴滴?正在犯难的时候,他的电话又追过来,叫小先送你来,及至,又详细告知了地址。

车行到半山腰,才看到一个朴素的门楼,他已和几个朋友等在门口了。米姐一下车,便听到他喊,上来,这里!小先听到他的声音,也降下车窗来打了个招呼,他又喊,一起吧。小先看了看米姐,米姐知道他不是随便开口的人,便说,那一起吧。

米姐和小先把车停在半山腰,沿着陡峭的小路攀上去。门楼建在一处突出的岩石上,进到里面,才看到白墙壁上写着"白塔·书院"几个字,回廊依山而建,把山涧的溪流和对面白塔寺的风光尽收眼底。

走了几步,出来一个汉服打扮的年轻女子,把他们往里带,只见幽深的树木掩映着庭院,曲曲折折的小桥流水穿廊而过。米姐不由得暗暗吃惊,自己上下班常路过这一带,却不知道这山里还隐藏着这么一个处所呢。

女子将米姐和小先带入一个题为快雪阁的包间。

坐定后,米姐将客人扫视了一圈,发现只有一两位眼熟,其他都眼生,但很奇怪的是,也没有人向他们介绍一下。

喝过两泡茶,便开始上菜。

席间说来说去,自然绕不过仰山镇,绕不过熊书记,有人说,熊书记不错。有人便说,那当然。

米姐和小先都听着,没有作声。米姐心里隐隐有些不快,不明白他叫她来干吗,在这桌上没有受到重视,也不是陪客,米姐不知道小先怎么想,但两人的拘谨肯定是大家都看得出来的。那话题岔开了,就像那青烟,飘散了,但一会儿又聚拢来,又说到了熊书记的提拔。

米姐和小先交换了一下眼神,心想,怎的,这人不在,怎么倒像是冤魂似的?

直到一个胖和尚样的人问他俩,你们俩说,是不是?熊书记是不是挺有能力的?小先点了点头,接过话头,说,是不错。

那人仰头一笑,说,那是相当的不错啊!我80年代入党,在体制内干到四十岁,经商二十年,那是阅人无数,没见过这么有人情味的领导,有见识,有担当,敢开拓,不可多得啊!说着,话锋一转,对着小先和米姐说,你们很幸运,要珍惜啊。一席话说得小先和米姐面面相觑。

那青烟散去的时候,小先敬了米姐和他的酒,不好说别的,只说谢谢领导对他和米姐的关照。米姐不语,垂着眼帘抿了口酒。倒是他,大大方方斟满了酒,一饮而尽,说,我有时候忙,关心得不到位的,你也多关心关心。

这句话说得米姐心里一咯噔。落座时,她趁机偷瞄了一眼小先,小先也回过头来看她,倒没有一点愧色,他伸过手来,替米姐扶了一把椅子,又转过头来,趁替米姐斟酒的当儿,大大方方看她。

你来我往闹了好几轮酒,座上宾皆已露出七八分醉态。米姐和小先停了杯,看着上座的热闹。刚上来螃蟹,小先给米姐剥上了。正拿着蟹腿准备往嘴里送的时候,先前那胖和尚样的商人带着醉态,满脸通红地看着米姐,突然说,怎么看,你也像个明白人啊。

开往仰山小镇的顺风车　169

米姐不知道他这话针对的是什么，但怎么都有点重了，她正了正身子，正准备发难，上座的他却已开了腔，怎么叫看着像个明白人啊？我看你，怎么看着也像个正经人。

话一出口，一桌人都哄笑起来，那人脸上便有了愠色，酒桌气氛冷下来了，一些人见风向不对，便开始三三两两往外撤，本来人也不多，这会儿就更少了。留下来的，一位是米姐眼熟的领导，一位就是那位商人，再就是米姐等三人。

米姐恍然大悟，这是一个跟她有关的局，她才是这个局的中心。她有些困惑，朝他看了一眼，他正朝酒杯里弹着烟灰，回看了她一眼，没有告诉她什么，只隔着桌子伸过大手来，握住她的手。

他们一起看向那位商人，那人正在抽烟，似笑非笑地弹着烟灰，他知道大家都看着他，但就是不开口。还是那位领导打破了沉默，他清了清嗓子，说，我们是来解决问题的，不是来制造矛盾的，是吧？听到这话，那人的脸色才缓和下来，说，开篇说了半天，以为你们听懂了，可后来，又发现你们并没听懂。不知是懂了装不懂呢，还是真不懂？

我说了，这事与她无关。米姐的他插嘴道。

那商人看了看他，往后靠了靠，又点燃一支烟，把眼睛眯成一条缝，直盯着米姐。米姐也不怕，迎着他的目光看过去，说，您别这么看我，我倒是不怕您看我，但我觉着吧，咱们这么互相看着，我是挺吃亏的——我可不想看着您那张不那么光鲜的脸。

那就爽快点。

什么爽快点？

别装了。

装什么？您不能自己心里住着个贼就看谁都像贼吧？说着，米姐已失去了所有耐心，提了包准备走。

那人突然大喊了一声，你不能走。

怎么就不能走？

我说不能走就不能走！

你代表谁说不能走了？

那人突然跳起来，借着酒劲儿，拍了一下桌子，大声喊，你敢说去年10月19号，精准扶贫接受省巡视组检查的那天下午三点，那封检举信没有从你的电脑里发出去？

这话如此具体，不由得让米姐一怔，她转过身来，把疑惑的目光投向上座的两位，看看他，又看看那位领导，只见那领导模样的人连连干咳着，说，你妈的灌了二两黄汤就又瞎说，什么下午三点，什么检举信，你这说的什么呀……说着，他也站起来，取了墙上挂着的大衣，就准备往外走，但终于还是忍住了，又转回头来，说，你，我们只当你是放了个屁啊！又对众人说，他说的什么，我不知道啊。

米姐终于明白了。

她眼神慌乱地在人群中寻求支援，看向男友，又看向小先，小先也慌乱着，一双眼睛似乎也无处安放。急迫中，米姐只得机械地说着，我，没有！就在那一瞬间，她突然想起，去年精准扶贫检查那天，是个周六，上午就检查完了，下午座谈，因为她有事就先回家了，她把办公室钥匙丢给小先，方便他取资料……

就在那一瞬间，米姐把目光移向小先，她突然明白了他的慌乱，还有什么别的解释呢？米姐回想起自己方才的脸红，感觉自己像被人当众打了一耳光一样，震惊，愤怒，伤心，特别是伤心，在那一刻,她把混合了所有情绪的目光像刀子一样掷向小先——这就像有箭头指引似的,把所有人的目光也一起掉转向了小先。

米姐,我,我没有……小先涨红了脸,语无伦次。

那你怎么解释呢?

解释什么……

还有什么可能呢?在众人无声的谴责之中,在话和话的追赶之下,或许还有这一下午被压抑着的怒气,米姐在那一刻失去了理智,她抓起茶桌上的茶杯就朝小先掷过去,汤汤水水都洒了出来,茶杯直直飞向小先。米姐没想到他躲也不躲,瓷杯正中他的左额,血顺着额头流了下来,迅速滴到他胸前的白色夹克上。

后来又发生了什么,那些人说了什么,米姐已全然不记得了。但她记得那一幕,特别是小先出事后,她常想起那一幕:她和他往外走,小先坐着未动,血一滴一滴从额头迅速滴到白色夹克上,在左边胸口汇集成一朵暗红色的花朵。米姐回头看了几次,可被人群裹挟着往外走,她无法,也没有理由停下脚步。

为什么那时候,都没听听他到底要说什么呢?他在想什么呢?为什么我能想也不想就怀疑他呢?

5

这个年就这样过去了,在寒冷和忙乱中过去了。

米姐和小先的决裂,也慢慢在新年的各种聚会、吃喝活动中传开了。假期结束的时候,小先也来上班了,额头上顶着一块伤疤。别人是每逢佳节胖三斤,他却更瘦了,瘦得有些形单影吊。都在一个单位,低头不见抬头见的,举报书记,总有点那什么的吧，不论小先是不是真做过，也不论书记该不该举报，但于情于理于前途，大家都有点儿避着他的，在普通人眼里，哪有什么是非黑白呢？他本来就偏冷，这会儿别人孤立他，他也懒得搭理别人，几乎是独来独往了。

他没有去米姐的办公室死缠着向她解释，只是每天回家的时候，先下楼，把车子发动，然后在车里坐十分钟，他是在等米姐吗？等米姐再来坐他的车？然而米姐没有，她在玻璃窗前看到了小先的身影，看到他下楼，等待，可是她把脸转了过去，鼻子里哼了一声。

也有人问米姐，就一定是他做的呀？好多次，米姐在看到玛瑙项链的时候，——项链已被她扔在了办公室抽屉的角落里，也问自己，真的是他做的吗？可是还有谁呢？那组数据只有我们科室的人知道，而他恰巧那天又去过我办公室，如果不是他，那也太巧了吧？谁会设计得如此巧妙呢，不仅在针对书记的同时，还牢牢嫁祸给小先？关键是小先并未挡着谁的道啊。

当鹅黄和鸭绿再次爬上树梢的时候，米姐的男友给她买了辆高尔夫，每个晴朗的周末都带她去练车，等树叶长成小手掌大小的时候，米姐可以开车上下班了。可小先还是固执地等在楼下，也不那么讨人嫌，每天十分钟，似乎在诉说什么，坚持什么。有一天，米姐匆匆奔向她的高尔夫时，看到小先坐在车里，两眼望着前方，有些失魂落魄的样子，米姐突然一阵心痛，脚步迟疑了，可就在这时，小先发动了车子——十分钟已到，他没看到车后的米姐。这是他们最后一次近距离的接触。

为什么没有早下去一点呢？为什么都没有给他机会，听他说一说，这到底是怎么回事呢？也许那天他从办公室出来了，而其他人进去过？或许门没有锁好？门坏了？米姐想过种种可能，可门是好的，而那天是星期六，加班的人本就不多，她想去看看监控，办公室走廊都装了摄像头的，可，她看着那终日亮着的在黑暗中射出凛冽之光的机械眼，终究是摇了摇头。

从那天起，小先便不再等待米姐了，他甚至都不按时上下班了，想早就早，想晚就晚，科长问他，他便说，哦，我睡过头了，或者说，哦，我忘了。科长很恼火，说，年轻人，你怎么能倚老卖老？年轻人怎么能倚老卖老呢？小先皱着眉头问。科长更生气，但他怕小先也给他一封举报信，跺了跺脚，便咬牙走了。不放过他的只有副书记，大会小会的，仍用各种方式明里暗里嘲讽他，指桑骂槐，孤立他。小先慢慢地也木然了，坐在会场，像坐在空无一人的水面一样，根本不在乎周围的人说什么做什么，也不搭理他们。有时候米姐偷偷看他，希望他生出一些恼怒，跳起来把他们骂一顿，或者当着所有人的面说清楚到底是怎么回事，可他始终没有，有时候他抬一抬胳膊，米姐的心一紧——要发作了！可是，他又慢慢地把胳膊放下去了，只是换了一个坐姿，他始终那样坐着，老僧入定般地坐着，仿佛那些唇枪舌剑射向的不是他。说到底，小先这个人，生命力还是弱了些，他比别人瘦一些，说话的声音比别人轻一些，甚至影子，都比别人淡一些，这让米姐想到他那个早逝的孪生哥哥，是不是把他的某些生命力带走了？米姐的脑海里突然闪过一丝不祥的预感，不不不，小先只是比别人瘦一些，文弱一些罢了，米姐安慰自己道。

第二天，小先没来上班，他媳妇来了，给他请假，说他神经衰弱，医生让他休息。科长嗯嗯啊啊地支吾了一番，他不喜欢小先，忌惮小先，可没必要对小先的媳妇客气，他把病假条接过来，看了一眼，扔在一边，低头继续看文件，装作很忙的样子。小先媳妇并没走，她仍站在旁边说，科长，您不能再这样对小先了，他已经有轻度抑郁了。

科长抬头看了她一眼，想说句什么，又自己压了下去，哦了一声，便又低头看文件。他心里想，关我什么事呢？我白白挨书记骂，白白失去了好几万的奖金，他得罪的是书记，针对他的也是书记，关我什么事呢？这样想着，他的脸色就更难看了。

科长，他是您手下的兵，在没发生这事时，您不也是对他赞赏有加的吗？发生了这事，你们不辨真伪，一下将屎盆子扣在他头上，大会小会，明里暗里针对他……

人家这屎盆子也不是乱扣的。科长终于抬起了头，用中年人特有的笃定和掌握一切般的信心看着她，嘴里仿佛含着一闸洪水，随便一开口就能把小先和他媳妇卷走。但他看着她，就是不开口。

我相信不是他，我相信。她害怕那目光，把自己的眼神收了收。

我也相信，可证据呢？有证据吗？科长的目光冷冷的，除此之外，还有更多的藐视，在他的注视下，小先媳妇终于低下了头。

我相信不是他，我相信……她轻声说着，声音越来越小，最后终于哭出了声。

米姐就在自己办公室门后站着，清楚听到了小先媳妇和科长的对话，这个胖姑娘，到底还是没辜负小先对她的好，她想出去帮她说两句，可又迈不开腿，隔壁办公室终于有几个年长一点的女人走了过去，把她从科长办公室拉了出来，拍着她的肩宽慰她，我们也相信，相信不是他。米姐就更不好过去了，好像是她诬赖他似的。她把办公室的门关上了，背靠在门后，看见了窗外的那排意杨树,五月已经过去了,满树的鹅黄鸭绿已变成了深碧,阳光从茂密的树叶间筛下来,在地上打下许许多多晃动的小光斑,风还是很乱,一会儿向这儿吹一会儿向那儿吹,把叶子摇得乱七八糟。

6

从那天起,小先就再也没来上班了。米姐也曾听到科长在对门气急败坏地给小先媳妇打电话,然而没有用,小先过上了仙人般的生活,想来上班就来,不想来就不来。他来上班也不是真来,只是把车开到单位院子里,停下来,抓把小米喂喂鸟什么的,偶尔也会到考勤机前站一站,探头朝里面望一望,像看一个黑黢黢的洞口,那么探头望一望,转身便走了,绝对没有按指纹,更没有来办公室。你说,这能算上班了吗?

可工资还是照拿的,没有人敢克扣他什么,但凡有点什么小福利,如几张电影票呀,一盒绿豆糕、两提咸鸭蛋呀,会计都会亲自送上门。一群年轻人都围着会计打趣,会计呀会计呀,你怎么对小先那么好呢?你怎么就不能对我们好一点呢?会计只回答他们三个字,去去去!

有一次,米姐在街上,看到有个人远远地靠着一堵断墙抽烟,有点像小先,但比先前要结实一点,黑一点,胡子没刮,还顶着一头乱蓬蓬的长发。等米姐把车停好,再走过去时,哪里还有人影?小先抽烟吗?米姐问自己,没见过,那就不是他了?也未必吧。尽管有那么多不同,但米姐还是认定那就是她熟悉的小先,只是小先不愿意见她罢了。

米姐也想过，找个什么纪念日，把两家人约出来吃个饭，像什么事都没发生那样的推杯换盏，说说笑笑，以小先的聪敏，必定能接收到米姐传达的信息。可现在，小先躲着她了，怎么办呢？再等等看吧，米姐期待的是顺其自然，期待有那么一个水到渠成的机会，让她能和小先冰释前嫌。然而，米姐始终没能等来这个机会。

十月的一天——这是浅川城最美的时节，不冷不热，没有狂风，也没有大雨，街上这里一株桂花，那里一株桂花，一不留神，转一个弯，太阳斜斜地从石头院墙上照过来，墙角的一棵桂花树就探出头来，葳蕤盛大的样子叫你心惊，心惊这生活的美好。还有糖炒栗子，差不多每个十字路口，都有一架小板车，架着铁锅，小摊贩拿着小锅铲在炒板栗，重糖栗子的香味合着桂花的香气飘散在每一条大街小巷。这甜香真能抚慰人的心灵，米姐感到心上的孔隙似乎都慢慢被填满了，干涸的沟壑喝饱了水而变得润泽。高跟鞋踩在细碎的斜阳上，鞋跟笃笃点地，落叶嚓嚓有声，就连这声音都一起滋润着米姐的心灵，她心上的阴霾一扫而光。

一到家，她放下所有东西，就开始在包里找手机，她要给小先打个电话，她有多久没有这种欢呼雀跃的心情了？人生如此短暂，该过去的就让它过去吧，何况有些事还真说不清。可电话还没拨出去，小先媳妇的电话却先来了，一听到那头的哭声，米姐就知道出了事，胖姑娘在那头泣不成声，断断续续地说，小先昨天晚饭前就不见了，到现在还没找到。

那还不赶紧找？河边！河边找了没有？

找了的，没有。

水库？

找了的，没有。

手机呢？

手机关机了。打了几百个电话，都没有消息。

米姐瘫在椅子里，像一根刚被人从锅里捞出来的面条一样疲软无力，她想起来开个灯，却做不到，黑暗里，晃来晃去的都是小先的脸，她想起在单位，小先的勤勉，聪敏，与人为善——她怎么能认为是他呢？她又想起他看她的那些目光，她怎么能认为是他呢？

她像在这暗夜里醒来一样，发了疯一样扑到沙发上哭了起来。

昨天一天，人都一直好好的，我们上午逛了街，下午还看了场电影，晚上在家做饭吃。我是怕他有什么想不开，时时事事把他叫着，叫他淘米，米淘好了择菜，菜择完了，我洗菜，他剥大蒜……油烧好了，菜下锅了，我叫他出去摆碗筷……可我出来的时候，碗筷在桌上，人却不见了，我急急忙忙去书房找，书房没有，又去卫生间、阳台找，都没有，我喊他，没人应声……回头一看，门口的皮鞋不见了，搭在椅背上的一件米色外套也不见了……我跑到阳台上，心想，或许在楼下散步，但哪里有他的人影？我扑在阳台上喊，没有人答应我……我打他的手机，已经关机了……胖姑娘断断续续地哭诉着。

米姐是走到小先家的，仿佛不这样折磨自己就不能解恨一样。一进门，一屋子的人伸长了脖子望着她。

多孝顺多乖巧的一个孩子啊。冬天棉拖羽绒服，夏天啤酒鹅毛扇，有什么他没想到的，进门先喊妈，总是一脸笑。小先的丈母娘一把拉住她，说着便哭了起来，原来，米姐不知道的是，小先经历过多次自杀未遂。在这片哭声中，大门打开，所有人都看向门口，有人带来了新的消息，小先的最后一个电话打给了他的一位初中同学，他去了新疆。

他来过啊，他说原来经常听我提起戈壁滩，就想来看看……没啊，情绪挺好的呀，挺正常的啊，特别客气呢，给我们家里每人都带了礼物。哦，他穿得太少，临走时我要送他一件毛衫，他硬是说太新，拿了件旧的……他同学在电话里说。

大家长吁了一口气，或许他只是想出去走走？大家互相安慰。米姐没有吭声，她脑海里只闪过了三个字：戈壁滩。

7

事情没有向大家期盼的方向发展，第三天下午，传来了小先的噩耗。

在警察的帮助下，大家拼凑出了事情的经过：从家里出去后，小先在小区门口上了一辆的士，到了汉口火车站，接着上了一辆最快能到新疆的车，辗转到达新疆后，在那位初中同学家逗留了一下，叙了下旧，最后去了戈壁滩。

小先靠在一棵胡杨树上，用刀片割开了自己的左手动脉，又拿出事先准备好的镜子，对着镜子割开了自己的颈动脉。

他还在上衣口袋留下了一封遗书，说把身上的钱都留给发现"他"的那个人，对于他即将看到的可怕景象，他感到很抱歉。对家里的事他也有安排，但就是只字未提那件事。

小先的葬礼很快举行了。单位像是醒过来了似的，这时才想起小先的种种好来，工会主席把他妻子林月梅拉到一边，问她还有没有什么要求要提。那个胖姑娘想了想，说，去看看那个监控。

米姐感叹了一声,还是这个胖姑娘狠哪。

副书记、胖姑娘林月梅、保安部长,外加米姐,一起站到了监控室。熊书记为了避嫌,他没有参加。

终于,画面上出现匆忙行进的滑稽人物图像——那是在快进,到了指定时间,主任喊了声停,画面暂停了一下,出现了正常的播放,米姐看到走廊上出现了打扫卫生的清洁工,送开水的老人,早到的米姐和小先,米姐看到那个还活着的小先,迈着长腿,手插在裤兜里,三步两步走到自己办公室门口,一边掏出钥匙来开门,一边扭过头来和米姐说着什么,画面是黑白的,模糊的,跳动着雪花点的,但依然可以看得出来小先在笑着,如春风拂面。米姐眼里涌出了泪花。

这是去年九月份的,再往后一个月。副书记指着画面上的时间说,保安部长不吭声,继续操作着,哪知屏幕突然跳动起来,发出刺耳的声音,紧接着闪动两下,又变成了满屏雪花。怎么回事?主任问。沉默了片刻,部长回答,出了点问题。又过了一段长时间的沉默,画面出现了,但时间已经跳到几个月后了。

怎么回事?林月梅扑到屏幕前。

报告书记,今年春天雷雨多,损坏了多台设备……可能数据丢了。过了一会儿,保安部长不得不放弃了徒劳的抢救,对副书记说。

8

秋天快要结束的时候,米姐决定去一趟新疆。

因由很多,小先的葬礼结束之后,米姐就生病了,断断续续地发烧,咳嗽,不是什么大病,却总不见好,还持续失眠,有几次梦见小先,梦见他拿一双大眼睛看着她,幽深的,哀怨的,深情的……有好几次,等米姐从梦中醒来,小先消失了,天也就亮了。难道我真的错怪你了?米姐问,在虚空中,没有人回答她。那我该怎么弥补你呢?如果你有孩子,我一定视如己出,把他当自己的孩子疼爱。

一个月后,米姐参加另一位朋友的葬礼,遇到一个和小先共同的朋友。葬礼结束后,他们走到了队伍最末,看着低沉的浅灰色天空,他们俩聊起了小先。

你有没有想过,也许小先根本没有用你的电脑,或许他只是在楼下的车里发出的那封检举信,他在慌乱之中随便破译了一个Wi-Fi,而恰恰不巧,那正是你办公室里的。

米姐一惊,这个解释是合乎逻辑的,她拉住他,还想再问点什么,但他摆摆手,什么也不愿再说了。

他把食指放在嘴上,说,到底是不是这样,我并不清楚。我只是告诉你,存在着一种可能,是一种技术上的可能,你明白吗?

米姐看着灰沉沉压下来的天空,陷入了困惑。小先的声音又跳入了她的耳膜:

可毕竟,还是诬赖了你啊!

米姐心里突然一惊,这会不会才是小先自杀的真相?

米姐选择的是绿皮火车,从武汉出发,到乌鲁木齐要三十八个小时,两天一夜。这一路上,火车走走停停,不昏睡的时候,米姐就看着车窗外飞驰而过的田野,看着火车从平原开进山峦,又从山峦开到平原,进而进入一望无涯的旷野,看着车窗外由中原腹地的肥沃到西北高原的辽阔和苍凉,这一路上,小先在米姐的脑海里,一刻也没有离开。他为什么跑到戈壁滩上来自杀?这是米姐心里的一个谜。

米姐找到了小先的同学。这个汉人戴着维吾尔族的瓜皮小帽,穿着坎肩和对襟的褂子,比维吾尔族更像维吾尔族。他眼窝深陷,一脸疲倦,除了腰杆笔直之外,再看不出半点英武之气。

"我怎会想到几十年不见的初中同学,来见个面,就是来自杀的?"在路边的清真酒馆,他们一边吃着手撕羊肉,一边聊天。几杯伊犁特曲下肚,他的话匣子打开了。

"那时候在戈壁滩上当兵,苦,一个字,真苦。战友们每天都给人写信,不写信干什么呢?孤单得要死,想家,想亲人。我妈不识字,我妹还在读初中,不能耽误她的学习,再说一个邮票还要八毛钱呢,还得从她的生活费里扣,我不忍心。我就给同学们写,有的同学回了,有的不回,有的回一两封就不回了,只有王先勇,断断续续与我保持了通信。"

入夜了,气温就陡降下来,米姐裹紧了身上的羊毛披肩,又喝了一大口白酒,有一股暖流从脚下蹿了起来,她红了眼睛,看着他继续说。

"纯净哪,纯净,"他咂着嘴,"那时候我在信里常跟他提起戈壁滩,一个初中生,初中毕业后就来到了这里,没见过什么是辽阔,没见过什么是绚烂,戈壁滩,一下就把我给征服了……然而,他给我最初,也最真的印象还是——纯净,就是这么两个字……"

"你在信里也是这么跟小先说的吗?"

"是的。"我说,"来一次吧,你一定要来一次戈壁滩,天那么蓝,蓝得没有一丝杂质,树叶那么红,红得也没有一丝杂质……"

米姐的心里像是有什么咯噔一下了，像是一扇门，吱呀着打开了，一道光照了进来。

第二天，米姐改变了行程，找到了一辆租车公司，也租赁了一辆一模一样的越野车，向戈壁滩出发。

车子从城市中心出发，驶入郊区，第三天进入人烟稀少的旷野。渐渐进入戈壁的时候，小先出现了，米姐感觉他就坐在副驾驶的位置上，靠在椅背上，脸上挂着若有似无的笑，时而把头转过来，伸着手指，告诉她避开羊群，避开烈日，避开路上的大坑，爬坡时怎样一口气冲上去才能避免熄火，还告诉她，注意那个戴羊皮帽的老人，他有一双鹰爪一样锐利的双手，还有一双像鹰一样锐利的眼睛，叫她注意道路左边有一条小河，河边长满了苜蓿，告诉她这是难得一见的绿洲，不要错过这样的美景。这回，像是小先坐米姐的顺风车了。

傍晚时分，米姐把车停在一片旷野之中，看着辽阔的金色大地上，连绵起伏的胡杨林红得像血，巨大的夕阳静默而端庄地悬在无云的天空，静静向地平线逼近。米姐跳下车，内心被深深地震撼到了，在呼啸而过的风声中，夕阳给她周身镀上了金色的光泽，在这光与热之中，她闭上了眼睛，感觉内心正被光和热充满。

当眼皮也被晒得温暖起来的时候，米姐仿佛听到一个声音在说，该停下来找地方住了，记得把自己喂饱，再把油箱加满。

可是米姐还不想停下来，她又经过了一小片绿洲，越过了一座小土坎，就这样不知开了多久，天光渐渐暗下去时，她仿佛感到脑海里的那个小先沉默了，他的目光低垂，变得深邃了，她下意识地看向右边，道路远处，有一株巨大的胡杨树，高耸于林，大得遮天蔽日，大得地老天荒。

米姐走了过去,等待着赶羊的老人赶着羊群走远了,她走到树下,找到了小先靠着离去的那棵树根,她确定,就是这一棵。她站着,想象着小先就在眼前,尝试着跟他对话,可是不行,她终于躺了下去,躺在小先躺着的那个地方,代替他,用他的目光看着一切,白光逐渐消逝的天空,飘落的胡杨叶,爆裂的树皮,直指天空的老干,还有被鲜血灌溉过长得稍微粗壮的又被羊群啃去了头颅的几棵稀疏的苜蓿,米姐把目光停留在凸起的树根上,纹理粗糙,在粗糙的纹理里,看得见深黑色的物质,在模糊的微光里不明显,可是连成一片了,米姐看着那一片,想象着小先切开喉咙后鲜血喷涌而出,顺着树根流了下来,流到地上,流到沙土里,最后和稀疏的几棵苜蓿的根系握手了……米姐靠在那里,想象着小先凭着仅有的一点意识,又切开了左手的大动脉,鲜血还会喷涌吗,还是成团成团地流了出来?他还事先准备了镜子,以便对准自己的颈动脉?

他这不是要自杀,是要把自己的血流干。

米姐像是突然明白了什么。

9

归根结底,我们是一类人。米姐的耳边响起了小先的话。

晚上开紧急会议。开完会,米姐和小先结伴从会议室出来,连日暴雨,冲垮了农田房屋无数,镇上所有人都在抢险,这会儿天却放晴了,黑黢黢的云层涌动,光亮从薄弱处透出来,一会儿,竟然跃出一个饱满光耀的月亮来。米姐的心又欢呼雀跃起来,她喜欢一切美的事物。

小先像是明白米姐的心意似的，慢慢系上安全带，慢慢发动车子，慢慢把车驶出大院，同事们打着呵欠走远了，夜晚又迅速安静下来。

最后救上来那个老人，跟你说了什么？米姐问。今天抢险，小先一直冲在最前面，几次从废墟里扒出被掩埋了的老人。

叫我娶个媳妇。小先笑了，看向米姐，眼里闪动着狡黠的光芒。

啊？米姐惊讶地看向他，马上发现了他眼里的调侃，但她垂下了头，没有接茬。

小先笑了一下，又接着说，大概昏迷之中，把我当他儿子了。米姐哦了一声，陷入了沉默。山里很多这样的老人，把儿子送下山读书，功成名就，他们在大城市里安了家，娶妻生子；书没有念出来的，他们去城里打工，也寄生在了城里。结果是一样的，下山了，就难得再见上一面了。

米姐把手从降下来的车窗中伸了出来，伸到夜色中去，有一丝丝的凉风从指缝中穿过。米姐知道，有很多年轻人，或者已经不再年轻的人，都在嫉妒小先今天的表现，如果是他们有了今天的表现，他们一定拿它换更好的位置。但米姐知道，小先不会，这么多年来，米姐一直知道，小先不会。

你看，世界上有那么多食草动物，我们在一片草原上，自在地甩尾巴，抖动耳朵，都是为了赶苍蝇和蚊子，我们低着头吃草，老老实实，认认真真，刺猬啊，狐狸啊，兔子啊，都可以到我们的草地上来，我们是人畜无害的。偶尔抬起头来看看前面，只是为了欣赏一下低垂的天空，或者警觉附近是不是有危险。其实，你跟我一样，是胆小的，胆小得不敢与周围的人去争点什么——

小先仿佛洞悉了米姐在想什么。

才不是呢！米姐打断他，可他笑了，把食指放在嘴巴上，做了一个嘘声的动作，继续往下说，不管你怎么说，你或许会说是因为不屑，但要争，必须是要有狠气的人，心里有一股杀气腾腾的力量，拿一把板斧，站在长坂坡，谁来，都准备大喊一嗓子，一斧子劈过去，让对方灰飞烟灭……不是这样吗？哈哈哈……小先笑了，再次用闪着光的眼睛看向米姐，你心里会有什么呢？你会有规则，有秩序，有敬畏，有仁爱……

米姐想起了那一刻，她看着他，仅仅就那样大胆地仰头迎向他的目光，仿佛就得到了一种满足。

而此刻，米姐像是突然明白了什么，她从树根上欠起身，坐直了，目光柔软起来，她问小先——此时，想象中的小先正在她对面，她想要问他，问题还未来得及问出口，小先便点了点头，他的脸上布满了阴云，难过得连看他一眼的人都要陪着一起流出泪来，他点了点头，把目光看向正在迅速坠下地平线的夕阳，然后垂下了眼睑。

米姐没有理由不原谅他了。不论之前小先做错过什么。

10

米姐辗转回来的时候，已是两个月后。救她的，是那个刚刚赶着羊群走远的老人，他虽然没有鹰一样的爪子，但有一双鹰一样的眼睛，已经有一个年轻人死在安拉的胡杨树下了，他不想再看到第二个，怀着这样的担心，他折回来时，看到了躺在树下的米姐。她又累又饿，在黑暗中根本辨不到方向，越野车不断熄火，兜兜转转，她又找到了那棵遗世独立的大树，夜晚降临，寒流袭来，气温骤降了二十多摄氏度，她身上的衣服就像是没穿一样，整个人都快被冻成冰棍。她哆嗦着转着圈儿取暖，最后一点力气用完时，只能蜷缩在树根下。老人找到她时，她已经陷入了昏迷。

老人让她烤着火，又给她灌了半碗伊犁特曲，她才在老人的小毡房里醒过来，但是她的腿和脚已经冻伤了。

还能开车吗？老人比画着问她。

当然不能，她得慢慢养伤，但也需要快点好起来，得赶在真正的寒潮来临前走出去，还得够幸运，得有车进来，给她一点油。

一支深入腹地的探险队救了她，当轰隆隆的车队开进来时，老人跑到路中间，挥舞着羊鞭，拦下了车队。一周后，他们如约从此地返回，给了米姐油，帮她把车开着，让她裹得严严实实舒舒服服地坐在大越野的后座。

去了一趟新疆，怎么感觉你变结实了呢？回来后，朋友们都问。

是吗？米姐站到体重秤上，还是50.5公斤，镜子里，也还是窈窕的身形，以前的衣服也都合身。是黑了吗？她问。

他们都摇摇头。晒肯定还是晒了几天的，但确实没黑。

是什么呢？米姐问。朋友们都答不上来，只有他，想了想，说，是你心里，你身体里什么东西变了，以前觉得你轻飘飘的，淡淡的，像随时来一阵风就能把你吹走，但现在不一样了，感觉……你更有生命力了……他呷了一口酒，想了想，然后点了点头，说，嗯，就是这种感觉。

一股暖流流过米姐的心田，就像是雨季滋润过塔克拉玛干沙漠，这个维持了这么多年关系的枕边人，她到底没有白疼过，米姐望着他,有点儿欣喜,有点儿感动,他突然欠起身来,在她额头上啄了一下,眼梢里含着藏不住的情意。她一愣,随即笑了。

这天晚上,米姐留在了他那里。

当黎明的曙光照进卧室里来的时候,他醒了,他看见米姐睁着眼睛,正瞪着天花板发呆,便扳过她的脸,说,怎么了?有什么事让我们大美人心事重重?

米姐转过身来,对着他,把头扎到他怀里,没有吭声。他的一双大手放在她背上,她感受到他手心里传达出来的温度了,但这温度也融化不了心里的疑问。是的,米姐心里有重重叠叠的疑问。

去过那片胡杨林了?他试探着问。

嗯,是的。

一片巨大的沉默横亘在彼此之间。像天上云卷云舒,无数幅画面从他们的眼前飞过。他的胸膛起伏,有几列火车开过。

他一掀被子坐了起来,背对着她,一边扣着衬衣的纽扣,一边说,你有没有想过,那封举报信就是他写的?

米姐没有吭声,被子敞开着,她有一点冷,而且他突然抽身走了,那个侧身的姿势也好怪,她慢慢转过身来,躺平,轻轻拉了拉被子,又望向天花板,望向了那一片虚空。

他很无辜吗?他不无辜的,撇开他用你办公室的电脑发举报信这个龌龊的举动,就是举报这个行为,就已经把他送上了不归路。将来,还有哪个领导敢用他?他继续说,但是不看她。

米姐想说,那是你站在"你们"的立场说的。

她没有回答这个问题,听见卫生间里抽水马桶响动,听见他刷牙的声音。一两分钟后,衣服窸窣响动,质地较好的羽绒服摩擦裤子,围巾摩擦羽绒服,然后拉链拉起,接着在门口换鞋,在门口的鞋垫上,他顿了两下脚,那是他的习惯,就听到他说,我走了啊——米姐没来得及回答,也无需米姐回答,大门就咔嚓一声关上了。

她还在他屋里,他就走了,她还在他床上,他已经走了。

米姐有些尴尬,一个人面对自己的身体和内心时的尴尬。最终,米姐还是站了起来,迅速套上了衣服,像忸怩的第一次,她突然有一种悲伤的预感,自己应该是最后一次来这里了吧。

她留恋地看着这屋里的一切,最后站在了窗边,从窗子里,可以看到半个前川城,那条最宽阔的是出城的路,此刻正车来车往。

这条路,她走了十几年,风里来雨里去,之前的八年是一个人,后来的几年,有了小先的陪伴。她想起在那温暖的车里,小先看她的目光。他总想捕捉她的目光,想要告诉她什么。可惜,那时候她是胆怯的,她不敢接住那目光,也不敢去想象那里面蕴含着什么,她是一棵受过伤的小树,没有阳光照过来的时候,在风里没心没肺地摇动着小手掌,等真正的阳光一照过来,她却只敢低了头,闭了眼,什么也不敢看不敢想。小先的心意,他的试探,她早就应该明白的,只可惜,她是像触电一般的心悸,而心悸,容易让人失忆啊,更何况是对于她这样一个一心想着躲闪的人,心悸的那一刻正好选择失忆。

这条路的尽头,是仰山,是翠屏般的群山中的最高峰,所有群山都要仰望的山。在那里,小先曾救过米姐一命,而他们,也曾有过最亲密的接触,只不过,米姐选择性地将这段记忆遗忘了。

那一年冬天，接连下了好多天的雪，米姐担心自己照顾的那家贫困户，老人年岁已高，又是独居，给他送了点儿吃的上去。可下山的时候，一脚踩空，掉到一面断崖下了。没有伤着筋骨，却怎么也爬不上去，米姐在断崖上喊了半天，可大山空荡荡的，回答自己的只有重重叠叠的回音。她赶紧找到手机，可找了半天，却没找到信号。

太阳还有老高，可隐在云里就不出来了，米姐又冷又怕，更多的还是凄凉，这一晚上没回去，也不会有人找来吧？

米姐想着母亲，想着若母亲在世，会不会今天晚上给她打电话呢？若打不通，母亲肯定要踱到她家看看的。想起弟弟，已久未联系，这个本应跟她是世上最亲的人，除了有事找他，差侄儿来说一下，也只跟酒瓶子亲了。他？他呢？他可能会给她打个电话，如果没打通，他不会再打第二次，甚至，有可能今天根本不会给她打电话。过了三五天，他想起来了，见面了，他才会说，那天给你打电话，你没接呢。恐怕等第二天，单位找来时，自己只剩了半具尸首吧，老鼠，狼，野猪，山鹰……这么想着，米姐竟流起泪来了。

天黑下来，又下起了雨。雨水打在米姐身上，她只有在几尺见方的地方不停踱步，用以取暖。她再次尝试着抓住断崖上一丛已经枯萎了的灌木，可人还没爬上去，却把灌木齐根拽断了。

米姐任凭雨水打在身上，心里已经在想身后事了。突然间听到有人在喊自己的名字，幽远的，凄凄又切切，尾音带着颤抖，仿佛在找一个不可能找到的人，米姐听得出了窍，忘了应声。等到了近前，她才听出是小先的声音，回了一声，才发现自己的喉咙早就哽住了。

小先把衣服脱下来，结成绳，甩下去，把米姐从沟底拉了上来。

小先背着米姐往山下走。走了几步，米姐就开始发烧，冷得在他背上哆嗦。山中没有人家，整个山道一片漆黑，只半山腰有一座没人打理的寺庙。小先把米姐背到寺里，又去屋后寻了些干柴，在米姐面前生了一堆火。火烧旺了一些，小先替米姐把淋湿了的棉衣脱下来，又脱了自己的干衣服给她揩头发。米姐已经开始喃喃说着胡话了，可也知道靠着小先一动不动。

等安顿好一切，小先也静了下来，他把米姐的湿头发往脑后拨，露出她的脸来，米姐就算昏迷了，也能感觉他看着她。外面寒风呼啸，在庙里昏黄的灯下，后面立着菩萨，前面是火堆，火堆的更前面是大开的庙门，门外风卷着雨和雪花肆虐飞舞，更远的山下会有灯火有人家，可这寺庙里，只有米姐和小先，被昏黄慈爱的灯光笼罩着。自自然然，没有一点生疏的，仿佛已是一对过于熟悉的情侣，小先拨弄着米姐的头发，把她的头发往耳后拨，他看着她，突然捧起她的脸，在脸颊上亲了一下，轻轻地，薄嘴唇印在发烫的脸颊上，轻轻地移动着，下巴，脖子，耳垂……他扳着她的脑袋，紧紧地，她早已醒了，却又不知道如何是好，她想推开他，却又不知道在何时打断他才不让彼此尴尬，不会把这小心维持着的天平打翻。米姐犹豫着，一颗心乱跳着，手脚却软绵绵的没有力气。既不忍，又不舍。小先仍在继续着，他扳过米姐的身子，手伸到她的腋下，米姐心里一紧，差点脱口而出，不行的！可小先停顿了一下，却并没有下一步的动作，他只是那样抱着她，持续了几秒钟，似乎轻轻叹了口气，另一只手放在她的头上，轻轻捋了捋她的头发，把她揽到了自己怀里……米姐听到了那颗有力的心脏跳动,闻到了他衣服上散发出来的清洁的肥皂味,还有那敞开的衣领里散发出的年轻的热血的味道,这一切令她脸红心跳。

那份味道,一直萦绕在米姐的记忆里,直到现在,哪怕是小先已经走远的现在,让她在独自上下班,独自面对黑夜和黎明的时候,仍可以把嘴角微微上翘。米姐知道,自己的心房充盈而满足,甚至有时候可以微微激荡,和那一晚有着莫大的关系,都关乎小先那一晚的驰骋和节制。

11

米姐开了车,顺着那条路往前走,来到了仰山寺门前,她看到了大门上的那副对联:

净土莲花沐雪寻春天华仰止
宝方慧日登台谒圣善道从焉

她想起那时小先给她看过的故乡的高山,大而悠远的山,山上山下层层叠叠的梯田,松林和翠竹掩映着白墙黑瓦的村庄,细长又弯曲的田埂小路……她仿佛看到那个黑瘦的少年打着赤脚,从黑漆漆的屋里走出来,顺着这条弯曲的田埂小路,一路走到了她跟前。米姐不用更理解小先了,她早已全部了然,她相信小先所留下的所有信号,她都一一破解了。

第二天,米姐分别出现在省、市信访局,她把手中厚厚的一摞资料放到每一个领导面前,她说,领导,请你彻查一下仰山镇的熊书记，他违法乱纪，中饱私囊，迫害同志。

也就是那一天，米姐就没有回家了，她住在小旅馆里，把手机关机，隔两天换一个地方，每个周一都去省纪委报到。终于有一天，一个扎着高高马尾辫，长相清爽的女孩接待了她，她一笑，露出了一口洁白的牙齿。

这一天，米姐像失重一般地从纪委高大庄严的台阶上走了下来，正看到他在最下面一层台阶上抽烟，猛然一看，他老了不少，胡子拉碴的。看到她，他愣了片刻，把烟蒂扔在地上，用脚踩熄了，再抬起头来时，眼神里已清明了不少，他一定明白了什么。

"成了？"

"成了。"

"一定会成吗？"

"当然。"

"我在这个位置，你叫我再怎么面对他们？"米姐知道他口中的他们是谁。

她牵动嘴角笑了笑，轻声说了句："实在抱歉。"

"我记得那封举报信不是你写的呀。"他又说。

"的确不是。"

"你就硬是不相信是他写的？"

"这个已经不重要了。"

"那你？你们？"他指了指纪委大门，声音突然提高了八度。

"没你想的那回事。"

"那你为什么？"

米姐想了想，她眼前浮现出那条出城的路，那路边暴出的蔷薇的新枝，意杨的新叶，小先干净的笑容，干净的脸，那翠屏一样在眼前徐徐展开的群山,和山里一户户的人家,以及仰山寺门前的那副对联。但她终是没有吭声,因为,他和他俩不一样,他眼里只有他们,只有自己。

这样想着,米姐只好低了头,往前走了,还是迈着那失重般的步子。

"也许我们可以结个婚,生个小孩,过一种正常的生活?"

听到这话,米姐停下来,不用看,她也知道他在身后转过身来,可是,恐怕迟了吧,不是迟在这一两个月,也不知道迟在了哪一天,从哪一天起,他们就错过了那个通往庸常幸福的入口呢?

米姐一点也不担心熊书记的案子,从这天起,她就可以把这事放下了。听说小先的媳妇怀孕了,她要去看看,还要去看看小先,告诉他这个消息。这个孩子会是小先的吗?或许是,或许不是,但小先应该会高兴的,他说过,他很喜欢小孩。

还要回到仰山小镇去上班吗?她已不大想回去了,去哪里呢?去一个遥远陌生的地方,在一个简陋的院子里,做简单的工作,处理简单的人际关系,在带着潮湿霉味的房间,打开一本书,重新开启另一种生活,以此站得离大地更近?

2019年11月

郎君镇来的彪哥

1

这天早上,彪哥醒得很早,人还在床上,脑子好像就醒了似的。

醒来后,他躺了会儿,闭着眼睛,把当天要做的事在脑袋里过了一遍。

彪哥住在项目部二楼的一个套间里。项目红火的时候,这儿像财神的新衣一样光鲜亮丽,连铿亮的马桶圈都洋溢着新鲜和喜悦,而这会儿,水龙头第一个坏了,紧接着,蟑螂像听到拓展领地的命令似的,在白天黑夜神出鬼没。

彪哥一翻身下床了,拿起牙刷,草草刷了两下,又胡乱洗了把脸,从晾衣架上扯下一件花衬衣,套在身上,拿起桌上的纸袋,就出了门——临到门口,才又想起来,退回来,对着镜子刨了两下头发,从水池边捡起一块抹布,把皮鞋擦了擦,一反手,带上了门。

彪哥的花衬衣拉着风,大步走着,他要去吴老四家的早点摊好好吃一顿。办大事之前要吃饱,这是老娘教的,可老娘已经走了多年,走之前,想抱抱孙子,也没抱上,这会儿楚楚也要跑了。跑就跑吧。彪哥抬头看了看天,天阴着,蓝天上有朵云,还有风,吹着云一个劲儿地向东边跑,也吹得地面上起了一捋细细的灰尘,斜斜地就往天上去了。娘曾说,有烟尘往天上去,就要死人了。

彪哥一手端着财鱼面,一手夹着面窝,窝在面铺一角,一言不发,埋头苦干,连吴老四那个爱笑爱嗲的老婆跟他打招呼,他也只在鼻子里嗡了一声。要在以前,那个女人是很能得他一两句玩笑的。郎君镇人是认识彪哥的,知道他是穷孩子出身,有了点钱也不飘,稳当,周正,大方,任何场合,他热络周全,帮忙张罗不惜力气,在他面前,连最不起眼的女人小孩,都没有受冷落。当然,这样的人,不止在郎君镇,在哪儿都受欢迎。

彪哥知道,现在他垮了,可能垮到什么程度大家还不知道,但很快应该也会知道的,社会新闻里或许有一个小版块,但传到郎君镇来,就是大新闻了。他不想再浪费女人的表情了。吃完面,扫码付了款,彪哥来到大街上,他把纸袋一会儿拿在手里,一会儿夹在腋下,贴着屋檐,大步往前走。

面铺对面就是中国电信,旁边紧挨着银行,一个骑电动车的女人,踏板上放着一捆新鲜的艾草,冲上人行道,却被眼前的汽车阵拦住了,她慌张刹住车,叹了口气,唉!汽车轧断了街!便又急急忙忙退到机动车道。

再前面,是镇上的口袋公园,几个老头子在路边排练,一个的曲谱上写着:《来生再续未了情》,彪哥瞟了一眼,拉二胡的老头儿连忙指了指面前的凳子,彪哥,坐一下?

彪哥摇摇头,说,哪有你快活?!老头儿倒很自得地笑了,朝他拱了拱手,他贴着屋檐,大步向前走,他要先去找王大磨,磨他的一把波斯匕首。

2

彪哥有一对波斯匕首,是从南洋回来探亲的表叔赠他的。那时，表叔已经老了，他用黝黑的手指指着地图上的小点，教他辨认：新加坡、马来西亚、泰国、印尼……他想象着幼年的表叔随父母一起乘船，穿过大海，抵达马来群岛，那里有香蕉椰林海滩，还有无数珍宝，彪哥心里有一股力量鼓噪，他不顾母亲的反对，把这对匕首挂在腰间了。

挂了好多年，认识楚楚后，他把其中一把送给了她。

起初，楚楚还不要，她把匕首拿在手上，用指头抚摸着刀柄上的宝石，又翻过来看了看另一面的波斯字母，还给了彪哥。我要个匕首干吗呢？她说。

彪哥把她推过来的匕首又推了回去，说，你上夜班多，拿着防身。彪哥稍稍用了力，匕首在大理石台面上旋转起来，以越来越快的速度接近楚楚，她一阵慌乱，捉骰子般地按住了匕首。从此，这把匕首就一直放在她的坤包里了。

彪哥今天要磨的是另一把。

王大磨正在跟他老婆骂仗，彪哥刚跨进门，就感到一个硬邦邦的东西飞过来，他本能一闪，躲过了，是他老婆扔过来的一只皮鞋，皮鞋还在地上跳跃着，就听到王大磨在骂，老子迟早要把你斩作八块，一块煎了吃，一块腌了吃！

还有六块咧？他老婆毫不示弱，一边啃着黄瓜，一边单脚跳着，从房里跳了出来，一只脚支撑着身体，另一只脚伸到凳子底下去找鞋。别人的男人都到外面去挣钱养家，就你窝在家里不挪窝，窝，窝，窝，窝囊废！她继续骂道。

骂他窝囊废可真没骂错，读书时，就常有老师这样骂他，老师们常说的是——十个磙子也磨（王大磨的磨）不出一个屁来！毕业后，几乎全班同学都去南方打工了，只有王大磨没去，很快结婚了，迅速整出两个儿子来，这会儿，提倡生三胎，听说他老婆已经怀上了，孩子多，却没钱用，两口子没少为此打架。

窝窝窝，窝什么窝？来了一个不窝囊的，你跟他滚吧——看人家要不要你！王大磨学他老婆结巴。

要！怎么不要！这么会生的老婆哪里去找？！女人一时站立不稳，彪哥一把扶住她，一口回答道。

王大磨到底是没怎么出过远门，没见过世面的，彪哥的这句玩笑，就噎得他脸红，他的蛮劲儿上来了，梗着脖子对彪哥说，听说你也垮了！——别不承认，昨天镇尾的小孙亲自跑来告诉我了！

彪哥一时不知怎么接话，不过他可以想见，不出半个月，街上到处奔走着的都是小孙这种人，他会根据对象的不同，把这消息，选定一个合适的情绪，高兴、伤心或痛惜，只为方便转达给人们。当有人说不认识彪哥时，他甚至会花上一两个钟头，讲一讲彪哥的前世今生，让他们知道彪哥是谁谁的大侄子，谁谁的小舅子，他为小学校修院墙捐了多少钱，为买口罩和防护服捐了多少钱，只为了告诉他们，彪哥垮了。

那也比你强！女人找到鞋子，坐下来，把烂皮鞋套在脚上，一口斩钉截铁。

彪哥挥了挥手，想制止他们的争吵。在他无数次奔走，想从绞架里把头抽出来的时候，求人，问路，想办法的时候，他早就想象过这情形，甚至还有更糟糕的，他都想象过，比如，债务——他不是没见识过那些要债的——如果让他再选择一次，他也许会像王大磨一样，就窝在家里，一日三餐，热汤饱饭，老婆孩子，热炕头，比他现在强。

我想磨把刀。彪哥一边说,一边递了匕首过去。

王大磨接过匕首,脸上的愠怒消失了,刀刃的寒光照耀得他整张脸生动明媚起来,他拿大拇指舔着刀刃,嘴里啧啧赞叹着,说,好钢好钢!——要磨?磨了干吗?不会是去抢劫吧?

磨不磨?彪哥没有理他,准备伸手夺刀,王大磨赶忙闪身躲过了,连声说磨磨磨。

彪哥的两把匕首,在遇到楚楚后,就没用过了。以前,柴总爱打猎,彪哥鞍前马后。匕首刺进兔子的胸膛,从前往后一拉,血喷涌出来,掏出内脏——还是热的,心脏还在怦怦跳动——往农庄前的池塘边上一抛,惊起了轰隆隆遮天蔽日一大片苍蝇,顷刻间又都落到那些卷曲的肠子上,盖了个密密麻麻。

如今,柴总远去了,楚楚也要走。

疫情第一年,镇上的化工厂倒闭了两家,小超市、服装店关停了好几家,楚楚说她想去武汉看看,彪哥沉默了两分钟。街上几乎都看不到人,大数据说人们都回到了老家,可老家也看不到人——那些人是不是都关着门,躺在老家的床上?餐馆门口都可以捕鸟,更何况KTV呢。彪哥抽了根烟,还是点了头。

认识楚楚,是在柴总的饭局上,水泥供应商带来的,她话不多,喝酒也不主动,饭后去唱歌,也不主动,那种生涩的表情让彪哥多看了两眼——彪哥比她大十来岁呢。过了两天,又在饭局上遇到了,照例又去KTV,其间,彪哥故意上卫生间,回来的时候,倚着三分醉,一边擦手,一边走到楚楚旁边,用屁股把旁人拐了拐,就一屁股跌到楚楚旁边,贴着她,故意的,薄如蝉翼一样的裙纱,几乎没起到什么作用,他感受到了那具躯体的年轻美好,丰腴结实,他瞟了她一眼——从耳后和脖子的颜色来看——

应该还很白。他挤着她,也没打算往旁边挪挪——旁边有人,但楚楚那边没人,她也没动——彪哥心里一闪,毫不犹豫就抓起了她的手,她却把手抽了回去,朝右边挪了挪。

兴尽完回家,柴总安排彪哥送楚楚,他那时候还是骑的摩托,春风650。一路上他骑得飞快,把一盏又一盏的路灯抛在后面,花衬衣不时飞起来打到楚楚的脸,路有点颠,她不得不抓着彪哥的皮带。出了镇子,就是满目的月色了,一条灰色带子一样的马路,不时被抛起来又落下去。一个急转弯又一个急转弯的上坡路,彪哥的摩托冲出了路基,飞行了一小段距离后,落在一片结满豆荚的豆田里。彪哥早早松开了车把手,翻了两个跟斗后落在离楚楚几米远的地方,所以谁也没被车子砸到,土地松软,两人都没有受伤。

彪哥的酒醒了大半,他看到楚楚从地上爬起来,突然想逗逗她,便躺着一动不动,哪知楚楚站起来,检查了一下自己,就拍着身上的尘土往山上爬,眼看快爬到路基上了,彪哥实在忍不住,喊了一嗓子:

喂,你就把我丢这里了?

不然,怎么呢?

你这不仁义啊!

仁义?你仁义!柴总叫你送我,不是叫你送我上西天!

我又不是故意的!

不是故意的?那你下回就再开快点呗!说着,楚楚已经爬到了路基上,月光下,山的剪影上多了一个小人儿,她背对着他挥了挥手,竟然用愉快的声音大喊道:你就躺那儿好好反省反省吧!我祝愿你没有断胳膊断腿!

彪哥一骨碌爬起来，捡起地上的土坷垃就朝楚楚砸去，可哪扔得上去，反倒迷了自己的眼，他跳起来，一边揉着眼睛，一边连连朝外吐着灌到嘴里的土坷垃。

哟，这么快就好了呀？那不是担架都省了？楚楚竟然又从山顶上探出头来，嘻嘻笑着。

彪哥反倒不气了，但嘴上说着，死丫头！下回叫我逮到，不把你大卸八块！

楚楚应该还说了一句什么，但彪哥没听清，只听见她咯咯笑着，一路唱着歌，顺着山坡走了下去。

过了一刻钟，彪哥又拨通了楚楚的电话，那头传来一个带着笑意的声音，问，怎么，还是需要担架吗？

是的！抬我的车。

车？

摩托不行吗？

你把它推上来不就完了吗？

没有路，怎么推？

彪哥有些恼火，那是因为他感觉在楚楚的潜台词里，摩托不配叫车。

之前，他打电话给修理厂，修理厂已经休息了，又打电话给兄弟，兄弟们都喝多了。他不能把车丢在这里，春风650呀，新车，才买了半年，他在田埂上走来走去，扯了几个豆荚丢在嘴里，嚼碎，又吐出来，他坐在田埂上，使劲挠头，一抬头，看到头顶的山坡上伸出个脑袋。

楚楚一条田埂一条田埂弯弯曲曲地走下来，走到最下面一条时，彪哥伸手去接她，才知道她怀里抱着吃的，三罐啤酒，一袋花生米，一袋兰花豆，两袋鸭脖，还有半边卤鸭。

还有吃的？

你以为呢。

你怎么还能买到吃的？

熟啊。

彪哥找到一处平整宽敞的田埂，坐在毛茸茸的青草上，打开了一罐啤酒，干一个，敬今天的大难不死！楚楚嗯了一声。彪哥又说，幸好，主人勤快。楚楚立即接嘴道，是啊，土坷垃松软。

在主人勤快和土坷垃松软之间，是有一条缺的，但两个从农村长出来的年轻人，毫不费力就跳过了这道缺，立即心领神会。彪哥又喝了一口啤酒，感觉像月亮一样的温柔和润贴，他没有再想着怎么把摩托扛上坡，而是背靠着楚楚，心安理得地一口一口喝起酒来。

3

彪哥推开自家老屋，旧院子荒草横行，苔藓斑驳，彪哥踩着湿滑的苔藓，径直走到堆满杂物的厢房，掀开彩条布，露出一辆摩托，两辆自行车，还有一辆脚踏车。

操起一把笤帚，在摩托上扫三五下，车子露出原有的生猛，彪哥跨上去，打开油箱看了看，已经见底了，试着发动车子，轰一声冲出屋，打了个滑，彪哥一伸腿，撑住了它。跨下来低头看看，又看看靠在墙上的二八式，只一秒，他便决定，骑二八去见楚楚最后一面。

彪哥扛着车去了街头，换了内胎、外胎，打了气，试了试铃铛,还行,兜里揣着那把匕首,跨上二八,就上路了。

风把他的花衬衣吹得飘起来。一会儿就出了镇子,到了他和楚楚摔倒的山坡,他没有停留,用一个迅疾的转弯,把山坡丢在后面。大片大片开阔的田野和鱼塘撞在眼前,天很蓝,风吹着白云跑起来,彪哥吹了一声口哨,干脆站起来,屁股离地,双腿扭动,使劲蹬起来。一跑起来,他真感觉自己是个少年了——他不就是那个踩着自行车从小镇走出来的少年吗?

彪哥一口气蹬了十多公里,冲到一个山坡上,一撒把,人跳下来,自行车冲到旁边沟里,他四仰八叉倒在草地上。

歇够了,彪哥才从口袋里摸出手机,举到眼前,点开百度地图,输入汉口南望里几个字,导航显示有七十一公里。自行车不能上高速,彪哥又返回切换了出行方式,骑行,路程变成了六十九公里,还少了几公里。他把地图撑开放大,仔细查看了路线,把要经过的地名一一记住,在心里默念了一会儿,便一翻身,跳起来,跳进沟里,把自行车扛起来,扔上坡,摸摸口袋里的手机和腰间的匕首,一掀长腿,画一个大弧线,跨上自行车朝山坡下冲去。

坡很缓,很长,彪哥跨在自行车上,任自行车缓缓滑行,他听到钢圈发出细密的喳喳声,那声音竟是如此悦耳,让紧绷了半年的神经得到按摩和放松。彪哥站起来,随着那个长长的缓坡长舒了一口气,一声口哨从他的胸腔里呼啸而出——如此高亢,轻松和悠扬,让他记起他刚得到这辆自行车的时候:背出了英语课文,数学及格了,校运动会上标枪得了第一名……他也是这样猛踩一通自行车,然后双手撒把,让自行车缓缓滑行……

一声轻微的异响,随着喳喳声传入耳中,脚下顿感失重,踏板上绷着的那股力消失了，咔嚓一声，链条断了——不是掉了，是断了，毕竟很多年没骑了。彪哥俯下身查看，发现链条快锈成了渣。他左看看右看看，后方倒是有个村子，但看起来没什么人，能修车吗？难说。正犹豫着，前面来了个卖豆腐的。彪哥小时候，那人挑着担子走街串巷，只是现在是骑着摩托——没想到这么多年过去了，村里都没什么人了，他还在卖豆腐。

诶——彪哥挥着手，那人还是呼啸而过——在彪哥身后二十米的地方刹住脚。

买豆腐吗？那人扭过头来。

不买豆腐，彪哥说。那人把踮在地上的脚收起来，似又要跨上摩托，彪哥赶紧又说，附近村里有修自行车的吗？

自行车？没有，现在湾里连人都看不到咧！往下，三五里有集镇，你去那里吧——说着，他跨上摩托，一溜烟消失在山坡后头了。

往下有集镇，我当然知道，这不是想近点儿吗。彪哥嘴里咕噜着，推着自行车往下走。走了两里路，碰到一对赶集回来的祖孙。小孙子坐在爷爷的电动车上，过去了很远，还把手指含在嘴里别过头来看着彪哥。

望什么呢？坐好！爷爷从后视镜里看到孙子扭着头，呵斥他。

爷爷，你看，那个人不会骑车！

彪哥哑然失笑，大声说，是的诶，我不会骑车！说着，他把自行车丢在肩上，扛着大步朝前走，大声说，但是车会骑我啊！

彪哥把车扛到集上，找到修自行车那家。门开着，一个老头儿在躺椅上打盹，等他坐起身子来，彪哥看到他的头发大多都白了。还没等彪哥开口，他自己说：

现在年轻人都不愿学这种手艺了！连自行车都见不到一辆，还修自行车！他们都要去工厂，住猪狗一样的宿舍，吃猪狗的吃食。

说着，他蹲下来，两根手指把链条拈住，送到眼前，说，这都烂了嘛，又把起子放在后齿轮上，轻轻一剥，整个链条就下来了。得半个钟头呢，他说。

彪哥走到门口，坐了下来，他从裤兜里抽出一根烟来——匕首的鞘柄顶着他的大腿，有一点硌人，他把匕首从裤兜里掏出来，拿在手上，楚楚曾不止一次当着他的面抚摸着上面的宝石。

彪哥吐了口烟雾，心想，楚楚如果有一对宝石耳环、有一条宝石项链，一定很衬她。

可那时候为什么没有给她买呢？

忙？每天确实有很多事，很多事在脑袋里打转，但喝酒吹牛洗澡泡吧的时间还是有的。因为她没开口？彪哥缓缓吐出一口气，低下了头。

彪哥眼前浮现出镇上的小酒楼，热闹，嘈杂，烟雾深处坐着很多人，还有更多人在来往穿梭，大声喊话。彪哥进去了，主事的叼着烟站起来，把记账本递过来——有时候是赈灾，有时候是修路、修祠堂、修族谱，有时候是给孤儿寡母捐款，还有小学校庆、幼儿园校庆、乡贤八十大寿……每一件事都这么体面，更重要的是主事人永远不动声色笑眯眯盯着你，大家也看着你，那一刻连飘浮在空气中的烟雾都静止了，直到你写下一个叫大家都满意的数字。

彪哥写下的数字必须叫大家满意，不然，过不了自己心里的那道坎。

那个骑自行车的少年，还要往前推很多年，还在小学的时候，很穷，当然，那个时候，全国人民都很穷，穷得比较稳定，买不起新衣服，交不起学费，过不起年，大致是一样的。有一年，大概四五年级的样子，一学期结束了，彪哥的学费还没交，那天他早早到学校考试，别的学生都有试卷，他没有，老师把他推到门口，把书包扔给他，让他回家拿学费来。彪哥找到在湖里挖藕的父亲，父亲带着他找到唯一可能有钱的表叔家。可是等了一上午，也没看到表叔。眼看到了中午，表婶没有留饭的意思，父亲问，姐，哥去哪里了？表婶把手一扬，甚至连头都没别过来，指的大概是面前的山梁。

父亲领着彪哥坐到村前的山梁上，他们面前有一条弯曲的羊肠小路，一直延伸到另一个山隘口，又从隘口蜿蜒去了别处。路旁长着丝茅草，绊根草，艾草，野蒿，还有一些不知名的小草，隆冬时节，它们都枯萎了，仰着黄褐色的小脸，在冷风里轻轻抖动着。等了一整天，天快黑下来，还没有见表叔回来，远远看见山坳里走来一个人，父亲站起来，高声问，你看见王三张了吗？那人回答，王三张？他半下午就回了啊。父亲低下头，扯了扯衣角，用一声干咳掩饰了自己的尴尬，他像是说给彪哥听的，又像是说给自己听的：他肯定是从后山走的，那儿近。

但父亲也没有再去找表叔，他佝偻着背，提着打满补丁的书包，一言不发，与彪哥一前一后默默走回了家。第二天，父亲把家里的水车驮出去卖了。后来，家里又陆续失去了偏厦，耕牛，竹床，母亲陪嫁来的箱子，甚至一只正在生蛋的老母鸡……后来彪哥无数次回想，那是父母无数次咬紧牙关在和贫穷做斗争，任何一次，哪怕稍稍松懈，他就可能被抛入更加穷苦的深渊。

郎君镇来的彪哥

4

修好一辆自行车的结束动作是,扳着脚踏板绕两圈,腾空的轮胎向前转动起来,钢圈、钢丝、链条一起发出细密又悦耳的喳喳声,那声音像是喝了蜂蜜水的喉咙在歌唱,叫人心旷神怡——一阵这样的声音把彪哥从记忆中唤醒了。

多谢,彪哥掏出手机,在哪里扫码?

扫什么码?我已多少年没修过车了,今天过了把瘾——要不,老小伙子,我给你扫吧。说着,老人已躺到躺椅上,拿蒲扇赶着苍蝇。彪哥一笑,去集上买了一箱方便面、一箱矿泉水,放在老人门口,提着自行车,就出了门。

过了县城,就是国道了。国道紧贴着高速,相伴而行,有时在左,有时在右,有时又从高速路下钻过去。路两旁都栽有高大的树木,成群结队的意杨在风里摇动着绿色的小手掌,在道路两旁投下筛着光斑的浓荫,彪哥穿行在树荫里,凉风吹拂着他的脸颊,吹起他的花衬衫,让他感到一阵轻松,驱散了长久以来盘踞在他心头的阴霾。

彪哥使劲蹬着双腿,钢针飞快转动,进而形成一个完整的、连续的面。他越骑越快。

在父母和姐姐的接力下,彪哥勉强读完了高中,大学肯定是考不起的,但他也不想回小镇了。他想像那个远房表叔一样,去一个很远的地方,去干什么?他还是模糊的,但有一种力量在鼓噪着他,他想要去看看外面的世界。秋季征兵的时候,上过战场的父亲鼓励他试试,他报了名,没想到真检上了。

三年的军营生活，有苦有乐。因为热情仗义，彪哥结交了非常多的朋友，但也因为太过仗义，帮朋友打了一场群架而没能提干。退伍之后，几个湖北老乡牵扯着来武汉了。那时候中国刚加入WTO，汉正街生意很好，班长组织他们干起了物流，一个个意气风发，小赚了一笔，可没红火两年，就有人想单干，有人嫌钱分少了，好好的班子经不起折腾，就这样散了。

彪哥不想回到镇上去，他白天黑夜地在汉正街一带晃，多福路，大夹街，长堤街……条条街的青石板都快被他踩断了，但还没有找到生钱的门路。那时，他有个波导的旧手机，每天晚上就给人打电话，问对方在哪里发财。

发财？生财有道，可我们之间隔条缺。一位小学同学回答。

一条缺？小沟，一步就跨过去了。彪哥故作轻松地回答。

喏，同学在电话那头努了努嘴，你看我面前这楼盘，简直迎风涨，去年热天，这楼盘还是两千一个平方，下半年就到了四千——我就站在楼底下张着嘴望着啊，这楼上是在掉馅儿饼吗，我就想张嘴接一张呢！怎么就涨了两千呢？这不跟抽筋似的吗！哪知我刚回家过了个年，就涨到了六千！你说，要是你我有钱，当时买那么一套，这会儿一卖，不轻轻松松赚了个四十万？四十万啊，得你我存两辈子吧！

彪哥听了这话，心里跟着抽搐了一下，同学还在那头絮叨着，彪哥已经下定了要去建筑公司干活的决心。

可是一个没有学历、没有特长的人能干什么呢？彪哥到建筑工地当上了保安。

但一个保安，和房地产的红利有什么关系呢？

他对工作尽职尽责，每天准点上下班，公司规定巡逻八次就八次，每次巡逻完，他都在一号楼下张贴的表格里签上自己的大名。白天黑夜里，他一双眼睛都滴溜溜地转，看到谁有困难就伸手帮上一把，发现公司有任何漏洞，都会深思熟虑后在晨会上提出来。项目部每周一上午九点开例会，彪哥一定会提前把唯一通往项目部的那条路洒扫干净。有位负责监理的副总住在工地，他习惯六点半起床，彪哥一定会六点起床，在项目部前完成出操、跑步、打拳等一个小时的锻炼。

可一年过去了，彪哥还是保安队的普通一员，跟房地产还是没产生什么关联，眼看着项目就要交付了，还没找到接近老总们的机会，急得彪哥白天黑夜地在项目部附近转悠，弄得保安队长骂他，你是怕连夜下来几个外星人，把项目部搬走了吗？！

彪哥一笑，用初中课本上的话回复他，麻雀哪知道大雁的志向？

队长懒得跟他理论，把排班表调了，让彪哥连上了一个月的夜班。

八月的一天，公司在项目部开最后一次高管会。不久之后，房屋即将交付，绿化将要全面验收，整个基建部最后都将转赴下一工地，所以，大家都在搬生活用品。一个胖胖的副总从会议室出来得较晚，到停车场时，场面已一片混乱，好多车横七竖八地停在了道上。他掏出车钥匙按了按，那辆带着小金人的车叫了叫，可大多数人脑袋正扎在后备箱里整理东西，没听到。彪哥捕捉到他脸上一闪而过的不悦，快步跑上前，敬了个标准的军礼，然后立正，稍息，问他怎么了，那位副总看了看他，努了努嘴。彪哥挺直腰杆，快步走到几辆车面前打了声招呼，车主见到是副总，连声说着抱歉，赶紧挪开了。有辆车没人在跟前，彪哥保持标准的军姿,小跑到岗亭,查到了车主信息,打电话很快叫人挪了。

最后,那位副总倒车出来时,有点嫌路窄了,他把头伸出来,左右看着,有点犹豫。彪哥一看,一手提起旁边的钢筋护栏,一发力,护栏生生后退出一尺多。副总似乎露出了一个不易察觉的微笑,他把车倒出来,掉好头,经过彪哥身边时,把头从车窗里伸出来看了彪哥一眼,彪哥心里一激动,那句"不用谢,这是我应该做的"差点就出口了。可副总只是看了看他,点点头,就一脚油门走了。

经过多方打听,彪哥已知道那位副总姓柴,柴就是薪,薪就是财,所以柴就是财,彪哥想。他已被安排在新项目部,他很想再遇到柴总,但一直没有。

这一年的春节,彪哥是在项目部过的。前几天下了点儿雪,武汉的雪总是化得很快,基本上当天就化完了,只在灌木的北面,房子的背阴处留了一点儿。彪哥四处转着,这阴沉的天,阴冷的空气,远处偶尔炸响一两声的鞭炮,令彪哥感到难耐的冷清。跟他一块值班的还有一个叫老常的,东北人,已经好多年不回去了,也不知他的儿女妻子在哪里,他只是倒了头睡,晚上睡,白天睡,彪哥想找他说说话,他也只是哼哼唧唧两声就不言语了,这让彪哥更觉得清冷难耐。

就这样一直挨到晚上,彪哥心烦意乱地在工地上走来走去,在除夕的鞭炮声中,步行去一公里外的街上买了一瓶白酒、一包兰花豆和一斤熟食,裹在军大衣里往回走。天很快就黑了,北风里又夹了些雪籽籽和雪花,抽在彪哥脸上,就像生活的大耳朵刮子。

又要下雪了?彪哥一边想,一边加快了脚步,快到工地时,突然听到一阵喧闹,他吃了一惊,立住脚,侧耳听了听,顿时脸色都变了,农民工在闹事!他曾听到有传言农民工要来讨薪,却没料到他们选在除夕晚上。彪哥把怀里的熟食一扔,反手捏了酒瓶就往前跑,他循着声音冲到唯一亮着灯的项目指挥部,里面已被几百个农民工围了个里外三层,彪哥握着酒瓶,高举过头顶,大喊一声,干吗呢干吗呢?!要造反了?

人群循声让出一条缝隙,彪哥举着酒瓶就冲到里圈,他把酒瓶对准众人,一边警惕地扫视着为首的闹事者,一边扫了一眼被围住的五个人,高矮胖瘦各一个,还有一个女人——让他有些激动的是,之前他见过的那个柴总就在其中,每年除夕未回老家的公司高管都会来新项目部祈福,农民工摸准了这个信息,便选在这个时候来讨薪。

就是要钱嘛!要钱,好说!彪哥嘻嘻笑着,希望能缓和紧张气氛。可是,很快,他便感觉到不对劲,发号施令的几个,绝不是农民工,举止,打扮,气度,都太可疑了。如果农民工都是这模样,那就没人敢欠他们工资了,即使欠个几千万把的,也不在话下,根本不会放着好好的年不过,冰天雪地地跑到这里来讨薪。彪哥一边嘻嘻笑着,一边提醒自己提高警惕。

难怪这边的项目一直乱着,听说浇灌了地基之后,一直迟迟不能开工,就是后来开工了,也总有怪事发生,半年前塔吊手臂断了,重伤了两名工人,刚进腊月,公司的混凝土搅拌机在路上侧翻,砸死了一名环卫工,还没过三天,工地主干道又塌陷了。彪哥一边赔笑着,一边把双手往下按,嘴里说,平静平静,莫激动莫激动,却一边往后退,一边把心里的弦绷紧了。照说,每个建筑工地都会有地头蛇参与,但之前好像听老常说过,公司的这块肥肉，没分匀，是公司一口吞了，还是分赃不均？彪哥没来得及细想。目前最重要的是保护老总们的安全，如果不能保护所有的，那至少要重点保护一个，最不济，也要让他们看到他的忠诚。这样想着，彪哥便挪到柴总身边。

柴总看了看彪哥，又看着面前的人群，面露难色，大声说：你们的诉求，我们会考虑的，之前提的要求，我们不都在一一兑现吗？凡事有个过程的，而且，建筑行业越来越难，公司越来越规范，市场给我们的利润越来越薄，我们的可操作性也越来越小，还是希望大家能够理解……你们看，我们公司高层，不也跟大家一样，除夕也没能过年，跟大家一样……可他的话并没得到大家的理解，还没说完，前排的几个高个年轻人，便大喊：听你放屁呀！你说话跟放屁一样！你开的什么车，我们开的什么车？我们十一路走来的！你住的什么房子？我们住的什么房子？接着便有人跟着起哄，别听他放屁！别听他放屁！又有人说，他就是来忽悠咱的！别听他的！咱们好不容易几百号人来了，就这样叫他忽悠回去了？今天咱不讨个准信，谁都别想让我们走！

彪哥一看这阵势，看看自己手中的酒瓶，顿时觉得捏着一个定时炸弹，他明白，这有可能是引爆全场的手榴弹，同时，也是把火力集中到自己身上的导火索，他把手里的酒瓶放在地上，举起手来，把笑容堆在脸上，说，好说好说，但凡能用钱解决的问题，都不是问题！

项目部的地面并未整平，酒瓶在粗粝的水泥地上滚动起来，刺啦啦的声音刺激着大家的神经，一个滚圆的小伙子用脚踩住酒瓶，尖锐的声音戛然而止。

彪哥侧着身子朝柴总挪了两步，小声问，报警没？柴总向右前方看去，彪哥循着他的目光看到前方桌子上码着六七个手机和平板，一个黑胖的小寸头看守着。

那怎么办？

你有手机吗？

有。

在哪里？

军大衣右边口袋。

——你想办法挪到我左边来。

闭嘴！——你还跟老子讲话？！话还没说完，两个领头的就走过来，大声呵斥，柴总一边微笑着说，好好好，不讲话，一边仍旧坚持和彪哥交换了位置。其中一个两步跨过来，推推搡搡，试图夺下柴总手里的手机，可柴总猛一转身，躲过了，那人往前一扑，想勒住柴总的脖子，柴总赶紧往人堆里扎，其他几位副总也趁机制造混乱，抱腰的抱腰，使绊子的使绊子，彪哥一伸手，拽住那人的夹克——其他人急了，不知谁吹了一声口哨，人群便汹涌而上，将几个副总和保安围在里面，棍棒和短刀都上来了——也不知打的是谁，一顿乱挥乱吼——彪哥护在柴总身上，他蹲在地上，趁机把110三个键按出去了。

幸亏公司和派出所素有来往，110出警很快，随后120也到了。在混战之中，彪哥被人盯上，又想保护柴总，狠挨了几下，最后，有人把整个带着尖角的瓶颈扎到彪哥肚子里去了，害他在医院住了半个月，但总算捡回一条命了。出院之后，他成了柴总的专职司机——代价是他失去了三分之一个肝脏。

遍地都是好司机，但彪哥不一样，这个，大家都看到了。

5

但是当司机,彪哥也还是下了一番功夫的。

进城或下乡,彪哥是不一样的准备。去钓鱼,是钓鱼的准备,去唱歌,是唱歌的准备,去总部开会,是一种准备,去乡下踏青,又是另一种准备。彪哥已穿上高定黑西服,戴上墨镜,他甚至开始留小胡子了。看上去真像那么回事,柴总说。不论是柴总的家人,还是朋友,都夸赞,小彪不错。

像上次那样的群体性事件再没发生,但随着公司越做越大,各种麻烦事也越来越多,时常需要彪哥出面。并不是彪哥比谁高明,只是他有着军人的细致、稳妥、严密,还有一张谁也撬不开的铁嘴——这些都是柴总欣赏的稀缺品质。

两年之后,柴总便把一些辅助工程交给彪哥做,开始时,彪哥转包给他人,利润也是老老实实上交。柴总叫人退给彪哥,彪哥又送上来,三番两次之后,柴总收了,但也没收多久,收了三次之后,柴总便死活不再收了。彪哥知道,他的财运来了。他便开始与人合伙,摸到一些门道后,就拉上几个农民工,成立了自己的公司。

当新公司的所有手续办完,在宽敞明亮的会议室给几个新招来的大学生开了个短会后,彪哥内心的激动已到达巅峰,他表面上不动声色,关了门,却在自己崭新的办公室踱来踱去,踱了近一个小时后,终于下班了,他带着自己的部下,开车去了花园道,在那里豪饮了一晚上。

那时候围在他身边的女孩是谁?没印象,他晃了晃脑袋,想起来了,是小玉,小珠,还有小红,她们是老乡,是战友的老乡、邻居，还有同事，那时候楚楚还没有出现？如果楚楚那时候出现，他们的关系会牢固点吗？他们的结局会不一样吗？彪哥不知道。

彪哥确实看到了一列全速行驶的和谐号。公司像分蘖似的扩张，拿下一块地，甚至是用融资的方式拿下一块地，将地皮抵押，迅速弄到银行贷款，自己建几栋主楼，其他的分包出去，用这种方式加快资金流动。房子建一两层之后，开始预售，预售款回笼，回笼资金又作为下个项目的启动资金。

2018年的时候，公司一口气拿下五个文旅项目，其中有一个便是在郎君镇开发婚恋主题的文旅小镇。也就是在那时候，彪哥回到郎君镇，遇到楚楚。

其实开始时他并没有上心，只是偶尔想带个女伴出去喝喝酒，偶尔想找个人聊聊天，唱歌时想要个女孩陪在身边，他便想到了楚楚，楚楚也没有拒绝。有时候喝多了也开开玩笑，捏一下掐一下抱一下，楚楚似乎半推半就，后来，也许是喝多了，也许是水到渠成，他俩在一起了。那时，彪哥还是没有当真，直到一瞬间过去了两年，他才不得不正视起这段感情。

一旦正视起这段感情，彪哥便认真对待了，一切都按当地风俗有条不紊地进行。先见楚楚的父母，再带楚楚回家见自己的双亲，双方父母见面，然后每年三节，彪哥都会去楚楚家拜节。可是这个程序走了一年多了，照说应该提结婚了，可彪哥为什么没有提呢？

太阳已经偏西了，彪哥看了看手机，离南望里只二十几公里了。中午太热，他在路边的树林里吃了半袋饼干，喝了两瓶水，打了个盹儿。那时候他为什么没提结婚呢？因为遇到楚楚是在KTV里？是柴总的朋友带来的？有时候彪哥看到镇上的小学教师，夏天的傍晚，洗完澡，三三两两路过文旅城去镇上，不管她们穿着什么颜色的衣服，不管她们是不是真白，他都感觉到她们很白净，那身上散发的都不是高级香水的味道，是力士或者六神，他都觉得好闻。有时候，眼睛不知不觉跟着她们走了好远。

彪哥建的是文旅城第一期的两栋住宅。本来，他是没实力参与竞标的，但他捆绑了一个臭名昭著的老牌建筑公司，借这个公司的壳参与竞标，拿到了其中三栋楼的建筑资格。确实是有点着急了，可谁能等到下辈子再投胎呢？何况是像彪哥这样的人。合作开始没多久，那家建筑公司就因债务问题陷入纠纷，一度账户被冻结。

怎么办？彪哥知道自己读书不多，就不停地往律所跑，请各大律师支招，又请法院检察院的人吃饭，又去拘留所看望那家公司的财务和副总，焦头烂额了两个月，终于征得了原公司股东的同意，把他的公司剥离出来，得以继续推进文旅城的项目。

彪哥知道自己走的是步险棋，可是马无夜草不肥，柴总不是？哪一个股东又不是这样呢？只不过，他需要更小心。

他每天去工地督工，更多时候住在工地。他关心工人们的安全，钢筋工，架子工，塔吊工，泥瓦工，水电工，甚至监工的安全。他刚做老板，还是想跟他们做朋友的，他们工作的时候，他戴着安全帽四处巡查，遇到喘口气的老师傅，他会递根烟。休息的时候，他常去宿舍串门，有时候请他们喝酒，有时候一屁股挤在下铺，跟他们打几毛钱的纸牌，有时候请他们看看小电影。更多的时候，他在楼下朝上望，还要建多少层，才能拿到下一笔资金？还要垫付多少，资金链会不会断？很多时候他意满志得，相信这一次，会彻底打个翻身仗——没有理由不自信哪！他一个汉正街的小麻木，一路乘着春风杀到这里，没理由不赚个盆满钵满！没有故事不是这样写的！

但有时候，他也一惊，一身冷汗，担心一觉醒来，跟昨夜的汗渍一样，消失不见了。

而且，这种感觉越来越强烈。

为什么项目阶段性完结，拿不到工程款呢？

口罩脱掉的第一年，所有人都欢呼着等待着，餐馆等着人们呼朋引伴胡吃海喝，车市等着人们买车，楼市等着人们买房……可，没等来人们的报复性消费，却等到了报复性裁员。很多城市新开发的楼盘售楼部挤满了人，拿着号，指指点点，讨价还价，可只有内部人员才知道，大多数是黄牛。但凡有一两个新面孔进来了，那些资深销售，就会像鲨鱼闻到了鲜血一样，不声不响地靠近过来，一番角力和厮杀，用尽一切办法，让他们成交。送阳台，送入户小花园，送车位，只是维持着没有降价而已。这一切，柴总都不会告诉彪哥。因为，他读大学的时候，老教授第一次上课就告诉他们，一块砖不稳，整栋房子都会坍塌——柴总毕竟坐在顶楼。

那时，彪哥已没给柴总当司机了，他已经很久没见到他了。

彪哥托了关系找到财务，请吃饭，送鲜花，送化妆品，送包，财务小姐姐都笑纳了，但就是不打款，也不告诉彪哥是什么原因——是公司机密哦，她说。

彪哥又继续找银行。

潘经理，小额贷款，贷五十万。冷气开得太足的贵宾厅，彪哥从烈日底下走进来，一脑门的汗还没干，猛然觉得毛孔一紧。

你上笔贷款还没还完。昨晚在茶馆已谈好的，酒也喝了，歌也唱了，甚至脚都洗了，潘经理却摆出一副才想起来的样子。

那怎么办呢？你想想办法。彪哥把脸上的尴尬压住，堆上笑，把手腕上的表解下来，推过去。

潘经理瞟了一眼，又推回来。彪哥，不能这样。你还有什么可以抵押的？

彪哥飞快地在脑海里过了一遍，他的房子，车子，祖上的老宅，他的春风250，他全都失去了。他看了看手边的表，潘经理迅速会意，又看了一眼，然后更加坚决地推给了彪哥。

潘哥，彪哥往前凑了凑，半个身子伏在柜台上，把所有的情绪都压下去，尽量显得满不在乎，说，你们上头跟我讲，贵行有个小额贷款，专门针对我们这种新创业公司……彪哥挤着眼睛，吹着口哨，想要潘经理想起昨晚的勾肩搭背。他的目的显然达到了，潘经理垂下了眼睑，但很快又抬起来了，他换了一副更公事公办的面孔，刻板地露着七颗牙齿，说，彪哥，我们今天早上查了你的财务状况的，真不适合你。

彪哥站起来，想一板砖拍在潘经理脸上，但他忍住了，毕竟还有要求人的地方，他很响地跺了几下脚，当其他柜员把脸从门框里伸进来时，他大声说了句：老子不贷了！老子上中行去贷！然后狠狠瞪了潘经理一眼，便扬长而去。

刚走到烈日底下，老妈的视频来了。父亲走后，母亲去了深圳姐姐那儿，姐姐在自己打工的公司，给母亲找了个保洁的工作。得空时，母亲常给他打视频电话。镜头里，他像一只气急败坏的丧家犬，他想把脸上的晦气扫干净再讲话。还没开口，母亲已看到了身后的银行两字。她脸色一变，又很快恢复了自然，笑着说，去银行，肯定不是去存钱。

郎君镇来的彪哥　　219

彪哥只好苦笑，继而又狡辩，怎么不可能呢？存了取，取了存，银行不就是靠这赚钱吗？

母亲不跟他争辩了，问，房子还有多少层没盖呀？

他回答了，母亲又问，回老家了没？去楚楚家没？给他们父母打电话没？彪哥一边擦着额头上的汗，一边朝公交站走，一边回答母亲的问话。

当天晚上，姐姐给彪哥打来了视频电话，给他转了五十万，是她的全部家当——父亲的安葬费（剩下的），母亲的养老钱，她和姐夫这么多年干装修的全部存款，她瞒着老公存下的私房钱，她闺蜜离婚的赔偿，她给儿子存的大学学费……

拿到这笔钱，彪哥颤抖了，他一夜没睡，他很想把这笔钱还给姐姐，可一早，水泥供应商等在门口，钢筋供应商等在门口，工人们等着发工资……不往下投没办法，不往下投只会血本无归。

他只感觉自己攥紧的手一松，那笔钱就像一颗盐消失在大海里——五十万，对于建筑行业来说，算什么？

6

彪哥只好再去找柴总。

之前彪哥找过柴总，找过两回，柴总都忙，总没见上。第三回，柴总想了想，无论如何得给彪哥一个面子，就把机票改签了。

在绿地四百七十五米高的旋转餐厅，彪哥宴请柴总。两人好久没见面了，又是彪哥有求于人，所以显得有些生疏，两人一不说话，尴尬就在空气中升腾。柴总没有去挽救这尴尬。彪哥尽力不去想这些，尽量显得大大咧咧一些，仿佛昨天还一起在KTV胡作非为——他想要柴总回忆起那些日子——柴总只淡淡笑了一下。

彪哥还是把话题引到了他想说的上。柴总勉强笑了一下，说，这有些，我真不能说，这是公司机密。他便又沉默了，夜色和冷漠赶走了尴尬，灌满了整个空间，小提琴悠扬的声音变成了凄惨。

我只要求公司按合同规定的进度付钱就行，履行合同，就行！彪哥听到自己压抑着声音喊，但嗓音破了，尾音干、涩，自己也感到喉头发紧。他看到柴总握刀叉的手离开了鹅肝，他心头一紧，知道自己失了分寸，赶紧补充，柴总，大哥，我几乎把所有的钱都投进去了……那贷款哪，柴总打断他。款也贷了，能贷的都贷了……彪哥感到自己声音正在飘远，仿佛在说别人的故事，一个小人物悲惨一生的故事，甚至，姐姐的私房钱，母亲的棺材本，父亲的安葬费……

彪哥听到叮当响了一下，那声音把他唤回了，柴总把刀叉扔到大理石桌面上，他偏过头，做了一个表情，那表情是什么意思，彪哥一时没明白，只听到他说，你就不应该进这个行业。

说着，他取下胸口的餐巾，甩在桌上，站起来——彪哥抬起头来，看着他，心往下一沉——柴总转身，不是朝出口走，而是转身，去了卫生间——彪哥的心又活过来，他甚至感觉到一股希望，他站起来，求生的本能驱使他站起来，跟着柴总去了卫生间。卫生间的门在他眼前哐的一声关上了，他推开，进去，刚刚看到柴总闪上了隔间的门，里面传来水响——彪哥在门外，酝酿着情绪，他说：

柴总，大哥，我的再生父母——我一直当您是我的再生父母，跟着您，我才从一个麻木的保安，有了人前人后的显贵，我一直在心里头感激您，但凡有一点关于您的，我留心着，您的生日，嫂子的生日，老太爷的生日，家里的大小事，我做不做司机，都留心着，您的对手，给您脸色的人，我也都记着——但凡有机会，但凡您一个眼色，我就上去了……这一回，来求您，我确实是迈不过这个坎儿了，要是再迈不过去，我就要倒下了——都说瘦死的骆驼比马大，可我不是，我是身上插了管的骆驼，身上架了刀的骆驼，身上生了蛆的骆驼——柴总，大哥，您也不情愿您栽的苗，看着他枯死吧？给他点儿水吧，您只需把那水龙头悄悄打开一点，让他有一口水，让他有一口水湿湿喉咙，他就能喘过气来，他就能活过来，他就又能生龙活虎，为您上刀山下火海，两肋插刀，替您扫平那些您不愿干、不能干的事，他不怕，他不怕背锅，不怕坐牢，不怕流血流汗……他只怕现在没有钱，渡难关……说着说着，彪哥撑着门框的手，往下滑，他的双膝一软，在隔断的门口，跪了下去。

门后面早就没了水响，柴总打开门，看到彪哥跪在门口，彪哥抬起头，用祈求的眼神看着他，柴总拉住他的手，想把他拉起来，可是彪哥太沉了。

起来起来！起来再说！柴总有些恼怒。

彪哥更无所适从了。他似乎还要把头伏下去。

柴总拉不起他，索性一把推开，大步走到洗手台前，一边洗手，一边愤愤地说，起来！都什么年代了，还搞这一套？说到底，还是个农民！

彪哥的头埋得更低了，他想，农民，我还不如个农民呢，农民有欠这么多吗？农民有地，有手艺，有老婆、孩子，我俊彪呢，我把老娘的棺材本都搭进去了，让我娘死了丢荒山上吗……

柴总还在怒斥他，他只看到柴总夸张的表情和一张一合的嘴巴,他擦干手,把纸扔在他脸上,他接住这团纸,扶着门框,站起来,跪久了,膝盖真疼。

我回去问问。这是柴总最后的答复。

彪哥心里开始燃起一丝希望,他开始回去等,两天,三天,一周,彪哥忍不住了,他盘算了很久,找了个理由,调整好语调,酝酿好情绪,拨通了柴总的手机,可却被告知对方已关机。彪哥不信,又打办公室电话,是秘书接的,小秘书捂着话筒小声说了句什么,然后告诉彪哥,柴总去加拿大了。

工地又停工了。

工人们已经三个月没拿到工资了。

开始有人闹事,聚集在指挥部门口。有人喊了声,杨俊彪!有人朝墙上丢了颗洋葱头,便有人开始丢西红柿大白菜臭鸡蛋。彪哥出来了,一边拿手挡,一边说,各位乡亲、乡亲!便有人喊,谁跟你是乡亲!发工资!发工资!还有老婆孩子要养活呢!便有人接着喊,谁跟你是乡亲,你是老板,你吃香的喝辣的时候,你跟我是乡亲吗?彪哥往前走了一步,也不挡了,说,这几个月,我都在工地,跟大家一样,吃的食堂,大家都看到了……有人打断,做样子,你是做样子!你碗底有肉!可恶的资本家!彪哥继续说,请大家理解……理解个球!我的肚子不理解!我老婆的肚子也不理解!理解你个叉!没钱扯什么大旗?想要我们跟着你,你耽误我们挣钱!最后彪哥不解释不争辩,也不出来了。有两次还叫了记者来,彪哥反拉着记者,给她看三十几页的合同,他拦着记者,扯着记者,请记者帮帮他,帮他就等于帮工人们,最后记者也不来了。

后来,工人们也不闹了,开始有人收拾铺盖,提着家伙,离开工地。这就像一场瘟疫，有人开了头，就迅速蔓延。彪哥站在工地顶楼，扑在脚手架上，看着第一个工人离开，他心里感到如释重负，可以少愁一个的工钱了，至少目前是。可他又心痛，还能再请到他们吗？这么好的工人，恐怕下次得给他们赌咒、发誓了——但他旋即便笑了，还有下一次吗？银行都不贷他款了，他还有机会翻身吗？卖个肾吧，可一个肾也值不了多少，也就值个三万，要他妈浑身上下长一百个肾就好了。三百万，才三百万啊，他想象自己，只要区区三百万，他就又能活过来，又能翻身了，江湖上，又能看到他彪哥威风凛凛了，他谁也不求，站在人群当中，稳稳当当，朝前走，开创属于他彪哥的一个时代。

工地上，所有的工人都离开了，包括最后一个铁杆，彪哥站在顶楼，透过绿色安全网看着，他目送着他，他的眼眶瞪得出血，但他没有哭。他想跳下去，但也没有。工地彻底安静下来，平时热闹喧嚣的工地，听得到蛐蛐叫。彪哥在床上躺了两个星期，他想饿死自己，但竟也没有。月亮升上来，透过窗棂，照在彪哥床头，就是这时候，楚楚的电话来了，彪哥才意识到，已经两个多月没跟楚楚联系了。彪哥把电话摁掉，可电话又打过来，再摁，再打，看来，楚楚还是比彪哥倔，他只好接了。

他坐起来，强打起精神，带着笑容喊了一声：楚楚！他明显听到那边愣了一下，然后一如往常地笑着回了声，彪哥。

该彪哥接话了，可他不知道说什么，楚楚也没把这个难题接过去，她也沉默着。

嗐，最近好忙，都忘了跟你联系了，彪哥硬着头皮说。

哦。楚楚没有戳穿他，继续用温柔的声音说，你要不要来汉口玩两天？

嗜。彪哥没有回答，他用手摸了摸自己长满胡茬，和瘦得脱了相的脸。他很难相信自己还有力气支撑着到汉口。

南望里这边的围挡拆除了，听说不拆了，房租便宜得可疑，我妈和我妹妹都来汉口了，我租了个大一点的房子，房租……楚楚还在说着，用她那固有的平静的温柔的带着点微笑的声音继续说着。彪哥在心里想，汉口老里份的房租，楚楚从什么时候开始觉得便宜得可疑？刚认识她时，是连路边的矿泉水比超市要贵五毛钱也要计较的。

我买了房，彪哥听到楚楚还在说，写的是我自己的名字……

楚楚用她那独有的平静的温柔的甜美的声音不着一字地让彪哥明白了，她有了新男友，而且，对方还很有实力。

祝福你，楚楚。彪哥说道，便轻轻挂了电话。

彪哥继续躺倒下去，睁着眼睛，以同样的姿势躺到天色再次黑下来，附近突然人声鼎沸，不知哪里放起了烟花，嗖的一声升上去，嘭的一声，炸裂出一朵巨大的花朵，把天空占满，又变作流萤，披落下来。

彪哥想起公司成立的晚上，想起标书落地的晚上，想起楚楚第一次去他家的晚上，都有这样的烟花升起，今天是什么好日子？一定也有人起高楼宴宾客。彪哥一点也不嫉妒别人，反倒在心底生出一丝温暖，年轻人，希望你的路走得更稳，幸福更长远。

这么想着，彪哥就翻身坐了起来，他把杯子伸到水龙头下，接了些水，喝了两口，又往电饭煲里丢了把米，接了些自来水，插上插头。他走到卫生间摸出剃须刀，借着月色和忽明忽暗的烟花刮起胡须，刮干净之后，他摸了摸脸颊，凑到镜子前看了看，还行，还有个人样儿。他打定主意，明天去见楚楚。

7

彪哥感到武汉近了，是先在空气中闻到了汉口的味道，感受到了大地的震动，最后才看到天边竖起一栋又一栋的高楼。他骑到近前的山坡上，挑了处最高点，俯瞰着汉口。看够了，他便坐下来，掏出兜里的最后一根火柴，点上烟，面对着远处成群结队的高楼默默抽完了烟。他把剩下的烟盒放在石头上，风很快把它吹走了，彪哥摸了摸怀里的匕首，跨上自行车，沿着崎岖的山路踉踉跄跄下山去了。

彪哥没再吃东西、喝水，甚至连路也没再问，一气骑过东西湖、汉口火车站、黄孝河路、解放公园路、中山大道，太阳在他身后渐渐西斜。傍晚，在到达南望里门口的时候，他跨下自行车，深吸了一口气，把自行车靠在里份门口，拍了拍那副人造革的座椅，就大步跨了进去。

他来过一回，是晚上，但这会儿他就是宁愿走错也不愿问路，但庆幸的是，他走对了，他看到窗下挂着楚楚的粉红色衬衣和碎花裙子——很干净柔软喜悦的样子，他的心不由动了动，但他克制住了，他抬起手来，敲了敲门——他脑海里有过多种设想，开门的会不会是他？或者她妹妹，她母亲？——但都不是，是楚楚，她甚至还带着些许热络的笑意，进门后，彪哥还特意扫视了一遍这本可一眼看尽的小屋——没有其他人，整整齐齐，干干净净，床铺平整，床单洁净，床侧铺着坐巾是楚楚多年来的习惯。床头柜上放着一面镜子和几罐护肤品。窗户下有一张五屉柜，高处立着一个花瓶，瓶里插着仿真花，旁边是一个笔筒，里面却插着梳子眉笔等杂物，再旁边是一个铁点心盒——那也是楚楚多年来的习惯，里面可能放着许多小零碎：针头线脑，药片，剪刀什么的。彪哥什么也没有说，推开卫生间的门，进去洗了个手——这是口罩时代，留给每一个人的礼物，并再次确认，屋里确实只有楚楚一人。

喝点水吗？等彪哥从卫生间出来，楚楚问。

彪哥笑了笑，说，喝也可以，不喝也可以。

楚楚也笑了笑，却什么也没有说，默默倒了杯水给彪哥。一时间，沉默灌满了这座小屋。

楚楚，祝贺你，就要成为一名汉口人了。彪哥挤出一句话来。

楚楚扯动嘴角笑了一下，说，一个小房子，没什么好祝贺的。

出去——走走吧。彪哥说。

好。楚楚站起来，取下衣帽架上挂着的小包，没有任何犹豫，仿佛没感受到任何危险。

出了里份的大门，彪哥左右扫了一眼，看到他的自行车还在墙上靠着，不禁笑了，便问楚楚，要不要坐这个去？楚楚说，好。穿梭在人来人往的车流里，彪哥载着楚楚，穿过胜利街、吉庆街，往江边去了。

自行车穿过三阳路，来到江边，彪哥没有拐进江滩公园，却继续往前骑。经过黄浦门，穿过引桥，来到二七段，彪哥顺着树的浓荫，拐了进去。自行车停在一棵树下，楚楚轻巧地从车上溜了下来，彪哥把车靠在树上，往芦苇丛走去。楚楚跟着他，面对越来越亮的武昌岸的灯光秀，彪哥突然立住脚，静静欣赏了一下，突然对楚楚说：

你也不问我去哪里？

不问，你带我去哪里就哪里。

彪哥心里动了一下，一股热气仿佛从心底升腾了起来，他听到自己在说，那就回郎君镇吧。

那，已经来不及了，楚楚回答，在郎君镇那么多年，你却让我走了。

旁边篮球场上的灯光突然亮起来，顿时传来少年们的欢呼声，篮球有力撞击地面的砰砰声瞬间传来，立即有孩子们旋转着花式扣篮——彪哥不是没想过跟楚楚修成正果，他甚至幻想过他们会有两个孩子，两个儿子，想象里的楚楚一定会说，为什么没有姑娘？我喜欢姑娘。那时候，想象里的彪哥就会说，如果你愿意生第三个，那就生个姑娘。可是，一切已经来不及了。为什么那时候你不把我留下呢？楚楚的声音再次在耳边回响。

不想留。我也想看看结果会怎样。如果楚楚再问一次，彪哥确定自己会这么回答。留与不留，重要吗？如果结果都是他破产——三天前，彪哥收到了柴总的微信：已被迫放长假，赋闲在家。彪哥想问，公司是什么意思呢？一时不知道怎么说，还是柴总又追了一条消息过来：前路未卜。又说，目前形势不好，多加小心。

在表叔家山梁上沉默的下午，父亲给他讲过战场上的故事，后来，他自己也是这么干的，水车，偏厦，耕牛，竹床，母亲陪嫁的箱子，甚至一只正在生蛋的老母鸡……这次中标后，且不谈他自己，姐姐拿出了所有的积蓄，夫妻俩打工多年攒下的准备买房的钱、孩子的学费、她背着姐夫存的私房钱、她闺蜜给女儿攒的嫁妆……还有母亲的，她的养老钱、棺材本，父亲的安葬费……用父亲的话来说，他打完了最后一发子弹——如果他没有破产呢？他在郎君镇会有一套俯瞰整个文旅小镇的湖景房，不出意外，很快，他在武汉也会有套房，可能暂时买不起江景房，但不会太差。哪怕今天他照样是骑着二八来找楚楚，只要情真意切，她也会回到他身边吧。所以，留与不留，重要吗？

沉默了片刻，彪哥听到自己在问，他对你好吗？

楚楚愣了一下，但也没有辩驳，她顿了顿，好像想了很久似的，终于缓缓说，比上不足，比下有余。年纪大了，浪够了，想找个小姑娘结婚吧。

彪哥似乎很震惊，回过头来，呆呆地看着楚楚。

——你想听到什么答案？他对我很好，还是很不好？很不好，现在还不会，很好？那我也不配——你更想听到哪种回答？

这一连串的反问叫彪哥感到猝不及防，他张了张干枯的嘴唇，却不知道说什么，他想说，楚楚，这座城市改变了你，但终于没有说出来。话一出口，楚楚自己也有点惊讶了，其实她很想跟彪哥说，就那样，不算好，当然也不算坏，淡淡的，按部就班的，看不出来他到底是喜欢她呢，还只是要结个婚。他当然不是个能干人，身上也没有热乎劲儿，什么都提不起精神来，可惜人家会投胎，城中村，一套四层的私房，高中毕业后就收租，没上过一天班，没看过一天老板的脸色，去年拆迁了，父母就想着，这要赶紧结婚哪，不能让儿子把拆迁款败光了……这些话，楚楚都没跟母亲和妹妹说过，但她想跟彪哥说，但她又拿不准，彪哥听了会怎么想，会怎么说，但她能猜到母亲会怎么想怎么说，她一定会说，彪哥倒是个热乎人，但你们不是没缘分吗？

靠近江边的是芦苇滩，初夏时节，芦苇已经两米多高了，长得蓊蓊郁郁，密密匝匝。通往芦苇滩的是一个一米来高的铁栈台，栈台下面是一条行人踩踏出来的小路,弯弯曲曲往苇丛深处去了。彪哥走到栈台上,楚楚这会儿犹豫了,没有跟上去,彪哥转过身来,冲她招着手,楚楚还是没有挪动步子。彪哥只好跳下来,拉着她的手,她终于还是迟疑着踏了上去。

彪哥坐下来,拍了拍身边的位置,楚楚也跟着坐下来。天色彻底暗下来,灯光秀在眼前闪烁,路灯温柔地眨着眼睛,晚风轻拂,送来不远处轮船的鸣笛和植物繁衍的暗香,彪哥突然捉住楚楚的双手,将她往怀里拉,还来不及挣扎,彪哥的嘴巴就过来了,他吻住她,急切地吮吸着,像要把所有的力量都用尽似的。楚楚想起那种没有温度的感觉……于是,她本能地回应了他。

彪哥把楚楚揽入怀中,她把右手搁在他腿上,她触碰到那把匕首,隔着薄薄的夏装布料,她再次触摸到上面的宝石——匕首?她慢一拍似的才明白这意味着什么,她使劲推开彪哥,站起来,跳下去,她不是没想过今天的后果,但没想到是这样的。

楚楚!彪哥大喊一声,可是楚楚没有停下脚步——彪哥没有想到楚楚会怕他,怎么会怕他?

她跳下栈台时崴了一下,显然伤着筋骨了,但她依然没有停,用尽最大力气,一瘸一拐向前跑。

楚楚?!彪哥又大喊了一声,满心的不敢相信,怕他干什么?难道他要找个垫背的?一股寒凉从彪哥的脚板心升上来,他是这样的人?她认为他就是这样的人?寒冷和挫败感再次塞满了彪哥的心,它被挖空了,再次塞满了很多稻草、灰尘蛛网,还有尖冰、钢丝和铁钉。

不,不,彪哥设想的不是这样的,他是带了匕首,但他针对的是自己,他只是想见楚楚一面,然后找个安静的地方……可,眼看楚楚已经要跑出面前的空地，钻进树林里了。

楚楚！彪哥再次喊了一声，伴随着这一声，波斯匕首刺进了他的颈动脉。

彪哥仰面倒了下去，倒下去的他看到了旋转的房子，天空，星星，以及河流。

2023年12月20日

没有蔷薇的原野

1

酷热的三伏天,是农民最忙碌最辛苦的时节。天气预报气温已经到了39℃,树木、草地、田野、山林都像被点燃了一样,热得发烫,到处是明晃晃让人睁不开眼睛的阳光。

苏璞扑在水田里插秧,水田里的水也一样发烫,灼着她的小腿,腿肚子那里已经是一片暗红,晒伤了,像猪皮一样粗糙。只有水下的淤泥还有点点凉意。苏璞把脚提起来,水下的部分已经泡白,上面巴着两条蚂蟥,吸饱了血,圆鼓鼓的像要掉下来。她一伸手,把它们拉了下来,扔到下面已经插好秧苗的田里,被它们吸过的小腿还在嘶嘶冒着血丝,暗红色的液体顺着小腿肚弯弯曲曲向下流着,苏璞将右手的秧苗归到左手,弯腰用食指在腿肚子上一刮,血液刮到食指上,顺手甩了甩。腿肚子上一片白,可随着血液涌回来,小伤口里的血又嘶嘶冒出来。

唉,懒得管它!太热了!苏璞把腿继续插到淤泥里,抬起右手,用袖子蹭了蹭眼角,眼角被汗水腌得丝丝的疼痛。脸上呼呼地冒着汗,汗珠不停地从额头上往下滴。她弯下腰,继续插秧,左手捏一把秧苗,大拇指迅速地将它们一指指地顶出去,右手飞快地接过去插在水田里。只见她晃动着右臂,扑通扑通,轻轻敲击着水面,一排排整齐的秧苗就竖踮踮地摆在了她面前。她无心去欣赏,继续挪动着双腿和双脚,向后插去。

太热了!身上的衣服已经全部都汗湿透了,太阳把它们烤干,汗水又沁湿了，半干不湿，又厚又重地盖在身上。没有风，完全没有风。帽子戴在头顶也不管用，头上全汗湿了，头发贴着脸，慢慢流下汗水来，用袖子揩了一遍又一遍，脸上的皮肤渍得通红，汗水流过的地方，全腌得痛。苏璞不敢去擦它，也懒得擦它了——来得太快，刚擦干，一分钟不到，又冒出来了。她看看身后，妈已经将她甩出好远，这大的一块田——三斗丘，她的一厢秧还只插了一小半，何时才能到头啊？

帽子里头似乎正在蒸馒头，苏璞一甩手，将草帽摘了下来，扔到了田埂上，顿时感到一阵凉快，但很快，头皮也被太阳灼得发疼。唉，不管了，快点把这秧插完要紧。

噗，噗，噗。秧头打在水田里，把一些泥水溅到苏璞身上，带来一丝丝的凉意，是爷爷挑了秧来。

"这鬼日头！这水里都可以煮鸡蛋了！路上的石头也烫脚！"爷爷一边往水田里打秧头，一边恨恨地说。

"哎呀，爹，你干什么呢？都溅到我身上了！"这是弟弟在埋怨。秧头是依着人打的，不然，扔在一旁的秧不能及时插下去就会被晒死，而插秧人身后没秧苗更耽误工夫。"你看你！搞得我一身泥水，我穿得这么刮气，你却打得我一身水！我是要找媳妇的……要是被我们班女同学看见了……我的损失可就大了！"

弟弟喜欢乱调侃，他还只上初中呢。天太热了，一上午也只听他说了这么一句。

"好好地栽你的秧！就知道白话子！"爷爷没理他，白话子就是油嘴滑舌耍嘴皮的意思，爷爷不喜欢弟弟的幽默，他奋力地把一个个秧头扔到苏璞和妈妈身后。

"把帽子戴着，小心把脸晒蜕了皮！"爷爷弯到上田埂离苏璞

没有蔷薇的原野

近一点的地方,将草帽递给她。苏璞只好接过草帽,戴在头上。还是有那么一点阴凉的。

咚咚咚。爷爷在砍田埂上的一株野蔷薇。

"哎!爹,别砍死了!我喜欢刺花呢!"苏璞直起腰,左手抓起身后的一个秧头,右手麻利地解着捆扎在上面的稻草,双手把秧苗摆弄着,以便左手能一把抓完,一边紧张地说,"哎!爹!让你别砍了呢!"

"留着干啥?留着不好走路!"爷爷并没因为苏璞的极力反对而停手,他当了一辈子农民,侍弄庄稼,他有自己的主意。

"唉……我喜欢刺花哩……"苏璞并没有放弃自己的恳求,她一边捶着腰一边央求。这弯腰弓背地插了几天秧,腰疼得像要断,大腿和屁股也酸得不行了。

"还喜欢刺花哩!还不快栽!"妈妈的一厢秧插完了,她从后面走过来,训斥着苏璞和弟弟,"你们俩今天不把这厢秧插完,别想回家吃饭!"

苏璞噘了一下嘴,就弯下了腰。可弟弟不服气了,他大声抗议:"为什么不准我吃饭?我可是未成年人,受《未成年人保护法》的保护!"

妈妈懒得理他,径直到前面又起了一厢秧,可弟弟还喋喋不休:"再说了,我姐可是拿国家工资的人民教师,又不是靠你养活的!——是不,姐?"说着,弟弟从胯下冲苏璞挤了个鬼脸。

苏璞笑了。唉,这天热的!一滴汗流到眼睛里了,腌得眼球好疼,连忙立起身来用力闭着眼睛。爷爷以为苏璞还在舍不得刺花,就说:

"个刺花,哪那么娇贵?明年开春自然会长出来的!"说着，爷爷把砍下来的蔷薇藤蔓绾一绾，绾了个草把，扔在一旁。

2

日上中天，天气更热了，连知了都懒得叫了，有一声没一声的，显然是渴极了、热极了。田野里做农活的乡亲们互相招呼着回家了，妈妈也回家了。临走时却发下话来：

"你们俩，尽在田里扭筋！这一厢秧不栽完就别想回家！"说着，她就走了。

弟弟的确是在田里偷懒，一会儿喝水，一会儿上厕所，一会儿说身边没秧头，实在没理由了，就拿着秧苗站在田里，看看飞鸟、看看白云，然后逗弄一下田里的水蜘蛛，一上午没插一点儿。他这会儿是真不敢上岸回家。可苏璞不是啊，读了几年书，农活做得少了，手脚自然慢些，但她丝毫没偷懒啊。这是妈对她有意见呢，妈的最后一句话泄露了她的真实意见：

"还回到这鬼地方来！是没做够！没累够！我就让你累个够！做个够！"

她嘟嘟囔囔的，苏璞听见了，却不敢作声。妈的更年期是不是提前了？说话老是不讲道理，又不是我非要分配到这里的，还不是爸没找到路子吗？开后门没摸着门儿，他给人家提了两只老母鸡、两只羊胯，人家嫌这东西腥臊没让进门，这怎么能怪我呢？

苏璞不能回家，陪着弟弟继续在水田里挣扎。气温更高了，水面折射的光线更厉害，头低垂了一上午，苏璞感到自己的脸和眼睛都肿了。风都到哪里去了？一丝也没有，连苦楝树的树杪都没动一下,所有的植物全都在太阳里耷拉着脑袋。这一厢秧快到头了,可田的后面就是山,这个死角里热得更厉害,没有一丝风,太阳烤不干衣服,湿漉漉地贴在身上。热,好热。汗水从额头上、脸上、脖子上直往下淌,连脖子上的皮肤都腌得疼。在这热里似乎连空气都停止了流动,令人窒息的热浪,让苏璞觉得胸闷气短。

好热,好热。越是热,越是要加紧动作,快点插,快点插完,就可以回家了。苏璞一边给自己鼓劲,一边加快动作。

噗!水面发出一声脆响,苏璞抬起头,原来是弟弟。他终于愤怒了,把手里的秧头扔下,仿佛已下了天大的决心,快步走上田埂——他要回家了。

可苏璞还不敢,唉,谁让自己是个女孩子呢?胆子小、脸皮薄,比不得弟弟。她继续加快动作。

扑通!一声巨响从她身后的小水库传来,是弟弟跳了下去。一分钟后,一节光滑细嫩的莲藕扔到她身边!又是一节!吓了她一跳。

"姐,别栽了!我踩些藕回去,妈就不会说了!"原来弟弟下到水库里挖藕了。挖藕时顺着荷叶茎用脚探下去,就能顺利地找到藕节,因此有踩藕一说。他挖了许多藕,纷纷朝田里抛来,打在苏璞周围,溅了她一身泥水不说,还把她刚插好的秧苗给打坏了。

"你别乱扔了啊!你自己回去吧,别捣乱,我还有一点就插完了!"苏璞一边解一个秧头,一边朝小水库里喊。

弟弟还是不听,她不得不冲他发火:"别乱扔了!你把我刚插的秧苗都打坏了!"

弟弟这才住了手,光着膀子穿一条裤衩,用上衣包了一包莲藕从池塘里爬起来，对她说："你呀！总是狗咬吕洞宾！不管你，我回家了！"说着，他下到田里把刚扔下来的莲藕一个个摸起来，在水里洗了洗，放在草帽里，把衣服穿起来，又折身去水库里摘了个荷叶当帽子，大摇大摆回家了。

热，更热了。全身每一个地方都在提醒她好热，鼻子里呼进呼出的都是热气，嘴巴不由自主地张开，好像氧气不足，胸口似乎也闷得发慌。田野里没人了，只有隔壁三佬爹家的牛系在苦楝树下歇阴。三佬爹还给它丢了一捆草，它正一边漫不经心地叼着几根稻草，一边哞哞叫着，抱怨主人没来把它牵回家，让它在这里晒太阳。连蚂蟥都热得受不了，竟然顺着腿往裤腿里爬！苏璞大叫一声，把它撕了下来！再也不想插了，再也受不了了！苏璞把手里的秧苗扔了，爬到堤上坐着。

堤上有几棵油籽树和苦楝树。油籽树下有阴，可上面爱长毛毛虫，爬到身上又辣又痒，苏璞只得挑了棵没什么树荫的苦楝树坐下来。

这片梯田在两座山梁之间，山坳里修了个小水库，梯田就罗列在下面。苏璞家的水田紧挨着水库，在梯田的最顶端。从上往下看，有的披上了新绿，有的还是一片片汪着水。春不栽五一秧，秋不栽八一秧。"双抢"，农民们就是要抢时间、抢天气，趁天热好把秧苗插下去分蘖。苏璞看着自己家的水田，妈妈插了一厢多，弟弟插了半厢，自己的一厢快到头了。这几年自己的手脚的确慢多了。

苏璞面对小水库坐着，不想回家，回家妈妈也不会给她好脸色，反正也热得吃不进饭，不如就在这里凉快一下。水面上刮过

没有蔷薇的原野

来一丝丝的凉风。对岸水浅的地方野生着一些莲藕、菱角和芦苇，这会儿在微风的轻拂下，荷叶和荷花轻柔地摆动起来。芦苇丛也沙沙地响着。背后树下的水牛不时打着响鼻，偶尔哼哼唧唧两声，母牛用尾巴有一下没一下地赶着苍蝇，小牛靠在妈妈的背后，懒洋洋的一动也不肯动。

没一会儿，小腿上的泥水都被烤干了，没洗干净的泥绷在腿上，皮肤如皲裂般疼痛。苏璞只得下到水边洗洗。

一下到水里，一股凉丝丝的感觉立即包围了她，水波浪向她扑来，一波一波地撩拨着她。她把胳膊肘和脸都浸到水里，被晒伤后的疼痛和炙热立即都消失了。把头埋在水里，憋一口气，再抬起来，水珠儿哗啦哗啦如水帘子一样滴下去，待滴完了，她看见了一个皮浮眼肿的自己，昔日白皙的皮肤不见了，毛孔粗大地张着，脸红肿着，上面还密布着一片又一片的晒斑……惨不忍睹，苏璞赶紧闭上眼睛，又把脸埋在了水里。善解人意的水一波一波轻轻地吻着她的脸，让疼痛和疲惫都消失了。

下水洗个澡吧！这念头不知怎么跳到苏璞的脑海里了，可跳进来后就再也挥不去了。苏璞会水，可十岁后就没有再下过水了。有多少年没有游泳？算起来十多年了。那种在水中自由自在嬉戏的快乐再次撩拨着她。她向四周看了看，安静极了，乡亲们都在家里休息，这片田野只有她，只有三佬爹的牛，牛又看不见。

苏璞脱了长袖长裤，悄无声息地潜到了水里。双臂娴熟地拨开水波，微仰着头，摆动着双腿，已从岸边滑出了数十米远。解开头发，在水面躺一会儿，水是温柔的，是真正温柔的，一波一波抚弄着她，让她忘记了一切烦恼：学校、讨厌的校长、调皮的孩子们……

芦苇丛里突然传出一阵窸窸窣窣的响声，竟然从里面走出一个头戴荷叶的男人！苏璞心里一惊，连忙把身子沉到水里，抱住胸前，盯着他。

那个男人不慌不忙从芦苇丛里走出来，提着钓鱼竿和小桶。——这时候怎么还有人在这里钓鱼？

苏璞盯着他，他穿一件淡绿色的T恤衫，一条沙滩裤，不像是本地人。只见他提着渔具从她的衣服旁经过，站了一下，然后吹着口哨，大摇大摆地离开了。

还好，虚惊一场。苏璞连忙从水里爬上岸，抓起衣服就往身上套。刚扣好扣子，三佬爹就从梯田那边爬上了堤岸。

"哎哟，还有人陪着我家的牛呢！"他一边去解树上的牛绳，一边把牛赶起来，说，"还不快回家，你妈叫我喊你回家吃饭呢！"

苏璞顺着小路，手脚并用地跑回了家。家里人已经吃过饭在午睡。爷爷躺在后门口的藤椅上摇着蒲扇，他的蒲扇是自己缝了布条包了边的，扇起来没声音。苏璞侧着身子从爷爷身旁进了屋。饭桌上有给她留的饭，葫芦汤、炒辣椒。妈妈在旁边折衣服，看见她回来了，就开始唠叨："这还真是人大性大了！还说不得了？"

苏璞低头扒饭不理她。还是爷爷睁开眼睛，替她说了句："大家都睡了！"

妈妈才闭了嘴。

3

苏璞家在太平岭上。

山叫太平山，半山腰的是太平寨，山顶的叫太平岭。

太平山不算很险要，但在三山十八寨一带还是很有名的。半山腰一溜寨墙，完全是石头垒起来的，巴掌大的石块完全干砌，经历几个朝代的风吹雨打依然屹立不倒，不能不说是个奇迹。

山腰中间镶着寨墙。山上山下，一条细如银蛇的小路贯穿，完全隐匿在山林间。从寨门穿过去，往上走不了两里地，到了一块向阳的坡地，那里零零散散住着十几户人家，这就是太平岭了。

站在岭上往下看，一处开阔平坦的山窝窝，一间小院子围两层楼房，长年累月飘一杆红旗，就是苏璞上班的地方——太平小学。

爷爷是三山十八寨最有名的说书艺人。苏璞的大名就是他拿着生辰八字翻古书给取的。还很小的时候，爷爷给她和弟弟说过《三国》《水浒》与《隋唐》。可惜苏璞长大后，那个盛行说书的年代就过去了。

也许是受爷爷的熏陶吧，苏璞是太平岭上第一个念书的女孩儿，她给爷爷争了气，认真读书，竟然史无前例地考上了大学。可有点遗憾的是，她并没有真正地跳出龙门，三年的城市生活后，仍然回到了太平山。

回乡那天，爷爷正在太平寨修路。村里要修一条通往小学的公路，家里要派一个义务工，爸爸打工去了，爷爷就扛着锄头去了。巴士开到小学，她提着行李从上面跳下来，爷爷看见了，笑眯眯地把锄头甩上背，点了一根烟，就去接她。

没过几天，爸爸闻讯赶回来，却也无可奈何。他想走后门，可人家嫌他送的东西腥臊，没让他进门。爸爸想反对，反对也没有用，他一个病恹恹的农民，能把女儿弄到哪里去？爸爸的威望是爷爷打下来的，外公是仰慕爷爷的才气，才把妈妈嫁到山上来的。

可是分回来，苏璞心里是高兴的，正好遂了她的愿。

秧苗刚插下去，弟弟就回镇中学上课了，他马上初三了，学校暑假就开始在补课。

整个假期很快就在妈妈的牢骚中结束。立了秋，爸爸外出打工，苏璞把他送到山下的太平寨。没过几天，就开始扯花生了，家里就爷爷、奶奶、妈妈和苏璞。妈妈和奶奶都是爱唠叨的人，累了就开始唠叨，她们好像总有埋怨不完的人和事，奶奶埋怨爷爷，妈妈埋怨爸爸，说个没完，有时候还要争执几句。苏璞不想陷入她们的战争，而爷爷好像前半辈子把要说的话都说完了，所以她总是和爷爷一起沉默着。

花生还没扯完，就开学了。

开学大会就是校长分配布置工作。

"大家欢迎施校长！"校长说完，带领大家鼓起掌来。太平小学很小，全体教师大会也就十几位，在大家稀稀拉拉的掌声中，一个四十岁左右的男人站起来向大家点了点头。这是学校新来的副校长，听说是从县城调下来的，来镀金的，过不了多久就要回教育局任人事股股长的。

"施校长是骨干教师，教学能手，他教我们四年级的思品……"新来的副校长姓施，可他不叫施恩，叫施印。

下面有老师在轻声说："听说到下面来了几年了，他还不想回去呢。这几个乡镇他都待过，这回到我们学校了。" 她们喜欢嚼舌根，这个和苏璞没多大的关系，有关系的是后面的，校长接着说，"苏璞还是带四年级的班主任，兼语文老师……"

四年级不是毕业班，但在这个小学却是最难带的。太平岭旁的伯家垭没有完小,学生上到四年级就要转过来,而那个小学转过来的学生成绩普遍比较差一些。成绩差不说,学习习惯还不好。苏璞前两年接的都是四年级,好不容易把班上的风气扭转过来了,这下,又要从零开始——不是从零开始,是从负分开始。

刚回乡的两年,苏璞用尽所有的课余时间来教他们如何按正确的格式书写,所有的课间,她都用来把他们的作业本擦干净、捋平整,因为他们的家庭作业永远都像是在鸡笼上做的,每一页都沾满了污垢,还皱皱巴巴的。她反反复复教他们笔画、笔顺,连最基本的字词都需要反复训练。这样,不得不占用了美术、音乐、体育、劳动等苏璞最想给孩子们上的课。

这些知识,在苏璞的童年是一片空白的,她连水彩和五线谱都是上师专后才见识的。回乡后,她多想给孩子们恶补一下这些知识,然而现在,她亲手谋杀了学生们可以获得这些素质教育的机会。

"校长……"散会后,苏璞找到校长,她想跟着孩子们升五年级,这样,她才能教他们更多、更有意思的知识。

还没开口,校长就沉着脸说:"小苏,你年轻,要准备吃苦!不应该给我提要求啊!不然,你回家乡来干什么的啊?"

苏璞的嘴被堵住了。更可气的是旁边一些靠校长发工资的代课老师还帮着腔说:"你年纪轻轻的不吃亏,谁吃亏?我们年轻时……"

苏璞生气地想:马屁精!可也不好再说什么了,只得低下头清点着新发的教材。

"小苏老师……"办公室进来一个花枝招展的女孩,原来是岑晓荷。

岑晓荷的爸爸是寨子下榨油作坊的老板,他连着给教育站长送了一年的小磨麻油,晓荷就被调到镇上的镇小了。

"晓荷回来了?"同事们纷纷打招呼,"我们才听说,听说你调到镇小去了吧,这会儿回来干吗啊?"

"来看看你们啊!"岑晓荷笑吟吟地说。

苏璞也跟她打了声招呼,可她知道,她是来办调动手续的。

"小苏老师,到镇上时去我那里玩儿啊。"临走时,岑晓荷又跟苏璞打招呼,还眨了眨眼睛。

苏璞应了声,但不知道她为什么要眨眼睛。学校里年轻人就她俩,岑晓荷总喜欢跟她一起,可苏璞觉得她太现实,有事没事的总喜欢躲着她。

岑晓荷这一来不要紧,将几位老师的心都搅动了,好像谁也不想留在这里,谁也不想在这个山旮旯里工作,都在唉声叹气。镇小虽然离这里只有十几里,可到了镇上就有津贴,一个月加起来工资就要多几百。而且能住楼房,拿了钱出门就可以买东西,吃的穿的都有,已经不能说是真正的农村了。

太平小学小,所有的老师,包括校长,都在一个办公室办公,校长把这一切看在眼里,他大声咳了两声,说:"都好好工作!好好工作!开学了,收收心!"

于是,所有人都不再讲话了。苏璞悄悄地在抽屉里拆开了刚收到的一封信,是初中同学叔采茵寄给她的。叔采茵读的是中文本科,毕业后,和男朋友一起去西部支教了两年,这两年里,她和男友领证了,现在男友想一起在市区找个工作,而叔采茵想像苏璞一样,回到自己的家乡。她和苏璞一样,有一个快乐幸福,但啥也不知道的童年。

她在信里问苏璞：她该如何抉择？苏璞看看窗外的天，那么蓝，那么高，那么远，窗外是满目的苍翠，所有的植物都在笑着嚷着拼命生长，没心没肺的风呼啸而过。

她该如何回答她？回家的路上，苏璞一直在思考这个问题。

"唉，看人家的姑娘多灵光啊！穿得漂亮，说话也漂亮！"苏璞回到家，跟妈妈一起收晒在场院里的花生，她突然说。

原来，她说的是岑晓荷。妈妈今天到山下去加工稻米的时候看到晓荷了，她还跟妈妈打了招呼说了几句话。妈妈一边拆开一捆刚从地里扯回来的花生，一边不无羡慕地说："就是我养的姑娘，也不知是倒了哪辈子的霉，说是考出去了，竟还分回到这鬼地方了！"

妈妈不知是在怨自己的命还是在埋怨她。苏璞不吭声，搬了把椅子，坐到旁边开始摘花生。

4

正式开学了，苏璞还是带四年级。尽管忙碌，可苏璞心里还是喜欢的。可以跟那些可爱的学生说说话，可以在学校看看报纸看看书，尽管这报纸送达学校的时候新闻已成了旧闻。报刊和信件一般都是晚五天左右到，遇上阴雨天，可能就要隔一周多。可是苏璞还是爱看，这些，是她用以眺望外面世界的眼睛。

"秋天的天，是什么样的？"苏璞在教室里捧着书本给学生上课，"天，很蓝很蓝……大雁，一会儿排成个人字，一会儿又排成个一字……"

太平山的时光是静止的，像波澜不惊的水面。日复一日地上学、放学、做农活，苏璞的世界简单、乏味。

太平寨的巴士要经过学校，到县城的，一天一趟，是这个原始的村寨跟外界联系的唯一纽带，每天上午十一点会从教室的窗前经过。有时苏璞会趁学生做作业的时候偷偷看看，看看车里坐了些什么人，那是唯一新鲜的人或事。

这天，车子破例在小学门口停了下来，车上下来了一个男人，提着一些水果和零食，他找到了校长。

一番寒暄，校长眉开眼笑地带着他走到教室门口，他敲着门示意苏璞停下来，对苏璞挤出一丝珍贵的笑容，对苏璞说："苏璞，下了课叫伯佩出来一下——这是伯佩的爸爸——还有，伯佩的那个眼睛近视了——"他在教室里扫视了一圈，顺着伯佩爸爸的手指找到坐在倒数第二排的伯佩，他说，"坐在那个位置不行，看不见……"

伯佩长得很高，苏璞把她安排在那个位置是合适的。

"你给她调一下——高也要调一下，她的眼睛近视了，看不见……"校长像了解亲生女儿一样了解这个他刚认识的女孩儿。

校长鼻梁中有一颗大肉痣，照说只有伟人才在这样的地方长痣，可他却偏偏不依不饶地长了一颗。可尽管他长了一颗，大家也并没有高看他，附近的村民都偷偷地叫他"三鼻子"。"三鼻子"独裁，是真正的一言堂堂主。

苏璞犹豫地看着他，慢吞吞地答道："好吧。"

校长仿佛预感到了苏璞隐隐埋在骨子里的不配合，又探着身子在教室里扫视了一圈，指着第二排的一个矮个女生说："子薇，你跟她换一下！"

伯子薇是苏璞班上的学习委员,很乖巧很懂事的一个女孩,成绩好,所以校长也认识她。倒数第二排,伯子薇到后面肯定看不见了,苏璞看着校长,想阻止他的这一命令。哪知校长马上又接着说:"现在就换!现在就换了吧!"

苏璞心里不由得窝了一团火,她走到伯子薇旁边,故意问:"子薇,你到后面去看得见吗?"

可那可怜的学生一边把书包从抽屉里抽出来——里面为搁书包而支着的小棍嘚里啪啦掉了一地——一边点点头,小声回答:"看得见,老师。"

苏璞只得把到嘴边的话咽了回去。校长连忙说:"好好好!那就马上换了!"说着,看着两个小孩把位置互换了,才和来人笑眯眯地走了。

汽车上下来的还有一个女孩,正是苏璞的好朋友叔采茵。她就等在教室门口,等苏璞一下课,她就大喊着给了她一个惊喜。

"啊!"看到久别重逢的朋友,苏璞也顾不得孩子们在场,高兴地抱住采茵的胳膊,说,"怎么不说一下就来了啊?"

"想你啊!"采茵调皮地回答。看见苏璞不相信的眼神,又补充道,"今天到县城来考试了,刚考完,在城里瞎转,竟然看见了你们寨的车在拉客,就跳上来了哦——所以,啥也没给你买!"说着,她摊开空空如也的双手。

苏璞没看她的双手,反而问她:"考什么?"

听到这句话,叔采茵严肃下来,郑重地说:"县里招聘教师,我报名了。"

"啊?"苏璞睁大了眼睛,"我还没给你回信呢,你怎么就决定了?那你……那位怎么办?"苏璞指的是她男友、已经领了证的老公。

"他在市内找到了工作，还不错。"

苏璞想说的是：你们俩这样分开不行啊。但看看采茵三缄其口的样子，就不再问了。

"我看见县教育局在搞一个全县教师五项全能的比赛，你有兴趣的话，可以报名试一下啊。"

说着说着，到了办公室，施印听到了，插嘴道："是啊，一个全县性的比赛，还有不少奖金呢！小苏老师想试试吗？"

"那当然！"苏璞还没作声，采茵就抢着回答，"我们苏璞在学校里可是风云人物呢！"

"三鼻子"校长吱溜溜大声吸了一口茶，一边微微撇了撇嘴。苏璞看在眼里，忙向采茵皱了皱眉头，示意她别乱讲话。可叔采茵不听，她把手放在苏璞的胳膊上轻轻拍了拍，挑了一下下巴，意思是：没事，替你宣传宣传。

"哟，我们都还不知道呢，苏老师在我们这里可低调了。"施印顺着采茵的话说。

一位老教师听见施印说话，想捧一下施校长的场，插嘴道："年轻人，是该争取一下，哪像我们，老了！百尺竿头——到了顶了！"

这下好了，叔采茵肯定要捅娄子的，苏璞想，她连忙看了看采茵，想阻止她，可是来不及了，只听她大声说道：

"百尺竿头的歇后语应该是——更进一步，怎么是到了顶呢？"

一时间，办公室里的所有人都噤若寒蝉，苏璞连忙拉着采茵往外走。

"我说错了吗？"她问苏璞。

没有蔷薇的原野

"当然没有。"

"那？"

"关键就是你对了。""百尺竿头到了顶"是那位老师的口头禅，每听他说一次，苏璞就难受一次。好几次她都想鼓起勇气纠正他，可据她平日观察，他非但不是虚心好学的人，而且是个睚眦必报的小心眼男人。她只得安慰自己：没事儿，没事儿，他教的学生们现在不会考这个，到考这个时，他们的老师会教给他们正确答案的。

"没有，你纠正得很对！你不知道，这句话他几乎每天都要说一次，每次说，都折磨我一次！"苏璞笑着说。

"对了就行！让他这样一味说下去，那不是误人子弟啊！——那你干吗把我拉出来？"

去西部支教的几年，采茵还是一点儿没变，没变化是幸福的，那说明生活没有过分地打磨她。如果能一辈子不变，那她就是最最幸运的人了。苏璞想。

5

小山村里难得有朋友来，来一次也太辛苦，更何况当天已经没有返城的车了，苏璞强烈挽留，叔采茵在她家住了一晚。

第二天，苏璞带着采茵一起去上班，课间的时候，她牵着采茵在操场上散步。

"多好啊！每天呼吸在大自然的怀抱里！我已经习惯了这种生活，我再也不想回到城市里去了！"采茵摊开双臂、闭着双眼享受着轻轻拂过的山风。

"你多幸福！"她睁开眼睛，看着苏璞笑了。

苏璞不由得哑然失笑，沉默半晌，才说："所有的苦难，如果有一个期限，或长或短，它就会减半。"

正说到这里，值日的老师拿铁锤敲了几下挂在屋檐下的钟，当当当，连续三声，下课了。学生们从教室里欢呼着拥出来，看见自己的老师跟一个陌生人在一起，纷纷围在旁边看热闹。一年到头，他们也难得见到一个新鲜人、新鲜物。

"下课了，去玩儿吧。"苏璞摸着他们的头说。

"我们想跟老师玩儿！"几个男孩抢着回答。

说玩儿就玩，叔采茵兴致高，她要跟孩子们一起玩老鹰捉小鸡。玩就玩吧，苏璞以前也和上一届的孩子们玩过，他们都看见过。

和孩子们疯玩的时候，是苏璞这两三年来最快乐的时刻。

苏璞把孩子们分了两组，十五个一组轮流当小鸡仔。采茵当母鸡，班长是老鹰。苏璞观战。

孩子们欢呼着上场了。班长咧嘴一笑，提了提裤子，就冲了上去。孩子们纷纷尖叫着闪躲，采茵张开双臂，奋力地护着她的小鸡娃。读初中时她就是一名运动健将，现在仍然跑得很快，只见她左挪右闪，把小班长挡得死死的，让他丝毫没有接近小鸡的机会。

突围了半天，小班长依然没有抓到一个小鸡仔。旁边观战的小孩看到自己上场的机会渺茫，觉得扫兴极了，他们纷纷讥讽地嚷道：

"半天也没抓到一个！真笨！"

"是的！跑得又慢！你快点儿啊！"

"跑那么慢!还当班长呢!真是的!还不如让我当!"

风凉话各种各样的都有,传到小班长耳朵里,把他的小脸都气白了。他一咬牙,一撇嘴,猛地瞪了瞪眼,再次提了提裤子,猛地往鸡群尾巴上扎去。

叔采茵见这阵势,连忙向尾巴上飞跑去。也不知是她护崽心切,跑得太快,还是地上有石子,就在她猛地转身的一刹那,跟在她身后,抓着她衣服的小孩马上摔倒了。这一倒不要紧,后面的躲闪不及也纷纷扑上来,转眼间就绊倒了一大片。

苏璞连忙站起来跑过去,把孩子们一个个扶起来。采茵和班长也吓坏了,都停下来扶跌倒的孩子们。其他的都还好,只伤了点皮,但第一个小孩跌破了嘴巴,嘴唇肿了,往外冒着血。孩子嘴一张,吐出一口血沫儿,还和着半颗门牙。

"三鼻子"校长怨声载道,恨不得用一双鼓眼睛把苏璞杀了。苏璞也急得没了辙,还是施印叫来辆车,带上两个女孩和学生去了县人民医院。

嘴唇上的伤口还好,血迹清理干净后,发现只是向里挨着牙龈的地方擦开了一小处。可是,牙齿,牙齿怎么办?随后赶来的家长,强烈要求把牙齿补上。

小孩拉着父母,豁着缺了半颗门牙的嘴说:"妈妈!妈妈!我不疼!"又看着苏璞说,"真的!苏老师!我真的不疼!"

可父母说:"这不是破相了吗?"他们说,"我们家是个女孩儿,将来长大了要嫁人的啊!"

半颗门牙,一千二百元。

叔采茵要把自己的卡拿出来支付医药费,苏璞没让。她找施印借了一千元,给小女孩把牙齿补上了。

6

苏璞的日子又恢复了死水般的平静,采茵走了,带着一丝愧疚走了。

"三鼻子"独裁,可苏璞有自己的想法。过了两个星期,苏璞在班会上调了学生的座位,把伯佩调到第四组第二排,伯子薇还是回到自己的位子,不偏不倚,正是原来的那个。

因为班上出了这样的事故,校长驳回了苏璞想参加教育局五项全能比赛的申请。施印私下里问苏璞:"你想去试一下吗?如果想,我可以想办法在教育局直接报个名!"

苏璞想:校长不同意,即使勉强报了名,他也会百般阻挠。到时候没时间训练不说,比赛时,他也会以各种理由搪塞阻拦,不批假,如果得不到好的名次,反而还要被他奚落。她想了想,婉言谢绝了施校长的好意。

日子似悄无声息的流水,一天一天过去了。太阳每天早上从太平岭东边升起来,傍晚从太平岭西边落下去。苏璞每天早上六点起床,洗漱,然后洗一家人的衣服,吃早饭,去学校上课。

交了秋,白天就一日短似一日。花生都扯完了,摘好了,晒干了,归仓了,连藤蔓也晒干捆好,放在柴房里。天就迅速凉下来了。穿上外套,还感觉身上凉飕飕的,屋后的油籽树叶被山风吹得哗啦哗啦响,三角形的小叶子在风中不停地摆动。

夕阳从太平岭的右边落下去,照得半边天都是红彤彤的。苏璞穿一件褐色的外套,站在如血的夕阳里突然有一种想哭的冲动。她突然发现,自己除了上课和辅导学生之外,再没讲过一句多余的话了。

这个村子、寨子，太安静了，除了老弱妇孺和家禽家畜，再没有别的活物，年轻力壮的都到汉口打工去了，连刚刚大一点的孩子，也都到山下镇里去上初中了。这日子这样闲，这样静，让苏璞空有满腔力气，不知如何使出来。每天放学后的晚办公时间，她想给孩子们办个音乐兴趣小组，可校长不让，他问：

"把孩子们留这一下，万一在路上出了事，你负责？"

校长这回也不全是刁难她，苏璞知道，按正常的时间放学肯定好一些，这山路难行，万一孩子们在路上有什么闪失，她真不好交代。

新来的施校长出了个点子，要求每位老师到村里去家访。家访？这是几十年前的老古董了，从苏璞读书起，就没有老师家访过。不过，"三鼻子"校长同意了施校长的提议。苏璞和他一起分到了伯家垭。

下午放学后按惯例是两小时的改作业和备课时间，但这天取消了。太阳还在山梁上，一行人就出发了。施校长很健谈，还有点儿小幽默，逗得两个没出过远门的代课老师呱呱乱笑。

"苏老师，听说，你们班好多从伯家垭转过去的学生啊？"施印见苏璞跟在后面一直不吭声，就扭过头来问。

"是的。"苏璞点点头。这个校长可真是善于为人，一个也不冷落。苏璞心里想。

"听说班上学生的学习习惯不怎么好？——都是这边带过去的？"施校长好像很关心下属，又问。

回答"是"，还是"不是"？如果照实说"是"，是不是会让人觉得她在推卸责任？如果说不是……但的确是的啊……苏璞正

在犹豫,旁边的一个中年女老师帮忙回答:

"是的,唉,那边的习惯一点也不好……那个村子啊,基本上没有人读书,出的也都是一些打打杀杀的小流氓……"絮絮叨叨说了一堆,施校长以为苏璞不喜欢讲话,就没有再扭过头来问话。

这边转过去的学生也不是所有的习惯都不好,伯子薇也是从这边转过去的,习惯就很好,字迹工工整整,作业干干净净,而且成绩也很棒。苏璞很喜欢的一个孩子。

刚到垭口,就看到一个小女孩正在收一片花生藤,书包丢在一边,蓬着头,赤着脚,正吃力地把一排排花生藤往一块儿卷,好不容易卷到一起了,又拿草绳来捆,可两条瘦弱的细胳膊怎么也捆不好那一大堆藤蔓。苏璞看着眼熟,走上前去问路,哪里知道竟是伯子薇。

小孩抬起头,也看着苏璞,两个小辫散了,发丝在微凉的风中飘着,还是她打破了沉默:"苏老师……"

苏璞没想到这个作业整洁又正确的孩子在家里是这副模样,惊讶得一时不知道说什么。

"小孩儿,苏老师来家访。你家在哪儿?快带苏老师去你家……"施校长说。

"哦……"伯子薇扔下花生藤,抓起书包,就朝村子里跑去。

孩子快步在前面走,苏璞这才发现孩子没穿鞋。

"子薇,你的……鞋呢?"

"哦。"孩子停下来,一屁股坐在地上,从书包里抽出鞋子,飞快地穿在脚上,又在前面大步跑开了。

"喂,慢点儿……"苏璞连忙跟上去。

"老师,你来家访啊?"

"嗯,是。"

"老师,放学时你怎么不跟我们一起走呢?"

"老师要等其他老师啊。"

……在寂静的山林里穿行,孩子有一句没一句地问苏璞。

两人进入一大片银杏林中,生长了数百年的银杏枝繁叶茂,完全把天空遮盖住了,这像是一个被人遗忘了的世界,一切都静悄悄的,没有鸡鸣犬吠,也没有人家,有的只是几十年前残存下来的半截半截的土砖墙倒塌在地上。

"这儿怎么都没有人呢?"苏璞问。

"这儿是近路。近路没人走。"孩子回答。

金黄的树叶把天空完全遮盖住了,把地上也铺满了,地上看不见石子,也看不见土块,只见一层又厚又软的金色地毯。因为没有阳光,连一根杂草也没有。

孩子下了一个土坎,回过身来看着苏璞。

苏璞试探着踩在树叶上,树叶是松软的,带点儿弹性,还轻轻发出悦耳的沙沙声。

林子越走越深,天越来越暗。苏璞不禁害怕起来:"子薇,你要带我去哪里啊?"

"我家啊……"

苏璞迟疑地迈着步子,突然一阵异香飘到跟前:"嗯,好香,是什么?"

孩子没有作声,也许在翕动鼻翼努力地嗅着。

好像是桂花的香味,原来在这深林里藏着一株金桂,苏璞向四周探寻着,发现林子的深处好像有一座较为完好的土砖房子,难道在院子里还有一株金桂吗?

林子里很静，有一两只鸟在深处轻轻地歌唱，它们还偶尔扑来扑去扑棱着扇动翅膀。银杏的小扇子飘落下来，无风，而画着"之"字形的舞蹈。它们轻轻跌落在地上，和别的树叶重合在一起，发出极细微的沙沙声。

"来吧，老师。"孩子转身走了几步，伸出脏兮兮的小手来拉着苏璞，"别怕，老师，快到了。"

苏璞还在回头张望，孩子却小跑几步，带着她穿过了几棵大树，眼前一片明亮，就回到了村子里。

苏璞是要家访，不是要找孩子的家。孩子领她到了家里，可家里没人。她取钥匙开了门，偌大的一个院子，只有几只鹅在悠闲地踱步。

"他们可能'看九点'去了吧？"孩子猜测。

"那你回家做作业吧，老师走了。别再去做事了，记住老师说的，先做作业，做完作业再做事——明白了吗？"

苏璞顺着村子里的大路，找到了还在村头家访的施校长和同事们。几位代课老师正和一个全校有名的成绩差的学生家长沟通，只听那位家长说：

"我们家孩子，那个，我知道，那是没话说的，一回家就做作业，总是作业做了才去玩的。他的成绩我是知道的，及格是没问题的。——还没有哪个说过他的成绩不好……"

有些家长就是这样，掩耳盗铃。她说话像放连珠炮，气势咄咄逼人，代课老师们连嘴都插不上。苏璞带着满眼睛的问号奇怪地看着她，看着她的两片嘴唇上下翻飞。

家访快结束时，突然下雨了。幸亏大家都带了伞。一场雨一场寒，这刚降温的寒冷更让人吃不消。施校长不作声了，——即使讲话，一开口声音就要被吹散在风里。身上的温度也要被风吹散了，每个人都哆哆嗦嗦伸出快要冻僵的手顶着雨伞，可一把雨伞顶不住肆虐的山风。苏璞的上衣和裤子已经湿了大半，鞋子上沾满了黄泥，双脚更为沉重。山路难行啊。

7

太平岭的日子总是比外界慢半拍。看天，秋天的天是蓝澄澄的，高远着呢，白云也像是静止的。看地，收割后的大地一片安详，一层一层的梯田裸露着一排一排整齐的谷桩子，三两个老人牵着牛在田埂上放，拄着拐杖，也不说话。麻雀、喜鹊、杨雀在收割后的田里跳来跳去，寻觅遗漏下来的谷粒子。一切静静的，只等待着霜和雪的降临。

苏璞以为日子会永远这样静静流淌。可是不是，孩子突然死了。伯佩和伯子薇都死了。

那个周末，下了点儿小雨。农活闲下来了，伯佩的爸爸带孩子去汉口玩儿，伯子薇想去看她在建筑工地上当小工的爸爸，就把她也捎上了。

只下了点小雨，可是路基松了，司机一不留神，开到松了的路基上，车子侧翻，坐在油箱上的两个孩子从挡风玻璃那儿被甩了出去……

苏璞听到这个消息后，就病倒了。她耳边不停地回响着孩子的话："老师，别怕……来吧，老师……"

"来吧，老师……"

"来吧，老师……"

苏璞病得蹊跷，只是呕吐，觉得头天旋地转，眩晕得完全站不起来，吐出的也净是些黑水。

妈妈去学校给她请了两天假。校长批了，背地里却说："也是怪了，这学校里多少年没死过孩子啊，独独她班上死了两个，还都是在她班上……"

谁也没发现校长总结出来的这个巧合。大家都不言语，施校长笑了笑，说："这是什么巧合。连我都听说了，这学校前几年就有学生游泳淹死的啊，就在旁边的水库里呢。"

校长这才不作声了。

奶奶给苏璞冲了鸡蛋花，端到床前。她勉强喝了，可不到十分钟，又马上吐了出来。奶奶心疼，皱着眉心，说：

"小玉儿啊，这是怎么了呢？——要不，叫半仙给你掐掐？"

"您说什么呢？"妈妈不信这个，信科学，"请个大夫还差不多！您怎么尽说些胡话啊。"

可没多久，苏璞就开始说胡话了。她脑海里不由自主地浮现孩子的那张小脸、那双脏兮兮又冰凉的小手，她听到孩子不停地说：

"老师，别怕……来吧，老师……"

她嘴里喃喃自语，念叨着那两个孩子的名字。

学校里有几个老师来看她了，孩子们也来了，挨挨挤挤地站了一屋子。他们爬了几里山路，一个个气喘吁吁，小脸红扑扑的，还渗出了汗珠。小班长领着几个男生站在床边，看着苏老师病在床上，蹙着小眉头发愁，但发现老师看着自己脏兮兮的小手和小脸，又不好意思地笑着。

"坐吧！"苏璞从被子里伸出手来，拍拍床沿，要他们坐。

可他们互相拉着扯着,向后退,不肯坐。让着让着,伸出脏兮兮的小手,摊开手掌,变戏法似的拿出一个鸡蛋,放在床头,嘻嘻笑着扭转身就跑了。

孩子们这样闹了闹,苏璞肚子饿了,奶奶再冲个鸡蛋花,喝下去,就没事了。

闷了三天,苏璞披上衣服,想下床走走。屋子里到处堆的是红薯。妈在堂屋里摇那些鸡蛋,看见她起床了,就说:

"我看看是生的还是熟的——熟的要赶紧吃了,你吃得不多,吃不动,弟弟过两天回来了,让他赶紧帮你吃了。"

是的,免得浪费了孩子们的一片心。苏璞想。

苏璞坐到门口,看到对面山梁上挖红薯的人挥动着钉耙,一声脆响,钉耙翻动着,后面跟着的女人赶紧弯下腰去,将土坷垃打碎,从里面捡出红薯来。

爸爸好久没回来了,不知道他在外面过得好不好?他的肺不是太好,老咳嗽,可他还是要抽烟。

正想着,爷爷挑了一担红薯回来,苏璞连忙起身去接,她心疼爷爷,帮爷爷把红薯挑进屋来。爸爸不在家,家里的重活全落在爷爷身上了,他的身体已经大不如前,这一担红薯就让他呼哧呼哧直喘粗气,吸了几口冷空气又引起了剧烈的咳嗽。

苏璞把红薯倒在堆子上,一个小红心红薯从堆子上滚下来,贴在苏璞的脚边。

她把小红薯捡起来,捏在手心里,眼泪又下来了。

8

苏璞好利索了,只上了一天班,就双休了。爷爷不要她下地干活,她就在家里打扫卫生,红薯堆了满屋子,下脚的地方都没有,她就帮着奶奶把红薯往仓库里堆。

"红薯是个好东西啊!救人命的东西,可如今就是不值钱了。"奶奶一边摸着红薯,把上面的根须弄断,一边感叹。

不是不值钱了,是在这深山老林里不值钱,苏璞记得在武汉的大超市里,红薯要一两块一斤,而那红薯还远远没有家里的这种甜。

雨又下来了,滴滴答答,带着山野植物的腥气扑面而来,苏璞不喜欢这种腥气。百无聊赖,幸亏有采茵的信来安慰,在病中,能收到采茵的来信,这是莫大的幸福。

采茵在信封上画了个戴围巾的女孩,旁边一位擦肩而过的男子在对她回眸,旁白是用钢笔写的:路上捡到……苏璞莞尔一笑,这封信是刚从学校带回来的,她还没有读,她要在最孤单最寂寞的时候读她的信,就像是生命皮囊里的最后一滴水,不能随便拿出来。

采茵以高出录取分数线35分的高分通过了县教育局的招聘笔试,正等待着两周之后的面试。采茵一向品学兼优,她通过考试和面试应该都是毫无悬念的。苏璞知道,如果叔采茵想做什么,那就一定能做成。

可这仍是一件多么值得高兴的事!她坐在门口,望着对面山梁笑了。她按原样折好信纸,放回信封,又看到上面采茵画的简笔画,那是采茵对她的祝福。每次来信,她都要信手画上几笔,旁边还要配上几行字。

有的写道：种桃树，收桃花……有的写道：桂花开了，月下品茗……有的写着：秋风起，拿本闲书风中独步……她的画寥寥几笔，一笔不多，一笔不少，非常有神韵，那风中独步的衣袂令满纸生风。

但最多的还是祝福系列，有：

饮茶饮到……

帮忙帮到……

看书看到……

放牛捡到……

全部是美男子，采茵知道她的孤独，她在自己甜蜜的时候，并没有忘记她。苏璞想。可采茵忘了，这穷乡僻壤里，哪里来美男子呢？长年累月，连个模样周正的年轻人都难得看到一个啊。

苏璞想起大学里的那个他来。师专三年，他们彼此投射过美好的目光。可惜他早已有了青梅竹马的女朋友，她无心去拆散，他也没有追求。只在毕业典礼的晚上，他试探着问她："你愿意留在城里吗？"她想了一晚上，给他回了封信，只有一行字：城里不缺乏玫瑰，我是开在原野上的蔷薇……

苏璞想告诉他的是：那里需要我，如果没有野蔷薇的点缀，山野该会多寂寞。

回首这段往事，苏璞心里的甜蜜多过惋惜。那段青涩的美好，谁也没有办法去破坏和玷污它，她藏在心底最深和最美的地方。

发了一会儿呆，苏璞站起来，把信封拿到房间里，准备夹在日记本里，那里有许多采茵的信件。两年半，累计起来，有二十多封，苏璞又一一翻看，不由得感慨：两年半的岁月就这样在指缝中溜走了，悄无声息，除了年岁空长，心上添了些许沉重，什么也没收获。

轻轻翻开这本日记，因为受潮，纸质已经有点儿发黄发硬了，纸张发出僵硬的哗哗声，夹着"风中独步"的那一张写道：

10月17日　晴

今天镇里搞教研活动，我去了，碰上了初中教我物理的岑老师，这么多年没见，岑老师还是老样子，一脸笑容开在他那满是皱纹的脸上，像一朵怒放的秋菊。看见我这个当年的得意门生，他还是很高兴，拉着我说了半天话。末了，他竟奇怪地问了我一句："还适应吗？"

我觉得很奇怪，有什么适应不适应的啊？我又不是从天上掉下来的，难道他忘了我是从这里土生土长的啊？嘻嘻，我是从土里冒出来的，从山林子里钻出来的……O(∩_∩)O哈哈哈……我反问了他一句："有什么不适应呢？"老师竟然还意味深长、不无担心地看了我一眼，看得我心里发凉……

乍一看，在农村生长了十几年，就因为出去读了几年书就不适应，也许人们会觉得这人太容易忘本了。可事实证明，真的是不适应，不是从一开始就觉得不适应，是那种努力去适应之后的不适应。——这才是真正的不适应。

她已经习惯不了打赤脚爬山，习惯不了下雨天一身泥水，习惯不了露天的公共厕所，习惯不了夏天厕所里群蝇乱舞……她习惯干净的人行道，习惯快捷的公交车，习惯谈笑有鸿儒、往来无白丁,习惯各种橱窗琳琅满目,习惯夜晚有霓虹灯闪烁……——尽管她在城市里也是个边缘人。

可这是她的家乡,她一辈子的底蕴,这一切是她自己选择的,她希望通过自己的努力,能让家乡有一丝改变,可她做到了吗?

那个关心苏璞的物理老师岑老师前不久走了,突发脑出血。那个成天乐呵呵、满脸笑容的老师就这样走了。

苏璞的脑海里浮现出岑老师给他们上音乐课时的情形。物理老师捏着粉笔,微翘着手指,引吭高歌。他爱唱:一条大河,波浪宽……苏璞随着他的电子琴伴奏唱了一段,他非常满意,一笑,嘴角上扬,脸上的肌肉都挤到脸颊上,他拿起粉笔,在黑板上写下苏璞的名字,非常满意地在旁边画一个五角星,带几分骄傲地对着同学们一笑,又转过身去,摇头晃脑地,在苏璞的名字后面打了个钩……

伯佩和伯子薇也走了,子薇这个乖巧懂事的孩子就这样走了,听说她的父母去找司机扯皮,司机赔了她家四万元,她父母谢天谢地。对于这样一个地方,一条生命换四万元,他们认为是值得的。有的人一生都挣不到这么多,一个小孩一下就给家里带来了四万元,甚至有不少人家都暗地里羡慕他们家。尽管这是用一条生命换来的。

夜深了,死寂的山林更寂静了。

9

红薯收了,霜就下来了,浓烈的霜让田野、村庄、山林,都白了头。

一本教科书已经翻过了一大半，一学期又要过去了，苏璞想上快点，免得到三九寒冬时，学生还要拿出手来赶作业，太辛苦。

这周弟弟应该回来了，她很想弟弟，放学后就没回家，去寨子下候着弟弟。这个家，没有弟弟就没有生气，她还真想他，她多想跟他聊聊天，说说自己的烦心事。因为这个地方，除了他可以说话，就没有别人了。

寨门往北走，有一处地方有一块突出来的大岩石，站在上面可以看见进山的人。六点了，山林里已经起了一层雾霭，虽然薄薄的，但也有些许凉意。苏璞抱着胳膊，坐在石块上，盯着进山的小路，小路上终于响起叮叮当当的声音，那不是铃声，那是破旧的自行车全身的颤抖。

第一辆自行车出现了，冲得很快，紧接着又是一辆，然后车队就像鱼儿一样，成群结队地出现了。可是等了好久都没有看见弟弟，弟弟长得有点儿横式，高、胖，他骑自行车那架势，真像猛虎下山。虽然隔了好几百米，但也一定能分辨得出来。

天已经完全黑下来了，还是没有看见弟弟，苏璞只好先回家，却在家门口碰见来给她弟弟捎信的黑虎。他说弟弟这周不回来了，老师挑了二十个学生在突击补课，弟弟让他把生活费带去。

"考一中的梯队吧？"妈一高兴，连"梯队"这个时髦的词都会说，她连忙从裤兜里掏出三十块递给黑虎，黑虎正准备接，她又掏了十块加上去，说，"哎，这最后半年要冲刺，要加强营养！再多加十块，让他别省着舍不得吃啊！"

苏璞没有讲话，只是怅然若失，这周又不回来了，又看不见那个爱说爱笑能为她排遣寂寞的弟弟了。

草草吃过晚饭，整个山村就都沉入深深的黑甜乡之中了。下雨了，听雨点滴滴答答打在屋瓦上，苏璞也慢慢地进入了梦乡。

突然寂静的山村被一阵凶猛的狗叫声惊醒了，狗吠声里夹杂着匆匆忙忙的脚步声。脚步来到苏璞家门口，猛烈地拍着她家的门。苏璞拉亮电灯，竖着耳朵听着，爷爷披衣起床，趿着拖鞋，拉开门闩，开了门。

"我们找苏老师……"来人是几个妇女，为首的那个说，"我们是伯家垭的……"

"苏老师睡了，你们有什么事？"爷爷问。

"子薇僵着人了！我们要请苏老师去一趟……"

苏璞心里一惊。僵着人是一种迷信的说法，小时候听奶奶说过，指的是鬼魂用一种极端的方法附着在活着的人身上，僵人的都是一些非正常死亡的亡魂，要么是短寿的、夭折的，要么是有仇有怨、有话要说的。

爷爷把来人让进屋，都是伯家垭的，爷爷跟他们也算是熟人。来人说被僵着的人连连喊着"苏老师"，她们还反复跟爷爷保证，请苏老师去去就回，爷爷只好答应了。

四五个女人等在门外，还有几个男人举着火把等在寨子口。风凄厉地嘶鸣着，夜色浓得化不开，山坳里只有看林人亮着点点灯火。一路上大家都沉默着，他们把苏璞夹在中间。男人们在前面走得很快，不到平时的一半时间，就到了伯家垭。

伯家垭全部村民都姓伯，都有着或远或近的血缘关系，村主任老婆出事了，几乎全村人都聚集到村主任家。

"苏老师！苏老师来了！快，快，快让子薇走吧！玉米娘难受得不行了！"村民们看到苏璞来了，纷纷嚷道，都自觉地让出一条道。大概玉米就是村主任老婆的名字吧，娘是辈分。

还在门口，苏璞就看见一个肥胖的女人跪在地上，一屋子人都围着她一筹莫展。

苏璞赶忙往前走了两步，发现那个女人正扶着一张靠背椅跪坐在地上，披头散发，正在痛苦地呻吟。她背朝着苏璞，一只胳膊搭在椅子上，一只胳膊无力地垂在腿旁，这寒天冷冻的竟然只穿了一件小圆领汗衫，还热得头顶呼呼地冒气。苏璞转到她前面，想看个究竟，哪知她突然一跃而起，抓住苏璞的肩膀，一使劲，就把她掀翻在地上。

围观的人群惊叫了一声，往后退了几步。

苏璞被摔到地上，屁股生疼生疼的。她没经历过这种事，还不知道怕。她呆呆地看着玉米娘，这才看见，这个女人大概已经神志不清了，她的眼睛向上翻着，白多黑少，脸也歪了，嘴角滋滋地吐着白泡。这是子薇吗？她还呆坐在地上不知道起来。

"苏老师……"突然，那个从未谋面过的女人，捏着嗓子向她喊起来，声音竟然和伯子薇一模一样。能一模一样吗？一个四五十岁的女人和九岁小孩的声音一样？苏璞怀疑是自己的耳朵出了毛病，她惊恐地向四周望去，希望寻找到一双眼睛，帮她解答。可周围的村民们战战兢兢地围在旁边，想看热闹，又害怕，都缩着脖子呆滞地看着苏璞。她被他们的紧张和恐惧感染了。

"苏老师……"那个女人又喊了一声，声音和伯子薇一模一样，苏璞感到自己头皮一紧，手背上的汗毛就竖了起来，突然间，那个女人媚笑着迅速向她扑来。

"啊！"苏璞大叫一声，跳了起来，左腾右挪地躲闪着。可躲到哪，村民就往后退，让她无处藏身，那个女人一眼就找到了她。

"啊！"苏璞又惊叫一声，那个女人抓住了她，照着她的手背就是一口，正好咬在伯子薇牵过的那个地方。"哇……"她大叫起来，用尽全身的力气去扒她的嘴，可哪里扒得动！

村里没一个人上来制止，一些年长的男人纷纷摇头，说："唉，就是年轻，没经过事！你要快叫她走啊！快叫她走啊！"

那个女人死死咬着不松口，疼得苏璞眼冒金星，似要昏厥过去。一村子人全看着苏璞这个外姓人遭罪，就是没人上来帮她一下。几个苏璞认识的家长，也躲在人堆里不愿伸出手来帮她一把。

苏璞是没经过事的，但爷爷见多识广。爷爷躺在床上还是不放心，把奶奶和妈妈喊起来了，在门口的地上对着伯家垭的方向画十字，焚香祷告。那个女人一翻白眼，仰面向后倒去。惊魂未定的苏璞按老人们教的喊道：

"子薇，子薇，你走吧！回去吧！这里不是你待的地方……"

"儿啊，回去吧，回去吧……"子薇的父母也齐齐跪倒在地上哭喊。

老村主任把女人接在怀里，女人的眼珠子转了转，脸上的潮红褪了些，似有些活气转过来。

"男人们都进来，女人都出去！"老村主任一声令下，女人们纷纷往外撤，苏璞站着不知自己是不是也要退出去，可这时候那个女人呆滞着眼神，朝她看了一眼，又细声细气地说：

"苏老师，我不想走……我不想走……那天我根本就不该走的……那天，老天爷本不是要收我的……那是我第一次坐汽车啊……"

苏璞脊背一阵发凉，彻骨的寒气迅速贯穿到了头顶，她一阵哆嗦，晕了过去……

10

眼看着两个小时过去了,苏璞还没有回来,爷爷不放心,叫上了隔壁的三佬爹,找到伯家垭。那时候苏璞已经醒了,几个家长把她扶到椅子上,给她灌了点姜汤,她就醒过来了。

爷爷知道苏璞受了一遭罪,很生气,伯家垭的村主任知道爷爷不高兴,连忙赔礼道歉,又是端茶又是递烟,爷爷一律推开了。

"伯老弟,我听说是你老婆被僵了,才让小玉儿过来的,可,你是怎么款待她的啊?"爷爷沉着脸说,真不愧是当年有名的说书艺人,字字铿锵。

"老哥啊,对不住、对不住了!也是我这个没用的,没阳气降不住鬼神啊!这你弟媳她折腾了一晚上,硬是跳啊、板啊、骂啊、说啊,一晚上不消停!我也是没办法才出此下策的啊!还望老哥你宽容宽容啊!"村主任说得恳切,亲自拿着打火机给爷爷敬烟,爷爷也不好再说什么,接了烟让村主任点上火。

村主任老婆好像有意要配合村主任的说辞似的,休息了片刻又卷土重来。她先是一使劲,把手边的东西扒在地上,然后头一仰,眼睛一翻,嘴里就哼哼唧唧起来。

村主任连忙跑过去抱住她,又掐她的人中,又拿大巴掌抽她,她还是醒不过来,嘤嘤地哭着。

还是爷爷见多识广,他从神龛上拿来没有用完的香烛纸钱,在地上画了七个圈,焚烧起来。年岁稍长的村民见此情形,就三三两两地在爷爷身后跪了下来。

焚烧片刻后,爷爷高声朗朗:

一年四季地门开,牛头马面站两排。阎王拿着生死簿,黑白无常勾魂来。鬼魂不论老与少，黄泉路上无黑白……

人群安静下来，玉米娘也安静下来。只听爷爷又用一种古老的腔调朗朗唱道：

> 会唱歌的小妹哟，
> 会说话的老哥哟，
> 人生为什么要衰老？
> 人世为什么有死亡？
> 为什么死亡面前不分老幼哟？
> 我在青天还没有活够！
>
> 娇滴滴的妹妹哟，
> 强壮壮的哥哥哟，
> 不死没有地方住呀，
> 不老没有地方活。
> 一代死了一代生呀，
> 一辈走了一辈青呀，
> 这才是人世，这才是轮回啊！
> 该走的走吧，该来的来！
> 该走的莫不舍呀！该回的莫留恋呀！
> 这才是人世呀，这才是轮回！

爷爷唱了两遍，玉米娘脸上的气色红润过来，渐渐不闹了，也知道喊冷、喊饿了。

村主任高兴极了，又是恭维："还是你老哥有办法！"又是敬酒、敬烟,爷爷一律不受,辞了众人,带着苏璞回家了。可那支古老的歌曲一直在苏璞的耳朵边回响:一辈走了一辈青,这才是轮回……

11

回到家,爷爷也不作声,他是怪自己,怪自己生的儿子不多,人家敢欺负他的孙女儿。他气呼呼地要打电话给爸爸,让爸爸找人回来修理伯村主任,妈妈拦住了,说:"那个病秧子能打架啊?您是不是要他去送命啊?他那条瘦命,人家还不想要呢!"

爷爷一口气憋在心里,极不舒服,就埋头做事,不说话。

红薯收了,田野静下来了,霜降了,就染红了整座整座的山头,红的、黄的、橙的……那颜色五彩斑斓,一蓬一蓬,一丛一丛,热烈绚烂,那深山峡谷,更是美得醉人。那是大地积聚了所有的力量,所有的色彩,要在这个季节喷薄而出。

可爷爷不愿意休息,先是犁地、耕田,把收过庄稼的田地犁一遍,让土壤翻过来晒着,又给每一块田地挑足土肥,把肥料晒干,撒在地里,又细细地耙一遍。霜降过后,就要种油菜和麦子,他要把底肥施得足足的。

爷爷在山下劳作时,遇到了回家过双休的晓荷,他喊她上来陪苏璞。

"听你爷爷讲了你的遭遇,你可够倒霉的!"寒暄一阵后,晓荷问,"你就没想调个地方?这地方根本就不是年轻人待的……不过,镇上也不行,同样的工作,镇上比县城一个月少好几百块的工资呢!"

苏璞还没来得及回答，突然山下一串急躁的喊声："快来人啊！快来人啊！苏老爹吐血了！"

苏璞跑下山去，爷爷趴在地上，不知还有没有气，围观的人都不敢动。苏璞跑过去把爷爷扶起来，爷爷血流满脸，乌红的鲜血已经在脸上结了痂，可伤口暴着，还在丝丝往外渗着血。这么冷的天，爷爷栽倒在地上，他的身体已经发凉了，苏璞握着他的手指，冰冷得像一块生铁，连弯曲都不能。

可爷爷还没死，他睁开了眼睛，微弱地动了一下嘴唇，嘴里很干，两只嘴唇像被粘住了一样，无力地张开，又缓缓地闭上。——没死也去了半条命。

"快拿水来！快拿水来！"苏璞急得大叫。

水来了，苏璞送到爷爷嘴边，可他不知道张嘴。他浑浊的老眼里已经看不见任何东西了，只是茫然地张着。苏璞从来没见过硬朗的爷爷这副无助的样子。

爷爷在半山坡耙地，准备把地耙最后一遍，然后撒菜籽。可耕牛不听话，爷爷气不过，拿鞭子抽了它几下，那牛也不服，暴跳起来，拖着耙就往前奔。爷爷气喘吁吁地追上去，又用拐杖抽了它几下，气接不上来，人一用力，喷了一口血，就栽倒在地上了。

爷爷老了！尽管爷爷不同意、不愿意，可他还是老了！苏璞心酸地想。

"快去卫生院吧！"三佬爹来了，他把爷爷常坐的躺椅扛下来了。他想把爷爷扶上躺椅，好抬，可爷爷已经不知道迈步子了，两条腿无力地在地上拖。苏璞心里生出巨大的害怕来，从来没有过的绝望般的恐惧完全占据了她的心。

爷爷被抬上了躺椅，高大的他窝在躺椅里，只那么一点点，像一个瘦小的孩子，他的一双脚，穿着弟弟的旧球鞋，掉在下面甩啊甩。

走了十五里山路，爷爷被抬到镇上的卫生院。嘴唇上磕破的伤口很小，已经没有流血了。医生吊了两瓶盐水，他才缓过劲来。他醒了，就要抽烟，要回家。医生不让，说吐血的原因还没查出来。

拍了两个片子，又做了进一步的检查，果然，爷爷的肺也有问题：肺癌晚期。

爸爸回了，亲戚朋友都来了，弟弟也来了。弟弟在医院里大发雷霆，埋怨妈妈没把爷爷看好，为什么那么冷的天不在家休息，还非要不停地做事！如果不是不停地做事，爷爷怎么会累？如果不是太累，硬朗的爷爷怎么会突然得上肺癌的？如果不是怄气，怎么会吐血、倒在地上没人知道、过了好久才被人发现？

爷爷不管他，他要回家，他说："伢呢，人活一百岁也是要走那条路的啊！"

苏璞不让，她哭起来，她说："是我没照顾好爷爷！怪我！怪我！都怪我！"

苏璞筹了钱，把爷爷在医院里安顿下来。临近考试了，她也得回学校上课。白天上课，放学后就踩自行车走十几里路来镇上照顾爷爷，医院没陪床，她和妈妈就轮流住在晓荷的寝室里。

在爷爷的病床边，苏璞收到了叔采茵的来信，她竟然没有通过县教育局的面试，这一切，只让她觉得荒谬和可笑。不过也好，她正好可以回到男友身边。随后的几天，她又收到了采茵寄来的汇款单，整整一千二百元，苏璞想了想，收下了。

没有蔷薇的原野　273

岑晓荷借了五百块给她,她也接了。"我们这边,工资还是要高一点的。"晓荷说。

"三鼻子"和施校长都来医院看爷爷,临走时施印还给了苏璞三百元,苏璞犹豫了一下,还是接了。

爷爷看病要钱,没什么尊严比人的生命还重要。

苏璞和爸爸开着三轮车,把爷爷种的土豆和红薯拖到县城里去卖。苏璞抚摸着滚圆的土豆,多好的土豆啊,可这么好的土豆也不过卖了一千多块钱。

苏璞的眼前浮现出爷爷愁苦的双眼……我们为什么要生活得这么穷苦?为什么?为什么?她问自己,没有人回答。

妈妈接替苏璞的时候,她到弟弟的学校转了转,发现弟弟正沉着一张脸在挨老师的批评。一向聪明好学的弟弟怎会挨老师的批评?

爷爷还是回家了,弟弟也不补课了,整个寒假都在家陪着爷爷。

这个春节,她和弟弟整天陪着爷爷。天气晴朗的时候,他们陪着爷爷在田地里转悠,爷爷还坚持自己扛着锄头。油菜和小麦都种下去了,妈妈抽空种的,弟弟拿着弹弓打偷吃的鸟儿。爷爷看见麦苗从松软而温暖的土地里钻出来,阳光穿过山梁、穿过田埂、穿过田埂上的白桦树,照在青秀的麦苗上,照在爷爷花白的胡茬上,他露出了满足的笑容。

天气阴冷的时候,他们就在家里烤火,看着太平岭对面的山野和林子,看着白桦林脱去金灿灿的衣裳,卸下最后一片金黄的装扮,亭亭玉立地挺立在山冈上。多美的白桦林啊。苏璞想。

最后,雪落下来了,落在房子上、树木上、山林上、田野上,一切都白了。喜鹊喳喳叫着，在门前的雪地上蹦跳着觅食。

弟弟一大早起来，给爷爷念小学时学过的课文：下了一场雪，地上白了，树上白了，房子上也白了……弟弟故意把"也"字念得很重。

弟弟又念：冬天麦盖三层被，来年枕着馒头睡。

爷爷高兴地笑了，他看着苏璞和弟弟在门口打了一场雪仗，最后，爷爷把爸爸妈妈和奶奶托付给她和弟弟。弟弟伏在爷爷腿上哭了。

到了第二年春暖花开的时候，爷爷走了。肺属金，爷爷的肺没能像春天的山野那样苏醒过来。送走爷爷没花多少钱，因为爷爷说了"一切从简"，爷爷的挽联是苏璞写的，俊逸的毛笔字在山野里飘啊飘啊……

第二年五月的时候，各种粉的、紫的野花开遍了整个山野，山上、水塘边，田埂上，到处都是，开得蓬蓬勃勃，绚丽烂漫。农忙又开始了，苏璞和弟弟在田里插秧，可是已经没有爷爷挑秧打秧了。苏璞看见爷爷砍过的那丛野蔷薇，又发了芽，还开了花，可因为爷爷砍得太深，伤了根，它长得太孱弱了，枝叶瘦瘦的，花也惨白惨白的，不知它还能不能熬得过今年的酷暑严冬。

苏璞去找施印了，在一个施印没回家的周末。晓荷跟她讲过"三鼻子"侄女的调动，那个女孩只跟施印见过几次面，知道他能帮上忙，就托"三鼻子"联系上他，求他帮忙，施印也热心，就天天晚上带着她往城里跑，跑了一个暑假，竟然就办成了。

有那么容易？就那么容易？苏璞半信半疑。

"你可以试试嘛！"晓荷说，"反正我是准备去试试的！"

苏璞还有些犹豫，晓荷又说："唉，我反正是看透了，人生啊，

没有蔷薇的原野 275

爱情啊，就那么回事，只有钱才是真的，钱才能抓在手上。——花时间花精力谈恋爱，又能怎么样呢？到头来也许还是一场空，还不如……"

苏璞还有些犹豫，她又说："一个女人的漂亮，是把双刃剑。如果你不想把它变成前进路上的武器，那么它就会成为你的包袱。"

这句话意味深长，苏璞记住了。

那天施印还没有起床，他听见是苏璞的声音，就说，等一下。他换了件衣服出来了，苏璞看见他穿着一件淡绿色的T恤和一条黑色的沙滩裤。

苏璞愣了一下，有点儿眼熟，脑袋晃了晃，想起来了，是那个……偷看她洗澡的人。

2011年9月

安魂曲

1

一天傍晚，我站在儿子和他女友合开的那家宠物医院门口，抽着烟，看着人们吃过晚饭，纷纷走出家门，到广场上去锻炼。

一个精瘦的老头儿来了，他牵着一只狗，是只比熊。

他将我上下打量了一番，然后越过我，向门里喊道："有人吗？"

儿子的女友甘可儿应声出来了，她正抱着一只吉娃娃，将它放到最近的一只笼子里，然后问："您有啥事儿？"

"可以安乐死吗？"

我看着老头儿，而甘可儿看着比熊。

我还没出声儿，甘可儿就说："咋啦？看上去健康得很啊。"比熊似乎为了证实自己真的很健康，还竖着前腿围着老头儿跳起了舞。

老头儿喊了一声："贝贝，坐下。"狗立刻安静了，乖乖地坐在地上，仰头看着老头儿。

甘可儿在围裙上擦着手，不解地看着老头儿。她是个直言快语的东北姑娘，我估计她马上会发火了，她可能会说：你这老头儿怎么这样？这么可爱的狗，这么听你的话，你却要让它死……我正在思索的片刻，老头儿又开口了，他又问了一次："可以安乐死吗？"

"您老人家能不能不要不停地说死啊死的？"果然，甘可儿发飙了。——发飙,是儿子的词,可时间长了,它也混进了我的思维里。

我连忙用手势制止了她,对老头儿说:"老哥,这狗……看起来蛮健康哪……"

"是我,是我有事。"老头儿简单地说。

"那好说啊,您把狗交给我们就得了,回来后再来领,一天二十!"甘可儿简短地说,已经准备弯下腰去牵狗绳了。可老头儿却不动,我只好又一次地制止了她。她掀起围裙的一角狠狠地摔了一下,然后进屋去给那只吉娃娃洗澡了。

这个店是儿子和她合开的,可儿子却托我照顾她。一个人三四十只狗,的确忙不过来,可我也帮不上什么忙,况且我这样一个当了一辈子外科医生、现在只想一心等死的老头子,也不容许自己的衣服上沾满狗尿的味道。我只在有空的时候给她送送饭。她对我很有意见,但对我的饭菜没意见,毕竟我做了二三十年的饭。

在今天看来,我是来对了。

我把老头儿让进了屋,他松了狗绳,那只比熊立即小碎步屁颠屁颠地跑到一只贵妇犬面前,献起殷勤来。它隔着笼子深情地凝视着它,全然不顾旁边的几只金毛冲着它狂吠。

"要是贝贝愿意听别人使唤就好了,"看到比熊露出狗儿的本性,老头儿笑了,他说,"至少别人喂它东西它愿意吃。"

"在宠物医院、我们这儿,它会不一样的!"甘可儿抢着回答。

"我在别的地方试过。"老头儿很肯定。

我又看了看那只狗,它看上去的确精神抖擞,这会儿正含情脉脉地盯着那只贵妇犬摇尾巴,看来健康得很哪。但我把嘴里的话咽了回去,只是看着他。

"给狗安乐死是有规定的,宠物医院要检查!治不好的狗才行!您这狗活蹦乱跳的,您可以寄养,可以送人,最不济也可以让它流浪,您咋能让它死呢?看它,是一只多么骚情的狗啊,人家对生活热爱着呢!"甘可儿把吉娃娃从澡盆里抱起来,用一条蓝色的大浴巾给它揩干身上的水,然后把它放到地上,它便左摇右摆地晃动着头,摆动着湿漉漉的耳朵。

"它可以流浪……但我怎能让一只比熊去流浪?"老头儿喃喃说着,自顾自地看着他的狗。"你能让一只比熊去流浪吗?"他又转过头来问我。

"这个……我……"我把香烟从嘴巴上拿开,不知道怎么回答他,我并不喜欢狗,但我看他的狗很可爱,四肢匀称,毛发光亮,还卷着精致的发卷,像一个刚从理发店出来的美妇。

"你能想象它浑身脏兮兮、头发结成一块一块的、可怜巴巴地在垃圾堆里刨食的样子吗?"

在老头儿的引导下,我的脑海里浮现出这只狗从垃圾堆跑出来的模样……似乎是有点儿不合适。我只好不作声了。

就在我沉默的当儿,他突然眼睛一亮,盯着我问:"你是区人民医院肿瘤科的大夫吧?"

我愣了一下,知道我是大夫的人不少,但能这么清楚地说出我是肿瘤科大夫的人却并不多。我勉强笑了笑,问他:"嗯,您是……"

"我前几天去医院了……"他笑了笑,尽量平静地说出来,"……这里长了个东西。"他指了指脑袋。

"是……恶性的?"我试探着问。

他不再回答，点了点头。

"您想……？"我缓缓吐了口烟，问，"我是科主任……如果您……"这段话流畅地说出来应该是：如果您想要我给您做手术，如果您需要，我可以……可是，自从儿子也被确诊为癌症，我才觉得这句话多么无用，是一种隐藏在天使羽毛下的血淋淋的阉割。

"您想……"我又问，我感觉自己的嘴唇发干，喉咙发紧。

"我想，可以安乐死吗？"老头儿又重复了一句。

这让我一阵眩晕，好像又回到了和儿子对话的某个瞬间。

2

小安：这里发生的一切，主知道吗？

神父：知道。

小安：既然知道，他为什么不管？

神父沉默。

小安：世上发生的一切，都是主的旨意。

神父：这不是，这不是上帝的旨意。

这是魔鬼干的。

小安：为什么？上帝为什么总是斗不过魔鬼？

如果斗不过魔鬼，信他有什么用？

…………

这是我和儿子看的最后一场电影，《一九四二》中的片段。我借着从大荧幕上反射过来的光，看见儿子在黑暗中红了眼睛，他眼里蓄满了泪水,但他竭力忍着,使眼睛看上去像一片要决堤的汪洋。他的手就放在我们中间的扶手上,他紧握着拳头,胳膊上的青筋暴出,像大地上纵横起伏的阡陌河流。儿子长得很高大,因为喜爱运动,身材匀称而健美,这一点,他不像我,而像他妈。可惜,这么好的儿子,就要走了,就要离开我了。

先是他妈,现在又是他,都要离开我了。

也许是一个镜头,也许是一句台词,儿子哭了,眼泪掉下来,他要抬手去擦,就在那一刹那,我抓住了他的手,用力抓着。我希望给儿子力量,也希望他能借着影院里的悲怆氛围,痛痛快快哭一场。

自从得到结果后,儿子还不曾当着我的面哭过,至少没当着我的面哭。我不知道他是怎样挨过那些漫长的黑夜的。

在等待权威医院发布结果的那段时间,日子走得很慢,很慢,有时候我坐在床沿,坐在值班室里,把我的整个一生都回顾了一遍,从儿子出生到上大学,我第一次给他换尿布,他第一次翻身,第一次笑,第一次喊爸爸,第一次挨打,第一次拿奖学金,第一次带女朋友回家……我都回忆了一遍,却发现太阳不过走了五六寸光景。

我不明白时间怎么可以如此的长又如此的短。

我明显老了,胡子和头发都长得很快,有时候一夜之间,它们能长出好几寸。我常常走神,常常听不见别人的话,拿不起手术刀,它们好像东海龙王用定海神针镇到了弯盘里,千斤都不止。

单位很关照我,院办主任跟我谈话,让我回家休息。我回到家的时候,儿子也从他姥姥家回来了。家里没有一点儿声息,父子两个的日子显得更空旷。

"爸，也许……"儿子反过来安慰我。

"对，也许，儿子……"我只得打起精神来安慰他。不过，其实我心里是明白的，这种也许是不太可能的，我们医院也是三甲医院，病理报告是我亲自送检的，我督促自己的学生做的，不可能出错。再次送检，不过是抱着最后的一线希望。最后的一线希望啊，这是我的儿子，我唯一的儿子，唯一的亲人！我怎么能不抱着一丝哀求似的希望？就像所有的癌症病人，最后在病床上苦苦挣扎，去忍受各种刀劈斧凿的酷刑，不就是抱着那千万分之一治愈的希望吗？

我仿佛看到了一只巨大的手，他只用一个指头，就死死地按住了我，把我钉在命运的砧板上，任由我像昆虫一样划动四肢像小丑一样拼命反抗，都无济于事。我仿佛听到一个声音在说：

怎么样？你看了一辈子癌症，动了一辈子手术，我要让你儿子成为最后一个……

我不会面向苍穹，去寻找那个声音。我知道，找不到的。我只用眼角余光看着儿子，他愿意接受手术吗？

长久以来，我就对人生的神秘保有敬畏，我既不完全顺从，也不过于执着。所以尽管命运多舛，也安然度过了我的一生，虽然不如世人的那么甜，但也不像世人想象的那样苦。

电影结束了，片尾的主题曲响起来，这真是一部沉重的电影啊，连我这颗干硬的老心脏也承受不了，它就那么一直憋着、憋着，让人的心揪着，连一个发泄的点也没有。

3

"敢情是您得了癌症啊，我以为是比熊呢！"我想制止甘可儿说话，可她不是我女儿，我们之间根本没有什么默契的联系，她毫不理会我的眼神和动作，只顾自己的嘴巴说得痛快。只听她继续说："既然是您得了癌症，那为啥是狗要死呢？"

她是个典型的东北大妞，儿子第一次领她到家里来，我就不大喜欢她，她自顾自地在房子里走来走去，大方得就像在自己睡了十几年的床上一样，瞬间就把整个房子占领了。他们很快同居了。她可以穿着短裙在凳子上弓着腿、翘着脚指头涂指甲油，毫不顾忌我这个老鳏夫的感受。也可以肆无忌惮地呵斥儿子，毫不理会我这个含辛茹苦把儿子养大的单亲父亲的脸色。儿子挨了骂，还要赔笑脸，我能说什么呢？我只能劝慰自己，是这时代变了，是我这个老顽固跟不上时代的脚步了。

我抱歉地看着老头儿，他苦笑了一下，算是接受了我的道歉。

"您可以寄养、可以送人，我还没见人把一只好端端的狗安乐死的……"甘可儿正拿着吹风给吉娃娃吹毛发，她自己听不见，因此说话的声音越发大了。

我只好继续抱歉地看着老头儿，可这回他没理我了，他也很生气，大声说："我的贝贝怎么可以去流浪？流浪……流浪……那还有尊严吗？"

一下上升到了尊严的层面，把我和甘可儿都震了一下。

"医生，您知道什么叫尊严吗？"他掉转话头，对准了我。

"这个……"我像一个正在走神，而突然被提问的学生一样，吓了一跳，脑瓜里一片茫然而完全不知所措。我迅速在脑海里把自己漫长一生的重要镜头过了一道，"尊严"，似乎是我想得很少的一个词，一个男人带个孩子，我活得不容易，大多数的时候，我只想着怎么活，只想怎么可以活得轻松点儿，就像那些躺在病床上的病患一样，活着就是最奢侈的享受。

"死的尊严，您知道吗？"他又进一步问。

"我想，您是一位老师吧？"正在我尴尬的时候，甘可儿又接过话头。她大概认为，只有老师才这么纠结吧，因为她说过，开"狗东西"这一年来，她什么人都接触到了，只有老师最难缠，吃喝拉撒都要上升到另一个层面。

这回轮到老头儿发愣了，他呆了呆，点点头又摇摇头，说："是……不，我老伴儿是教师……"

"那么，是她教您这些……个……的？"甘可儿把右手腾出来，伸出食指，向上做了一个打圈儿的动作。仿佛那食指上方的虚空就是她所指的"个"——一切形而上的东西。说完后，她也不看老头儿，把吉娃娃抱起来，给它穿上衣服，放到指定的笼子里。

"是的。"老头儿这回很肯定地说，"其实我也是个教师，我是校长。"

甘可儿扑哧一声笑了，说了声："难怪。"我再次为她的无礼而抱歉地抿了一下嘴巴。我连忙朝她挥了一下手臂，把老头儿拉了出来。

"一般的宠物医院是不会给健康的狗实施安乐死的。"我说，我想让问题回到根本上来，外科医生喜欢单刀直入，不喜欢形而上。

"可是，我的贝贝就是离不开我。"老头儿说。

他看上去因微微动怒而两颊发红，额头两侧的大动脉也随着急促的呼吸而跳动,他很可能有高血压,我不想让甘可儿再激怒他。我递根烟给他,可他拒绝了。

"我不抽烟,谢谢。"他说。

贝贝似乎听到我们在谈论它,从门里跑了出来,围着老头儿转圈,把头抬起来在他的裤腿上蹭着,又把两只前爪伸出来,趴在老头儿的腿上。老头儿俯下身去,把它的两只前脚捏在手里。我这才看见,老头儿还给它穿了四只精致的绣花鞋。

"这是我老伴儿生前做的,"他见我打量着鞋子,说,"她已经走了四年了,她走的时候,怕我孤单,就给我买了只比熊……她已经走了四年了,现在轮到我了。"老头儿尽力平静地说。

可我的老伴儿呢,她已经走了二十七年了,她走的时候我们还是少年夫妻,她是因为难产,她是为了给我生儿子才……她还年轻着呢……本该轮到我的,可却是儿子……相比之下,我比他更惝惶哪。

"我有个儿子的,出国了,留了孙子媳妇在国内,后来离婚了,媳妇改嫁、孙子改姓,我能去找她吗?"

我无法接他的话,只得指了指"狗东西",说:"她犟着呢,您别指望她了,换一家试试吧。"

可正巧甘可儿忙完了,她偏像要戳穿什么似的,撕了包最贵的狗粮,倒了些在贝贝面前,蹲下身去哄着贝贝。贝贝看了看狗粮,呦呦叫着,反而躲到老头儿后面了,可她还不死心,变换着腔调哄着。

她没不好意思,我倒窘迫了,我这张脸,比不得年轻人的厚。我看了看老头儿,只好又挤出一丝笑容。

老头儿似乎揩了下眼睛,慢慢扶着膝盖直起身来。他挥了挥手，说："算了，这姑娘，真！我就信她了，我就把狗寄养在这儿了。"

"好，每天收费二十，狗粮算你的，生病住院也是你的……先预交两百元……姓名、地址、联系电话……"她迅速地从围裙兜里掏出一支圆珠笔和收据，唰唰地给老头儿开了票。

有时候，这个东北姑娘做事可真够麻利的。

4

在步出影院的那一刻，所有的人都松了口气。晚上的清风吹来，孩子们在广场上嬉闹，对面政府大楼的霓虹灯闪耀，能自由自在地吃点儿什么，似乎让所有的人都如蒙大赦。

儿子的心情似乎也好一点儿了，他故作轻松地跟我说："爸，可否代我照顾……一下……甘可儿？"

他看着我，我无法回避他的眼神，可我却硬着心肠说：

"你现在该考虑的是选择哪种治疗方案。"我扔掉烟头，看着他。

儿子停顿了一下，说："爸，我不想……我不想在病床上等死……我更愿意用一种轻松的方法来结束自己的人生，比如说旅行，随便死在什么不知名的小镇上……"

"可目前，手术还是最好的治疗方案……"

"我跟着您长大，太清楚那个过程了……我不想把自己弄得支离破碎再去死……"

我们在电影院的台阶上坐下来，看着来来往往的车流和三三两两散去的人们。

"难道你打算放弃甘可儿?"

儿子沉默了。

他的女朋友,才十七岁,他们刚刚相恋了半年,才开了家"狗东西"。

一个老鳏夫带大的儿子,他遗传了我全部的悲怆和软弱。儿子把眼泪含在眼里,他答应了第二天住到我们医院肿瘤科——我所在的科室。

后来的事情就只是一个流程了,跟分解冷冻猪肉的流水线没什么两样,进一步检查、会诊、确认手术日期、术前准备、推进手术室、消毒、手术……

儿子的手术还是我自己做的。既然命运之神这么安排,我顺从他就好了。

有段时间,在我每做完一个手术的时候,我总会想,这是不是在违背命运之神的意愿呢?老天爷把人做好,用皮囊包住,让它里面长东西,我却把它切开,把他包好的包裹切开,并把里面长的东西拿出来。他让它死,我却让它活,这是不是在违背老天爷的旨意呢?

而我现在想,会不会就是因为这样,我太多次违背他的旨意,老天爷才让我的儿子年纪轻轻就要过这个坎呢?

给儿子做手术的前几天,我突然又变得很亢奋,有人提议请省城的专家来做,可我想了想,还是自己亲自操刀吧。我是院里最好的肿瘤科大夫,未必比省城的差,与其把儿子的命交到别人的手上,不如自己一搏。这样想时,我跟儿子说了,他说:爸,你站在我旁边,我不害怕。

给儿子做手术时,我也分神了,不过,我很快就稳住了自己。

我切得很仔细，刮得很认真，曾有那么一刻，那柔软的絮状的东西让我感到恶心，好像怎么刮也刮不干净，但我也很快调整了，我在口罩后尽量平心静气，深深地呼吸。父子俩同在一个狭小的空间里呼吸的机会该是多么的难得啊。

六个小时的手术，我挺了下来，总的来说，做得还是很成功的。在儿子缝完针被推进重症监护室的那一刻，我虚脱了，我觉得自己轻得像一片羽毛，随便被什么风一吹，就要化了。

我又死死地睡了七个小时，醒来时听说儿子已经醒了，他喊饿，再等个把小时，护士就可以通过食管给他喂流食。这当然是好消息……后来，儿子出院了，接着放疗……然后儿子消瘦、掉头发……

半年后，骨瘦如柴的儿子走了。

儿子还是走了，我使尽了浑身解数，儿子还是走了，我心里疼痛难忍，不知如何是好。我不能一个人待着，不论白天还是黑夜，只要一个人待在屋里，我就会无意识地流泪，双泪长流，不论我脑海里是在想什么，还是什么都不想。

我常常想，换一种治疗方案，会不会好一些？如果保守治疗，加中药调理，会不会有救？他去了不知名的小镇，也许正巧遇到了济世活人的良方……这不是不可能的呀。因此，我又痛恨自己，为什么要逼着儿子动手术？为什么？

科室里的所有病患家属，在病人走后都是又伤痛又解脱，他们常常互相劝慰的一句话就是：也磨了你那么久……也尽了个心……可我的儿子，他还没有折磨我，我还没给他娶妻生子，他还没来得及不孝顺我……他那么听话，他想安安静静地死在别的地方，可我叫他住院他就住院了……可他还是走了，我还是没能救活他！

为什么要这样？如果我确定会是这样一个结果，我还会要他住院治疗吗？我会不会为他选择一个轻松一点儿的方式？我送走的不是长辈、不是老人，我要的不是尽心，我要的是儿子。

我反反复复、颠来倒去地想，想无限种可能，我转到了死巷子里回不了头，我也没想过要回头，任由悔恨的利爪，把自己抓得鲜血淋漓。常常半夜好不容易迷迷瞪瞪睡着了，可吊着的那根神经突然提醒我：儿子已经不在了！这屋檐下已经没有热的他的呼吸了，这阳间都没有了！这漫漫长夜、这凄惨的后半生就只有我一个人度过了！我就嗖的一下惊醒了，所有的神经都醒过来，无论怎样，再也睡不着了。不过，我又转念一想，自己这样焦灼，估计日子也不会长了，这样倒生出很多平和的安慰。

这黄土埋到眉毛的后半截人生，就这样过吧，快活，已经是不可能了，就算把心放到药罐子里煎，大概也不能再苦半分了吧。

5

我以为，儿子走后，甘可儿会从我们家搬出去，可她没有，而且好像也没这个意思。我觉得我们住在一起不大方便，恐人闲话。可她却好像没这个顾虑，她还是每天穿着汗衫裤衩在屋里晃来晃去，当我是空气。我想，也算了，随她去吧，反正我的日子也不多了，一个糟老头儿，何必在乎别人说什么呢。

我又上班去了，不做点儿什么，日子更难熬。我不动手术了，就是坐坐诊室，会会诊，带带学生什么的。老天爷既然决定了儿子是我最后一个手术病人，那就是最后一个吧。也只能这样了，我的儿子都被我送上了西天,还有谁敢来找我动手术呢?

倒是那个老头儿,也许是同病相怜吧,我常想起他,几次查房的时候,我都留心看看病房里有没有他,可他一直没来住院。他干吗去了?他还好吗?他是死了还是活着?我很想去看看他,"狗东西"那里有他的住址,可我想了想,又懒得动,也算了吧。

一天晚上,我正和甘可儿吃晚饭,门突然被咚咚地敲响了,她穿着短裤趿着拖鞋跑去开了门,是那个老头儿。

"哦,您是来看狗的吧?它……不是很好。"甘可儿以为老头儿是看见"狗东西"关了门,才找到这儿来的。

老头儿愣了一下,摇摇头,看到我们翁媳两个在屋里吃饭,很不自在,他的脸由红转白,经历了半天的自我调整,才慢慢平静。半天,他才说了句:"才吃啊,李医生?"

"是啊,您要不要来点儿?"甘可儿问。老头儿问我,她却抢着回答。

"不,不不,我已经吃过了。"老头儿连忙摆手推辞,说着,他向我走过来,突然神神秘秘地说,"李医生,我能求你件事儿不?"

我看着他,等待着他往下说。

他又神神秘秘向前走了一步,说:"能安乐死不?"

这回,他又吓了我一跳。我明白,他指的是他自己了。"不能。"我想都没想就斩钉截铁地说。他知道这是超出法律允许范围的事吗?这不是做好事,这是杀人、谋杀,如果我这么做了,我会被单位开除,吊销医师执照,还会被公安机关逮捕,会因蓄意杀人而被判刑,他知道吗?

"其实,我听说,在农村,有些乡医,专门给人解决痛苦……

安魂曲

我可以……"老头儿开始絮絮叨叨许诺了，他说他可以把比熊留给我们，可以给我们到处唱赞歌、招揽生意，可以给我们留一房他老伴儿留下来的书，一阳台他种的花，他的花种得可好了，光杜鹃就有五种颜色……但是他的房子和钱，要留下来给他那个改了姓的孙子，他表示很抱歉。他说他不想把自己辛苦攒下的钱，和跟着自己吃了一辈子苦的身体送给医院，用来当解剖标本，做无谓的实验……

"十万到二十万。你知道吗？足可以把一个家庭拖垮！"听到他这样说，我愣了一下，我从来没算过这笔账，儿子生病那阵子，我是在云里雾里踩棉花，一切都是甘可儿照料的。不过从科室每个月几百万的进账来看，这是不夸张的。

你还要钱做什么呢？每个癌症病人最后都是希望拿钱买命的，所有的家属都会拿十万百万的钱买那么千万分之一的奇迹。这个老头儿是什么时候接受命运的安排呢？

"我想留点儿钱给我孙子，我儿子这个龟孙子，他亏欠他们母子俩呢……"老头儿就快要哭出来了。

6

那天老头儿什么时候走的，我不知道，我换了衣服就出门接班去了，大概是甘可儿打发他走的吧，他们说了些什么，我大概能猜到，我很后悔那天没把他带走。

后来的几个晚上，我都梦见了儿子。儿子竟然跟他走时一个样子，骨瘦如柴，浑身插满管子，我想给他拔掉，可是拔呀拔怎么也拔不干净。

我一惊,就醒了。醒来时突然听到客厅里传来嘤嘤的抽泣声,我以为是自己的幻觉,再听时,发现是甘可儿,她在客厅里哭。她哭了?一向大大咧咧的她哭了?怎么在客厅里哭呢?我小心将门开了一道缝,借着屋外的月光看到她穿了儿子的大衬衣,坐在他的遗像下,嘤嘤地哭着。

凄清的圆月亮照在树梢上,照在窗棂上,在屋里投下树枝的剪影。甘可儿就坐在窗下的那个凳子上,儿子的大格子衬衣把她包着,她把双腿抱在胸前,头搁在膝盖上,抽抽搭搭地哭着。

人世间最大的伤痛是什么?是看着亲人一个个地死去,而你还活着。我还没来得及了解甘可儿的故事,可她穿着儿子衣服的样子,就不由把我强力忍着的所有隐痛都勾了出来,我这样一个行将就木的老人,受不了这摧枯拉朽式的一击,我喊了一声:"孩子……"就不由得涕泪横流。

甘可儿的头埋得更低,哭声更大了。我忍不住走过去,轻轻抱住了她。我当时是怎么想的?我想我可能只是想抱抱儿子,抱抱儿子抱过的身体。在这一刻,我明白她有多爱儿子,因此,我也爱她。

她没有反抗,哭得越发不可收拾了。

我轻轻地、缓缓地拍打着她的后背,这样过了很久,她渐渐平静了,开始跟我讲关于她的故事:

"你知道我为什么没有离开你家吗?"

我摇摇头,看着她。

"因为离开这里我将无家可归……我一直把这里当作自己家,这是唯一一个让我感到温暖的地方。"

我一直不喜欢她,因此也从来没有问过她的身世,但现在我却愿意听一听。

"很小的时候,我妈就带我嫁给了现在的继父,她为啥离婚的,我并不清楚,但继父对我们很不好,一个二婚头,一个拖油瓶……想象得到,他酗酒、馋……他还爱动手……小时候,我不懂反抗,但大了一点后,我就开始还击了,有一次他又发酒疯,追着我妈打,我操起家里的一个凳子就朝他砸去……他当然流血了……怕了。可到下一次喝高了时,却变成了变本加厉……"

我仿佛看到了凄风苦雨中的两片树叶,可我什么也说不出来,只是又轻轻地拍了拍她的背。

"后来我念了护校,我拼命地在书里找禁忌证,我要让他死于无形……"

这孩子的话让我怔了一下,一个可怕的念头在我脑海里闪过。

"果然,他伤风感冒打了头孢,我却引诱他去喝酒……也是活该,他死在了酒上。没人觉得蹊跷,更没人怀疑到我……除了我妈,我受不了她那双凄凉幽怨的黑眼睛,总躲在暗处打量着我……"

说到这里,她抬起头来,看了我一下。

她那双闪着鬼气的大眼睛突然诡异地一笑,让我不觉打了个寒战,松开了抱着她的双手。

"可是很巧,紧接着,我就发现了治她的方子,我发现她在村里有个相好的,是一个老早以前的代课教师,老光棍儿一个……我羞耻地发现,是在他的接济下,我才勉强念完了护校……我开始讨厌我妈,也讨厌那个老头儿,我处处找他们的碴儿……

"老天爷保佑……他得了糖尿病,而且一查出来就是三期,很快地,他瘫痪了,并在床上腐烂了……哈……"

我喉咙发紧，想说点儿什么，可什么也说不出来。

"可这时候我才觉得他的好，他是多么疼我的呀，从小给我买过书本，给过糖块儿，还偷偷地帮妈刨过土豆、掰过玉米……他是村子里唯一关心我们母女俩死活的人……等我后悔怨恨他时，他已经生了褥疮了，背后一大块儿……生了蛆，在那里爬进爬出……

"他一心想死，可惜求死也不成，吊在门框上，被发现了……想投河，爬到半路天就亮了，又被人拖了回来……他一狠心，拿了把菜刀抹脖子……没想到，抹错了地方……"

说着，她又嘤嘤地哭起来，泣不成声，急促地哽咽把话语都打碎了，变成片片粉末，我边听边拼凑，才听出来她大概说的是：

"他割开的是气管……

"他没死成，他痛着……像一只刚宰的鸡，喉咙里呼进呼出的都是血泡……他在地上挣扎啊，像一条刚离开水的鱼……那凄惨的叫声像幽灵一样，无孔不入，渗透到了村子的每一个角落……人们都来到他的小房子里，看着他，他用含混不清的声音，哀求每一个人送他一程，可是没有人敢……我也来了，我终于大大方方地来到他家了，他蜷缩在地上——整个人都痛苦得变形了——他拽着我的裤脚，用饱含眼泪的世界上最苦最悲哀的眼神祈求我，让我了结了他。我转身跑回了家，我家有足够剂量的氯化钾，只需几毫升就可以送他去西天了……可我妈跟来了，她不许我这么做，她把我反锁在家里了……

"我在家里捶着门，砸着窗……听着那声音哀号了一整个下午……那凄厉的声音在整个村子上空盘旋、哀号了整整一个下午啊……我不想听，我捂着耳朵，塞着棉花，可那声音无孔不入，像病毒一样钻入身体,腐蚀着我的每一寸皮肤、每一根神经和血管……

"办完了他的葬礼,我就离开了那个地方……后来听说,我妈也走了,她去了哪儿,我不知道……后来,我就遇到了你儿子,他是个好心眼儿的人,我们就在一起了……"

我不觉傻了,一阵无奈的眩晕。我的儿子啊,我那个又善良又单纯的儿子啊,你是活该命苦的啊……

半晌,才听到她又接着说:"你知道我为什么要养狗吗?"

我无力地抬起头来,看着她,等着她往下说。

"因为我继父馋,我曾养了一只母狗,有一年,它生了四只小狗,他把母狗和小狗一锅炖了……"

我的胃里一阵翻江倒海。

"你知道贝贝快不行了吗?"

贝贝?哦,那只比熊,我半天才反应过来,可对于见惯了死亡并听了她的故事的肿瘤科医生来说,一只狗的死实在是太微不足道了。

"那你知道它为什么快不行了吗?"她看着我,突然笑了。

这句话和这幽幽的一笑,终于击垮了我,我一屁股跌坐在地上。

7

"我恨你,你知道吗?"甘可儿笑了。

我看着她,不知道她想干什么想说什么。

"我之所以还没搬出你们家,还有个原因,更重要的原因——

因为我恨你。"她没有耐心等待我回答，直接说。

我看着她，等着她往下说。

"你不仅亲手把自己的儿子送上了西天，还让他在死前忍受了各种酷刑般的折磨、凌辱……"

没想到她说的是这个原因，我的心剧烈地疼了一下，我捂住心口，闭上了眼睛。

"脑袋，剖开、缝上、又剖开……手上脚上，打了多少针？还有一处完整的皮肤吗？最后死的时候，他还像个人吗？整个人捏在手里，还有一把吗？你知道他爱干净、爱体面，可你让那么多人围着他、向他们展览着他的生殖器……那样一个硬塑料管，任由小护士捏着往里杵……他痛，他难过，你不知道吗……"

术后要插尿管，我是知道的，可能会有几个小护士见习，我也是知道的，尽管那时候我睡着了，可是那情景，还是飞到了我的脑海里：护士长一掀被子，儿子的私处便被暴露在空气下，她指指点点，便有小护士动手了。刚开始时，儿子一定躲躲闪闪、不好意思，可是慢慢地，他一定觉得疼、觉得不舒服了，他咬着牙、皱着眉、咧着嘴……

"你把他所有的弱点都暴露了，邋遢、胆小、脆弱……还有贪生怕死……本来，他是不惧怕死亡的，可在医院那么一折腾，让他什么念头都没有，只一心想活下去……"

"好了，够了，你到底想说什么？"我打断她的话，甘可儿的心横着，想要一口气把所有的怨恨都吐出来，可是，我没有那么多力气再让她重复那些炼狱般的折磨了。

"你知道吗？我早就想给他一针了，可你看得太紧，我一直没机会下手……"

"然后呢？现在让我来代他把那针受了吧？"我强压住悲痛，又打断她的话。

"我不会让你那么痛快的……"

这回轮到我笑了，还有什么对于我来说是痛快的呢？如果是几个月前，让我代儿子去死，那倒是有几分英勇就义似的痛快。

"你还记得我刚才给你讲的故事吗？"

我点点头。

"不想死的人死了，想死的人死不了，这不是魔鬼的主意吗？"我心里一惊，好像在哪里听过这句话，可甘可儿不等我思索，她又接着说，"我觉得自己一开始便是扮演着天使的角色，尽管看上去是邪恶的，你觉得呢？"

我不置可否，没有答话。她也不说什么了，而是看了看儿子的遗像后面，借着淡淡的东方白，我看到后面有两支注射器。

一支是盐水，一支是氯化钾？我站起来，拿了一支在手里。让我自己选择是死还是活？我愿意做这选择，跟勉强活下去相比，我更愿意接受她的摆布。我说过，她是爱儿子的，那么我也爱她。

"这两支注射器，一支是我的，一支是那个老头儿的，但只有一支有氯化钾……"甘可儿突然说。

跟我猜想的不一样，我不觉呆住了，问："你想干吗？"

"我想看一看，我干得过魔鬼吗？"她拿起桌上的另一支注射器，"那么这个，就是那个老头儿的了。一支给他，另一支留下来，让老天爷来判决我，明白了吗？"说着，她迅速站起来，趁着微微发亮的天色，跑下楼去了。

我想阻止她，可身子僵硬，不听使唤，想喊，喉咙里却被什么堵住了。一眨眼，她已经跑不见了，我看了看桌上的那支注射器，拿起来向上推了推，针头向上喷射出一股清泉，它们由下向上，洒落了一个完美的抛物线。这让我想起儿子小时候，我给他洗澡，把他按在澡盆里，但他挣扎着站起来，腆着肚子，捏着他的小东西，努力向上撒出一个高高的拱桥来。

2013年9月

秋风别

1

白露这一天的傍晚，汉口下了一场不大不小的雨。

邝学文在公司楼下站了二十多分钟，才用打车软件打到一辆薄荷青色的的士。他打开后座，借着初上的路灯，看到座位上有深浅不一的污渍，他犹豫了一下，关上后车门，坐到了副驾驶室里。

上车后，他开始清理身上的水滴，这时，的士司机递过来一包餐巾纸，他顺手接了，说了句："哎哟，不错，坐的士还送餐巾纸。"司机没吭声，报之一笑，这一笑倒让他吓了一跳，这笑容似乎太熟悉。这张脸颧骨很高，法令纹撑得很开，薄薄的嘴唇得到最大限度的拉长，露出一排整齐的牙齿，又因为羞怯和紧张，嘴角轻微地颤抖着。

像，太像了，如果仅仅是只有一点像，邝学文也许会跟他开开玩笑，可关键是太像了，不只是像，更是神似，这就让他有点紧张了。

邝学文把头发擦干，又瞟了一眼驾驶台上的车辆信息，照片不是他的，他是代班司机，邝学文一无所获，试探着跟他开了几句玩笑，可还未进入正题，目的地就到了。

邝学文疑虑重重地下了车，应酬完，回到家后，他没来由地又想到了那个司机。那时，他正撒了泡尿，站在面盆前洗手，一抬头，看见了自己的那张脸，颧骨高、嘴巴薄，一张嘴露出一口洁白整齐的牙齿,那个司机的脸就跳入了他的眼帘,紧接着,他的名字就呼之欲出了——是他!没错,就是他,一定是!

他是见过他的。

六年前,他刚大学毕业,就想学开车,"不论怎样,这是一种生存技能。"他跟母亲邝美芸说,那时候大街上还没跑着这么多车。于是邝美芸找到她当了几十年货车司机的堂兄,在城西帮他找了个小驾校,每天邝学文就从城东颠到城西,认认真真地学车。

那人跟他不是一个桩上的,可科目二结束后,两个桩上的学员合请教练吃饭,桌上就有他。本来邝学文是没怎么注意他的,他长得一般,穿得一般,又不爱讲话,给人的直觉是预备的哥,邝学文觉得他们不是一类人,因此,目光相遇时,他只是微笑着点了个头。

后来上来一个羊肉汤,服务员端着锅仔,腾不出手来,那人坐在旁边,连忙站起来掏出打火机,弓腰把固体酒精点上了,可是因为包酒精的小塑料包没撕开,在燃烧的过程中发出砰的一声巨响,几丝火星随即溅了出来,旁边的几个女孩夸张地尖叫着、躲闪着,他不好意思地笑了,就是这个笑容,——嘴巴咧得很开,露出一口整齐的牙齿,嘴角微微颤动——胆怯而努力掩饰的笑容。

毕业酒会的镜头里,邝学文就是这么笑的,他不喜欢自己的这个笑容,认为这是内心怯懦的表现,因此印象极深,正在努力改正,而一毕业,在遥远的城西,考驾照时,却看到另一个人拥有一个和他一模一样羞怯的笑。——不是相似,是一模一样,就连嘴角和法令纹撑开的角度都一样。

他是我弟弟?邝学文脑海里马上跳出这个念头。

不太可能,他又马上否定了。后来的这顿饭,他吃得没滋没味，他一直在观察他，看着他把冻得紫红的、皴裂的、骨节突出的大手伸出来，反叉着筷子，伸到羊肉汤里，叉出一筷子千张，颤抖着送到嘴里。邝学文的心被揪了一下，但是他对自己说：多一事不如少一事，多一事不如少一事……

而事实是，邝美芸和邝学文孤儿寡母两个，也才从贫困线下挣扎上来。他们像两个溺水的人，刚刚在茫茫无际的大海上抓到了一块小木板，他们只想大口地呼吸，大声地呼救，对于旁边漂过的人，是死是活，是男是女，他们根本来不及、也根本不敢看，仿佛看一眼，就会被拉下去陪葬。

可现在呢？经过六年心无旁骛的打拼，邝家的生活好一点了，邝学文升任了部门主管，也在偏远的长江边上买了房，虽然还没搬离这条小巷子，但那只是暂时的。

一串字正腔圆的京剧唱腔打断了邝学文的思绪，母亲邝美芸进来了，这是她最爱的《锁麟囊》选段，能唱这段，说明她心情不错。她借着从对面高楼上射进来的灯光，伏在门口的挂历上看了看，拿起上面挂着的笔，在今天的日子上画了个圈，又打了一个叉。

"今天是白露啊，你爸的生日。"

邝学文喊了一声"老娘"，正张口想把两次遇到的哥的事告诉她，可他洗了把脸，又盯着镜中的自己，把到嘴边的话咽了回去，镜中的自己帅气英朗，跟的哥的粗糙完全不同，他想：哪能那么巧呢？天下那么大，对着手机喊一声，就能把自己的亲弟弟招来？那不是手机，那是魔镜吧。

"处暑十八盆，白露勿露身——他倒真是十几年没露身了。"邝美芸坐在门口换鞋的小矮凳上，说。

邝学文没吭声,他在想,露不露身有什么关系呢?反正他抛弃了我们,而我们最艰难的时刻已经挺过来了。

好在邝美芸很快调整了自己的情绪,她拍了一下大腿,说:"管他啰!是他自己要板命,自己要板命就冇得法,他就没我这好的福气了,是吧,儿子?我就要跟着我儿子住大房子去了!"

"是呀,老娘。"邝学文努力调动起自己的情绪,附和母亲。听到了儿子肯定的回答后,邝美芸小餐包一样的脸像撒上了糖霜,甜得不得了,她一扭头,咿咿呀呀哼着京剧进屋了。

2

如果不是四个月后邝美芸又遇到了那位司机,邝学文很可能会彻底把他给忘了。

那天中午,邝学文正揽着女朋友的腰,去公司附近一家茶餐厅吃午饭。他的电话响了,是邝美芸打来的,她在电话那头激动地大喊:"儿子!快回来!你弟弟回来了!"

邝美芸还在电话那头激动地说了些什么,邝学文都没听进去,连忙打了辆的士奔回了家。一到家,就看到那位的哥坐在邝家的上首,邝美芸正用一种交织着兴奋和眼泪的声音哽咽道:

"儿子!你弟弟!你弟弟!"

的哥似乎站起来说了一句什么,慌乱中的邝学文顾不得回答,把疑问的目光投向母亲,可母亲兴奋得两眼放光,完全没理会他的意思,说:"跟你一模一样啊!一模一样!真是一模一样!全天下没有比你们更像的兄弟了!"

母亲已经被突如其来的幸福冲昏了头脑,邝学文只好把目光

秋风别

投向在一旁坐着,看上去还算清醒的邻居景太婆,他的意思是:就这样就认定了?不会错?

可景太婆没有理解他的意思,说:"早上啊,我跟你姆妈准备一起去吃酒,原来的那个老街坊,得了外孙,我们本来是准备搭公交车的,可突然就起了一阵妖风,把那个树叶子吹得哦,你妈不是盘了头吗?我就说……"

哪知她们一招手,就把弟弟给招来了,一上车,的哥只回了一下头,邝美芸就觉得不对劲,吞吞吐吐地址都说不清。到了目的地,她先不付钱,绕到驾驶室旁,又仔细看了看,问:"你叫什么?"

"覃斌。"

"姓覃?不姓邝?不姓白?"

的哥没吭声,接过景太婆付的车钱就要走,邝美芸冲上去死死拉住车门,大声问:"不姓白?"看这架势,景太婆也觉得蹊跷,跑过去站在车头,伸开两只枯柴一样的胳膊拦住车子。

"不姓白。"但他看着邝美芸急切得要滴出血来的眼睛,顿了一下,说,"我爸爸姓白。"

"白亚洲?"

的哥愣了一下,很快,他点了点头,说:"嗯,是的。您认识他?"

"你是我家的学武呀!你是我失散了二十多年的儿子呀!"邝美芸拍着车门大叫着哭了起来。

的哥没吭声,看着她。景太婆又上来补充了半天,待邝美芸回过神后,她拿出和学文的合影,又拿出学武三岁的照片。"你看,跟你一模一样!再看,你三岁的照片,我一直带在身上。

还有，我家还有我们一家四口的全家福。"

邝美芸又是鼻涕又是眼泪，花了长篇大论，终于让的哥答应上邝家来坐坐。

景太婆说这些的时候，覃斌一直低着头，捏着手里的一次性塑料杯。邝学文又一次打量着他，虽然还没到寒冬时节，那双手已经发红发紫了，他端着塑料杯，谦和地笑着，可看上去并不激动，也许，对于这样的重逢，他既不惊讶，也不期盼？邝学文又问了他许多家里的事，比如家里有几口人，在哪里读书，读了几年，等等，他都一一作答。看上去还忠厚。邝学文心里想。

"爸呢？老头儿还好吗？"邝学文又问。

这句话像按了"静音"键，大家脸上的笑容慢慢僵住了，邝美芸突然就双眼泛出了泪花："他不愿说。"

"还好。除了我姆妈，都挺好的。"

吃完午饭，的哥走了，可邝美芸却一直停留在亢奋状态，直到晚上邝学文下班，她还在咿咿呀呀地哼着小曲，那拖地的步子，都是带弹性的。看到母亲这么高兴，邝学文的高兴也被放大了，他上去扶着母亲的肩膀，跟着她唱了一段，然后问："老娘，你下一步有什么打算？"

"打算？"

"这回不会错了？"

"你个砍脑壳的！这回绝对错不了！打我看见他的第一眼，就知道错不了！"

邝学文连忙自我解嘲地笑了，抱着拍了拍邝美芸的肩膀，让她安静下来，说：

"那您有什么打算呢？"

秋风别

"见了你爸再说吧。"

"他打算接受我们吗?"

邝美芸脸上飞来一朵愁云,说:"他是知道有我们的,那个女人也让他来找我们,但他,不晓得犹犹豫豫在搞么事。"

为什么没来找我们?从三岁到二十四岁,这二十一年间,他是怎么过的?他经历了些什么?白亚洲和"那女人"是怎么跟他解释这一切的?他要回归这个家,这些都是不得不考虑的问题。邝美芸没想到,邝学文不能不考虑到。就像覃斌固执地叫那个女人"姆妈",而邝美芸一直坚持叫她"贱女人""小婊子"一样。

临走时,覃斌还说:我妈希望见您一面,她有话要跟您说。有什么话要说呢?为什么不是白亚洲有话要跟我们说呢?邝学文在想。

3

寒露后的第一个周末,邝家母子三人搭火车又转乘了四个小时的长途汽车,来到了吴县。

这是个还在混沌中慢慢睁开眼的小县城,一切都在守旧和现代化之间徘徊。小城靠着山,山上川橘飘香,红橙黄绿四色斑杂,空气像洗过一样清爽宜人。

邝美芸晕车,一路上差点把五脏六腑都吐了出来,起先她还狠狠咒骂白亚洲,为什么躲到这个旮旯里?当看到这一片风景时,不吭声了,这里和他们的老家太像了,准确地说,是更像他们还年轻时的家乡。

覃斌领他们来到县城边上的一栋私房前。

邝学文正准备抬手敲门,邝美芸制止了他,她整了整衣冠,振作了一下精神,自己走过去咚咚咚敲了三下。开门的正是覃春秀,她努力笑了一下,说:"芸姐,终于把你给等来了……"

没想到过了这么多年,经历了这么多事,覃春秀还能没事人一样喊她"芸姐",邝美芸心里一顿,一阵厌恶感随即涌上心头,她拒绝与她的目光对接,只用眼角倨傲地扫了她一眼,很快得出结论:她瘦得很,老得也不像样,如果是在街上碰到,她可真不敢相信那就是当年能把白亚洲拐跑的她。

这样想着,她不由得露出一个笑容,但那笑容居高临下,挂在脸上,与覃春秀无关,她穿过她的遮挡在屋里寻找白亚洲,可空荡荡的屋里只有没落的桌子、椅子、春台、神龛,哪还有半个人影?房子很大很宽,是多少年前的那种老三间,一眼可以看到后院,种着棵栀子树。

她回过头来,把疑问的目光投向覃斌,他低着头,不作声,似乎深吸了一口气,才鼓起勇气看着自己的亲妈,指了指正对着大门的山墙,邝美芸顺着他的手指看到上面挂着一幅画像——黑白的白亚洲。

与此同时,邝学文也顺着他的手指看到了,他们一同错愕地张大了嘴,却一起惊讶着发不出声音,过了半天,邝学文才结巴着问:"怎么……回事?"

怎么回事?答案是很明显的,只是他们需要这么问一句,好让自己有个接受的过程。

在覃斌对一切都支支吾吾时,邝美芸就在脑海里闪过这个念头,可她不愿相信,也不能相信,白亚洲才五十几啊,他是结实得打得死老虎的,她不敢相信他就这样死了,覃春秀拐跑了白亚洲,让她在前半生的节点上被人甩了耳光,后半生她勤扒苦做,守了半辈子活寡,就是为了有一天能够把他抢回来,能够结结实实把耳光甩回去。儿子已经回来了,眼看着,她这一生就可以扬眉吐气地收个尾了,可这一巴掌,却打空了。这种绝望就像一场旷日持久的马拉松,她积聚了一辈子的力量就是为了在对手面前一雪前耻,可到了终点,才有人告诉她多年的死对头早就放弃了这场游戏,多少年前就轻松下场了。她心里久绷着的弦,断了。

邝美芸没有任何预兆地,突然咧开大嘴,从胸腔里爆发出一声撕心裂肺的恸哭。她扑到桌前,砸烂了桌上所有的东西,又把春台上的东西都拂下来,一脚踏在凳子上,站在神龛前,取下挂在上面的遗像,高高举过头顶,啪的一声摔烂在堂屋中央。

遗像应声落地,玻璃碴儿四散飞溅,屋里的每个人都吓得一哆嗦。邝美芸又咬牙切齿地把目光投向覃春秀。她打了个寒战,不由自主地连连后退。

"你这个不要脸的臭婊子贱女人小娼妇!"她冲过去,再也没有犹豫,狠狠地给了她两巴掌,覃春秀马上被打倒在地。邝美芸的仇恨像见风的火一样,恨不得将一切吞噬。她又冲到堂前,把桌子椅子全部掀倒。

二十一年前,她被他们俩耍了一回,二十一年后,又被他们耍了一回,如果早知道白亚洲死了,何必屁颠颠跑到这个山沟里来?如果早知道他死了,何必谋划那么多,早把覃斌留在武汉不就是了?如果早知道他死了,进门就该狠狠给她两巴掌,还敲什么门!

那镜框里的白亚洲还在笑。是啊,真该笑,在他们眼里她邝美芸就是个傻子,他们成天把她当傻子,玩弄她。想到这里,邝美芸又结结实实给了覃春秀两耳光,接着,她一仰头,一声长号,惊天动地地哭起来,那声音,又凄苦又愤恨,仿佛想把一生的仇,一生的恨,一生的苦,一生的怨,用这一声一声的哀号从人生里剔除。

看母亲哭得那么伤心,邝学文手足无措,多少年来的新仇旧恨一起涌上心头,他走到覃斌面前,给了他一耳光,厉声喝道:"你为什么耍妈?!"

覃斌脸涨得通红,拳头捏得吱吱响,没有出手。覃春秀跪着爬到邝美芸的面前,哭着喊道:"芸姐,美芸姐,我不是耍你们,我真的不是耍你们!……我是熬着盼着盼着熬着等到你来的呀……"

邝美芸没有作声,她瞪着铜铃般的大眼睛死死地看着她,覃春秀害怕得低下头去,但马上又鼓起勇气来看着她,哀求道:"我得了病……我就要死了……我无依无靠……求你们看在我把学武养大一场的分上,原谅我……原谅我……"说着,就在地上磕起头来,地上的碎玻璃碴儿很快把她的额头扎出血来。覃斌走过去,想把她扶起来,可她不肯,她抓着邝美芸的手往自己脸上乱打,一边打还一边说:

"报应啊报应啊,这是报应啊!我把亚洲哥抢过来,也没过两天好日子,到吴县后,他的事业就开始走下坡路。有一天,有一天,他突然就走了,丢下我们母子三人,你一生的艰难不容易,我都体会到了,我比你还多一个孩子,现在我得病了,我只想把儿子还给你,还给你。"

邝美芸睁开眼睛,把手甩开,瞪了她一下,站起来,又给了她一巴掌,说:"这一巴掌是你拐我儿子!还给我?你知道我找了他多少年吗？你知道我跑断了多少双鞋底吗？"

"好、好、好，打，"覃春秀已经被打蒙了，连说话的力气都没有了，"打，打，只求你能够把气全消了。"

"想要我把气消了？怎么消？！怎么消？！我吃的那些苦能吐出来？"

覃春秀挣扎着想站起来，可瘦小的她刚站起来，就一头栽倒下去，立即蜷曲成一只虾，抱着头在地上翻滚起来，喉咙里还连连发出阵阵怪叫，覃斌连忙跑过来，从地上捡起邝美芸刚才拂下去的一块软木塞，扒开她的嘴巴，塞了进去。

邝家母子俩对视了一眼，也呆住了。

"怕把舌头咬断了。"覃斌说，"没事，老毛病，好多年了。"

4

救护车还没开到医院，覃春秀就醒了，她像被放到锅里煮过一样，又湿又软，头发一缕一缕贴在脸上，似乎连说话的力气都没有，她示意覃斌把嘴里的软木塞拿出来，然后有气无力地盯着邝美芸，眼里满是哀求。邝美芸没理她，把脸转向另一边。

到了医院，医生对她进行了心电监护，又给她吊了两瓶盐水。等到一切都忙完时，覃斌对等候在门外的邝美芸说：

"妈，姆妈想见见你。"

得到学文鼓励的眼神，邝美芸推门进去了。覃春秀努力挣扎着想坐起来，她一甩手，制止了她。

"美芸姐，你原谅我吧。"她说。

邝美芸硬着脖子没吭声。

"看在我独自把覃斌养大,没有让他饿着,也没有让他冻着的分上。"

"我要你帮我养儿子吗?我要吗?我需要吗?我求过你?!"

"我知道,我知道。"覃春秀努力吸了一口气,说,"错在我,错在我那时不知天高地厚,等到我知错时,已经无法挽回了。"

"你也知道无法挽回了?"

"我们没想到你会过得这么苦,我们以为你会,再往前走一步的。"

"你们?你?还是白亚洲?白亚洲他这么说的?"

"我们,只是这么……以为。"覃春秀的声音低下去。

邝美芸狠狠瞪着她。

覃春秀低下头去,却接着说:"这些年,一个人抚养孩子,我比你更难。求你看在这么多年,我把他养得跟亚洲哥一般高一般齐整的分上,原谅我吧。

"娘家人早跟我断了来往。父母死得早,前几年大哥在汛期打鱼,连人带船沉了,二哥早在嫂子的挑唆下,跟我断了关系。大姐还好,不时地来看看我,可去年,她也中风了,半身不遂,几乎成了个废人。美芸姐,最艰难时,我卖过早点,擦过皮鞋,还做过搬运……可美芸姐,你相信我吗?我从来没让两个孩子饿着、冻着过。"

邝美芸还是不吭声。

"美芸姐,我被这病折磨了好几年了,查来查去,也不知道是什么原因,只是越发越密,越发越严重,我活不了多久了……露露,我想托付给你……"

"露露?"覃春秀说的是她的女儿,不等她说完,邝美芸噌的一下就站起来了,她走到床前,恨不得把脖子伸到覃春秀脸上去,一字一顿地说:"你做梦!"

说完,她头也不回地走出了病房。她没有听到覃春秀在后面气若游丝地说:"美芸姐,她是亚洲哥的女儿,也是斌斌的妹妹呀!"

邝美芸没有理会身后两个儿子的喊叫,怒气冲冲下了楼,大步流星走到了街上。

小城已经华灯初上,正包围在橘黄色暖融融的灯光之中,匆匆归家的车和人川流不息,在丁零零响得乱成一团的铃声里,邝美芸一时不知该往哪儿去。

这种黄昏她太熟悉了,就像二十多年前汉口的城乡接合部,那时候她在那儿卖盒饭。——那些年,她干过太多的事儿,跟堂兄邝四坊一起贩鱼,跟老街坊一起做服装批发、做早点,干得最长最好的还是卖盒饭。那些农民工喜欢吃她做的盒饭,饭管够、油水足,也从来不用那些乱七八糟的材料,他们下班晚,邝美芸的盒饭总是这个时候才卖完。一收工,她就骑着三轮车往家赶,冬天的时候黑得早,小巷子里结冰了,一不小心就从车上栽下来摔个跟斗,也顾不得疼,——跟谁叫疼呢?本来也没人心疼。学文还在家等着呢,景太婆应该已经让他吃过了,可她不能叫他一个人在屋里待着。每逢周末,她就把学文带在身边,她卖盒饭,他就在旁边做作业,收工了,母子俩就一起回家,学文裹着大棉袄在车上喊:姆妈,加油!姆妈,加油!邝美芸就笑,用力蹬车。有时候他在车上睡着了,邝美芸怕他着凉,就不住地扭过头来,拍拍他的脸,拍拍他的头,说:学文,醒醒!醒醒!快到了!

后来年纪大了,干不动了,她就到学校食堂帮工、去超市打杂,曾无数次,她站在大学食堂门口,拄着拖把,看着那些进进出出的青年才俊的背影,想:哪个是我的学武啊?她坚信,只要是遇到了,她一定能一眼把儿子认出来,只一眼!哪怕是背影!可惜,她从来没想过,小时候那么聪明的学武竟然没上过大学,只读了个中专,甚至连中专都没读完,而他们的相逢,根本不是在什么大学食堂,也不是在富丽堂皇的超市,而是在一辆破旧的的士上。

她覃春秀想要我原谅她?我从哪里原谅她?她拐走了我的老公、害了我的儿子,这种血海深仇,叫我从哪里原谅?

邝美芸一边想,一边用手背抹了抹眼泪,她吸了口鼻涕,眼泪慢慢从眼眶里隐退。她漫无目的地在街上走着,内心里的怨恨像毒药一样散发在小城的各个角落里。她在怨恨中等待着两个儿子给她打电话。

等他们找到她时,已是一个小时之后,她已凭着记忆找到了白亚洲亲手建的那栋房子前,覃斌打开门,把他们安顿在屋里。

门吱呀一声被打开了,一种寒冷的灰尘气息立即包围着他们,经过白天那一场交锋,母子三人显得更加尴尬,谁都没有勇气开口讲话,空荡荡的寂静回荡在屋里。

邝学文对这个父亲住了十多年的房子,似乎还有一种陌生的熟悉感,他迟疑着站起来,这里看看,那里看看,仿佛还想在屋里探寻着父亲的气息。可邝美芸什么都不想了,她像一根松弛下来的皮筋,找了张床躺下来,只想着,天一亮,就把学武带走。

可她还是没走成。

凌晨五点多,医院打来电话,说覃春秀在卫生间下水管道的弯道上吊死了。半夜有病友迷迷糊糊上厕所,一进门,撞到什么东西，抬头一看，只见覃春秀吊在上面，舌头伸得老长，正被撞得旋转着、旋转着，她的一只鞋子还掉了，露出瘦骨嶙峋的青白色脚趾……那人立马昏死过去了。

等邝美芸赶到医院时，现场还没处理，卫生间外围着一圈警察，她挤进去时，覃春秀还挂在上面晃悠着，她一下接受不了，伏在墙上，拍着墙号啕大哭："都去死吧！都去死吧！只留下我这个孤老婆子受罪！"

说着，她又站起来，要去扯覃春秀："凭什么？凭什么？你们一个个这样就解脱了？凭什么！把包袱都甩给我？！"

学文一把抱住她，说："姆妈，姆妈，儿子在呢！"

邝美芸伏在学文身上失声痛哭。

学武也挤了进来，把挂着的覃春秀抱下来，一张纸从她手上飘了下来，他捡起来一看，上面只有六个大字：美芸姐，原谅我。

邝美芸捏着那张纸，愣住了。

在医院的太平间，她看到了覃春秀已经半身不遂的大姐了，她欠着身子，拉着邝美芸的胳膊，说："春秀走了，对她来说也是个解脱。只是，她对不起您。春秀说，她就不葬在亚洲哥身旁了，那儿留给美芸姐。"

她大姐用布满老茧又沟壑纵横的手拉着邝美芸，说一句，哭一声，哭一声，叹一句，眼泪鼻涕都抹在轮椅上，邝美芸还能说什么呢？

她和学武一起张罗着把覃春秀下葬了，葬在她娘家的小山村里了。

5

回家后,邝美芸什么话都不说,倒头睡了三天三夜,等醒来时,邝学文已整理好阁楼,中间拉了个帘子——以前给覃春秀住的阁楼,现在给覃露和覃斌住。他又跑前跑后,找了很多关系,把覃露安排到附近那所初中,住校,不怎么给他们添麻烦,反倒是邝美芸一副混吃等死的样子,让他担心。

霜降的第二天,堂兄邝四坊得信来到了她家。

邝美芸蹲在门口生炉子,邝四坊站在旁边看着,不无埋怨地说:"火熄了就熄了,你偏要去拨它!"

邝美芸披着穿了半个月的睡衣,满不在乎地回头看了他一眼,说:"我要不去吴县一趟,学武能回到这个家来?"

可惜学武是回来了,又带了个妹妹回来。这女孩儿真是让她添堵,长得太像二十年前的覃春秀了,不仅像覃春秀,仔细一看,脸上又处处是白亚洲,那眉梢、那下巴,还有那坚硬括挺的鼻头,那眉目时时在提醒她:她是他们操出来的!

邝美芸看她第一眼,就不想再看第二眼,看她一眼,就得花半上午平复自己的心情。她在自己家躲着覃露。她在客厅,她就去房里,她去阁楼上,她才出来上卫生间。如果实在要在一起吃饭,她就想方设法让自己的目光忙忙碌碌、四处游荡,坚决不与那张脸发生碰撞。

"也是。" 邝四坊半天才回了句。

"这些年了,你除了'也是',还会说什么?"

邝美芸呛了邝四坊一句,把门口的报纸撕了一页下来,用打火机点燃,想把炉子生着,邝四坊来了,她准备炖点汤,可报纸被雨飘湿了,冒出一股浓烟,把她呛得连连咳嗽。她扔了报纸,把脸别过来,想翻出几张干燥的,可没有,她突然想到了什么,站起来径直去了卧室,从衣柜里抱出一大摞记事本扔在地上。

"你知道这是什么吗?"邝美芸问。

邝四坊看了她一眼,摇摇头。

"这是白亚洲的日记,也算是遗书吧。"邝美芸凑近他耳边,小声说,说完,还神神秘秘笑了一下。

邝四坊被吓了一跳,说:"神经!"

可邝美芸不理他,自顾自地打开了盒子,撕下一张纸,上面写着:

1992年3月27日　晴

邝美芸瞟了一眼,满不在乎地用打火机把纸点燃,纸烧得很快,一转眼就被火苗完全吞噬了,差点儿烧着了她的手指。

邝美芸一哆嗦,把纸扔进了炉膛,又撕下一张。

"白亚洲呀白亚洲,你个初中都没毕业的包工头,要装什么文化人,还记什么日记,你记着给谁看呀!"邝美芸一边说,一边撕了一张又一张,炉子已经生着了,可她还在一张一张往炉膛里扔。

邝四坊无言以对,屋子里一阵沉默。邝美芸玩够了,把煤加在炉膛里,抱了日记本进来,丢在茶几上。

"看来那时候的白亚洲闲得很哪,写这么多。——当然,现在更闲了。"她一边说,还一边冲神龛上的他笑了。邝四坊白了她一眼,她也无所谓,拿起其中的一本,很快,就被日记的内容吸引了:

2003年,4月5号,清明节,也不能回乡去,老头儿老娘的坟,只怕被放牛的踩平了吧?我是想回去的,这多年了,也不怕丑了,可……以前我是干什么的?!现在却要靠她养、受她管。

5月6号,听说"非典"到汉口来了,发得很厉害,不知道他们娘儿俩怎样?原来把学武带回来,是不想要俩儿子都姓邝,看着他吃苦,我总失悔,现在看来是带对了,至少还能保住条命……

邝美芸眯起眼睛,小声地读起来,她继续往后翻着,可突然又迅速往前翻,重新念了起来。

"学武!是学武!白亚洲死的时候,老二还叫学武!"邝美芸叫起来。

邝四坊喝了口茶,看了一眼邝美芸,没吭声。

"白亚洲死的时候老二还叫学武呀,他是什么时候改的名?"她又说了句。

邝美芸开始认真看起日记来,一本,又一本,每一本上面,学武都叫学武,没有覃斌,只有白露,只有邝学武……她细细翻着,只觉得什么不对劲,手中的纸张又干又脆,邝四坊过来看了一眼,说:"被水泡过。"

正巧,客厅的纱门吱呀一声被推开了,学武领着覃露进来了,今天本来是他的白班,但覃露放月假要回家,他就换了个班。邝美芸本想起身给他们做饭的,但学武说,他们已经在巷子口吃过麻辣烫了,说着,兄妹俩就上了阁楼。

邝美芸在楼下拿着日记，半天才回过神来，学武从进门到上楼，一共才几分钟，一问一答跟她说了两句话，她站了半天，才想到要问："学武，你是什么时候改名的？"

阁楼上一阵沉默，帘子后的两个孩子都顿住了，隔着门帘邝美芸也能感到他们像两只受到惊吓的兔子，立起上身来，警觉地注视着帘子外的一切。过了半天，学武才说："爸爸死后两年多。"

"爸爸死后，你为什么要改名改姓？"

又是一阵沉默。

"那时候……妈没有能力养活我们，就……跟一个货车司机结婚了，他想要我们改姓，跟他姓，我妈不愿意，就把我们改得跟她姓了。"

"他就住在你爸盖的房子里？"

"是的。"

"那为什么要改名呢？"

帘子后没有声音，邝四坊插嘴道："那谁知道呢？也许是想着，总是改了的，不如跟过去一刀两断。"

邝美芸白了他一眼，又问："那后来呢？"

"后来他回东北老家了，再也没有回来。"

邝美芸好像问完了，阁楼上似乎松了口气，楼板似乎也跟着松弛下来，又发出细小的吱吱呀呀的声音。可邝美芸又突如其来地问了一个问题："你爸的日记浸过水？"

那一声问话，像咕咚一声投进了井里，明显激起了波澜，但没有得到任何应有的回应。两个孩子像约好似的，以沉默来应对一切。

6

冬至前两天，是邝美芸的生日，她正在混吃等死地往前挨，哪还记得什么生日不生日的，倒是学文，非要出去吃一顿，说是庆贺这难得的"团圆"。本来他也想借这个机会，让女朋友认识认识自己的家人，可她却说，这个节骨眼儿去，怕有些尴尬。

一家人在江边的满旗楼吃了顿涮羊肉，吃完后就顺着江滩逛了逛。学文在后面挽着邝美芸，学武在前面给覃露拍照，他们一会儿看看这个，一会儿看看那个，三步两步就跑远了。

"吃了冬至面，一天长一线。"邝美芸一边走一边唠叨着。

"这白日会越来越长，日子会越来越敞亮的。"学文连忙接嘴。

"大妈，我来扶您。"一阵江风吹来，有些凉了，覃露突然跑转来，拉住邝美芸的胳膊，想把她往前拖，邝美芸极不适应，轻轻拿下她的手，勉强笑了笑，说："我年纪大了，走慢点。"

平心而论，这丫头不讨人厌，干净利落勤快，学习也不错，知道邝美芸不喜欢她，就努力适应，努力融入这个家。邝美芸心里明白，因此也实在不忍心太给她脸色看，片刻之后，她勉强笑了下，拍了拍她的肩膀，说："明天叫大哥带你去买两件衣服，别老穿校服。"

"好，谢谢大妈。"说着，她回头冲邝学文笑了笑，学文也回应着拍了拍她的头。

没有人教，这孩子第一次见邝美芸就叫她大妈，这个称呼让邝美芸无可奈何，既无法接受，也无法拒绝。她心里是怎么想的？是怎么看待这上一代的恩怨？邝美芸完全看不出来，她似乎想努力忽略它们，好让自己平静，让自己能够在这个小家里寄生下去。她也真做到了，仅凭这一点，就比她父母强很多。

走累了，一行人在江边的沙滩上坐下来。学武坐在最前面，他把手搭在膝盖上，那双手就在邝美芸眼前晃，骨节粗大，紫红色，而且已经开始皲裂了，一阵酸楚从她心里泛出来，她扭过头，看着覃露，想努力找出点什么话来。学文似乎看出了她的心事，把她的手拿到手心里，轻轻拍着，说：

"老娘，你是有福气的人啊，将来老了，我们三个都要孝敬您的。"

覃露抢着说："是啊是啊，大妈。"邝美芸苦笑了一下，没吭声。

铅灰色的长江在眼前滞缓地流着，晚风很冷，刮着眼前只剩下枝条的柳树。一只轮渡从对岸开过来，孤独地长鸣了一声。

覃露突然说："大妈想知道爸爸的日记为什么泡过水吗？"

邝美芸一愣，看着她，等着她往下说。

"我们老家，也有这么一条江，听说爸爸和妈妈就是坐船回老家的。"

邝学文想打断她，他不想母亲在生日这天不快活，可邝美芸制止了他。

"爸爸的日记就是在那条江里泡过。"

"那一年的梅雨时节，爸爸趁妈去上班时，突然提着箱子走了，妈以为他不过是到哪里喝酒去了，可到了下午，他没有回来，那天晚上，他还没回来，而且，一个电话也没有，妈才慌了，求人四处去找。没有任何消息，第五天，有人在河边找到了爸的手提箱，箱子一直在河上漂着，打鱼人发现了，用网捞了，却发现是爸爸的日记，里面还有他最喜欢的几件大衣。妈见了爸的日记……他带走了他的日记……妈知道他不会回来了,她发了疯,到处哭着喊着找着,过了两天,从上游漂下来一具男尸,就搁浅在河滩上……人家说,身高个子都像他,穿着爸爸常穿的那件条纹衬衣……要我们去认尸。

"妈去了,她拉着我去的。那天很热,太阳很毒,水面上的太阳光像一万把钢刀,恶狠狠地要刺瞎我的眼睛,我穿着'六一'时买的新凉鞋,踩在河边洪水刚退的草地上,草丛里裹着黄泥沙,还夹杂着从远处飘来的木杆儿、树皮、破凉鞋帮儿。我们深一脚浅一脚走过去,木渣儿硬硬的,扎我的脚。那条路似乎很长很长,长得没有尽头,我只感到太阳光在眼前晃啊晃啊晃啊……

"妈很紧张,她拉着我,她手心里都被汗水沁湿了。

"爸爸就躺在那儿,很远,我们还没看到他,就闻到了一股恶臭。我知道,不能捂鼻子。我和妈妈一步一步往那里走,不知哪个好心人,用一张破篾席盖住了爸。等我走到那儿,一个好心的姨拉住了我,她跟妈妈说,叫我不要过去,并用手捂住了我的鼻子。妈妈掀开篾席,一群绿头大苍蝇爆炸般地飞开了,我还是看见了——爸爸已经腐烂了,河水把他泡腐了,他脸上的肉已经没剩多少……只看得见成群的蛆虫在他的眼睛里、鼻孔里迅速地爬来爬去,它们又大又肥,爬得很欢……

"我很快晕了过去,等我醒来时,知道妈妈也晕了过去。人们帮着妈妈把爸爸下葬了。

"有时候,我在想,这会不会是一场恶作剧?爸爸那么爱开玩笑,是不是他跟我们开的一个玩笑?我总在盼望着,有一天放学回家,一推门,爸爸就坐在堂屋的上首,抽烟、喝酒、待客,和他的那帮狐朋狗友吹牛……可爸爸再也没有回来。一年过去了又一年,直到妈妈要把我交给您,我才知道,爸爸真的死了。"

四个人都没有吭声,江风摇晃着没有树叶的柳枝,一会儿把它吹往这儿,一会儿又把它吹往那儿,那只轮渡靠岸停泊了,上面只下来很少的几个人,它在波浪的起伏下,孤独地摇晃起来,过不了几分钟,它又将开往对岸,也许死于这条唯一的航道,才是它的命运。

眼前的长江依然沉重滞缓地往前流,不知从哪儿升起一串孔明灯,红红的灯光暖融融的,映照着夜空。不多不少,正好七盏。

邝美芸站起来,说:"起风了,回家吧。"

回去的路上,覃露依偎着学武,邝美芸牵着她,从江滩大门出来的时候,邝美芸一眼就看到了家的方向,那栋小屋被淹没在林立的高楼里了,连一片瓦都看不见,但邝美芸知道,它就在那里。周边的楼层越建越高,只剩下这一小块处女地了,以前,她不想搬迁,是怕万一有一天,白亚洲回来了,找不到他们娘儿俩。前段时间,心里堵得慌,是因为觉得房子小,分的人多了,愧对了学文。而现在,她稳稳地走在地上,觉得自己每一步都走得踏实,她是三个孩子的妈。

7

这天晚上,邝美芸从白亚洲的大衣下,把那三大本日记都搬到了床头,借着旁边高楼里投射过来的灯光,开始抚摸那已经有些模糊的字迹。

二十多年前,世界是白亚洲的。

他刚娶了如花似玉的邝美芸,当上了老村支书家的坐堂女婿,紧接着下海了，凭着借来的半包烟，接到了第一批活，组织了建筑队，赚到了第一桶金。他在繁华的江汉路旁的小巷子里，买了一栋两室的瓦房，邝美芸又给他连生了两个儿子。像所有的暴发户一样，挥金如土自是不用说，他甚至请了个保姆，一个十七岁的小姑娘，专门照顾老二。

那个保姆就是覃春秀。那一年高考落榜，老乡把她带到了白亚洲的建筑工地上，提泥桶。眉清目秀的她很快吸引了所有农民工的眼光，包括白亚洲，他也上过初中，成绩优异但家里穷，没念完，这让他产生了一种惺惺相惜的感觉，他说：我最尊重有文化的人了。找了个借口，让她上家里当保姆了。那时候邝美芸爱打牌，下午肯定是要去的，有时候晚上还要打几场，后面的一切也就顺理成章了。

如果不是他们卷了学武逃跑，邝美芸可能永远都不会发现什么。

那天下午，邝美芸去幼儿园接了还在上大班的学文回来，刚进巷子，就觉得有什么不对劲，她没听到学武的哭闹，或是他蹒跚走路，拿小汽车在地上摔打的声音，也没有听到白亚洲的咳嗽声和说话声。她心里一惊：莫不是学武不舒服，他们送他上医院了吧。她走到门口，发现大门紧锁，她突然感到胸口发紧，突然就觉得有一个穿黑衣服戴黑帽子的小鬼跟上了她，拿了个麻布袋子，一下就把她给逮住了。她迷迷糊糊从景太婆手中接过钥匙，进门后才发现，白亚洲和小保姆卷了金银细软跑了，他们甚至拐跑了老二！她开始翻箱倒柜，当发现白亚洲只给她留了三万块时，她终于忍不住，一顿号啕大哭，她开始咒骂他们，咒骂白亚洲无情无义，咒骂小保姆不要脸，也狠狠地咒骂自己就是个傻子，他们谋划了那么久,怎么就毫不知情?绿帽子都戴破了,还每天乐呵呵的!你就是个傻子啊,邝美芸!

从此,白亚洲就从邝美芸的生活中消失了,任何人都没他的消息,有人说他跟着那个小保姆去了她老家,邝美芸后悔极了,怎么没有把那个小婊子的老家搞清楚呢?寻了半年,她才死心,不死心也没办法,那三万块能做什么呢?她没工作,儿子将来还要靠她,读书、上大学、娶媳妇……当妈的一下就想得那么远了。

她去打工了,跟各种工作较劲,跟各种人认识、相熟、吵架,征服对方。先是对白亚洲咬牙切齿地恨,后来就没力气了,不恨了,在各种工作的空闲,她常设想与他们父子重逢的情形,尤其是学武,他会长得像她,还是他?他比学文胖,还是瘦?高还是矮?哪知,她从没遇到过他们父子,至于白亚洲,那一别,甚至就是永别。

"亚洲啊亚洲,你为什么要瞎折腾呐?"邝美芸躺在床上,幽暗的月光从狭小的窗子里透进来,照着她的脸。

怀老二的时候,白亚洲就摸着她的肚皮说:"美芸哪,你给我生个姑娘,生个姑娘,我给你买金镯子。"

"人家都要儿子,你为什么要姑娘?"

"养姑娘,老了有酒喝。"

亚洲啊亚洲,怎么你偏偏是个短命鬼呢?从江滩回来的时候,覃露拉着邝美芸的手,她就在想:亚洲啊亚洲,这就是你想要的女儿吧?可你怎么就没有福气享受呢?

8

那一晚，邝学文也失眠了。他没想到自己的父亲死得那么惨。

关于父亲的印象，并不多，但这并不妨碍他从街坊四邻的口中，听出父亲曾经的辉煌。小巷子里有个哥哥叫小康，大人们就说：什么是小康生活？学文家以前的生活就是小康生活——所以，小康也是学文他爸的孩子。——这玩笑是多么的无厘头，可懂事的孩子也听出了弦外之音：在爸爸还没抛弃他们的时候，他家是很有钱的。再或者，前巷里出了个多么多么大的老板，人们就会猛嘬一口小酒，或者端着大茶杯，摇摇头，说一句：要是学文他爸还在，那绝对是千万富翁了——那头脑……

父亲刚走的那几年，他还曾收到过父亲的信。五年级的一天，教导主任突然交给他一封皱皱巴巴的信，说，这是你爸爸寄来的。爸爸？那个在他六岁就从生命中消失的人怎么突然又冒了出来呢？他怀着忐忑的心把信带回家，交给了母亲，可邝美芸接过信的第一反应就是把信撕了个粉碎，扔进了马桶，还嫌不解气，又在上面狠狠啐了几口，跟邝学文说：你哪有爸爸？没有这个人！他已经死了！进棺材了！

邝学文吓坏了。

后来学文还收到过几封信，不过他学聪明了，先偷偷把信看了才拿回家。还有一次他给父亲回信，告诉他家里的拮据，说妈妈上班了，他读六年级了——而不是他一直写错的四年级，他还学着大人的口吻说：爸爸你回来吧，回来吧，我和妈妈都会原谅你的，我们希望和你一起过上幸福的生活……写完之后，还重重地打上三个感叹号。

秋风别　327

那段时间，邝学文每天都在期盼着爸爸会从天而降，重新回到他们的生活中来，每当走到家门口，他总是先停住脚步，听一听，看看是不是有男人的声音。有一次，他突然听到男人说话的声音，而且其中还夹杂着咳嗽声，邝学文突然就飞奔过去，撞门的那一下他差点脱口而出——"爸！"可惜堂屋里坐着的是舅舅——邝美芸的堂兄邝四坊，他给他们娘儿俩送过年的腊肉来了。从那以后，邝学文就打算忘记爸爸，不再给父亲回信了，如果收到来信，他只是平静地放在门口的鞋柜上，也不再好奇邝美芸什么时候去看，看了之后会怎么处理。又这样过了大约一年，父亲不再来信，彻底从他的生活中消失了。

邝学文恨过父亲吗？肯定恨过，有时候他甚至觉得自己比母亲还恨，母亲的恨是裹在爱表面的，里子还是爱，有时候听她骂着骂着，就会明白，那些恨，全是因为爱。而邝学文呢？六岁，那时他还太小，还没来得及对父亲产生爱。他只知道，在放学的路上，拦住他擂肥的高年级同学最多，他们指着他的鼻子骂：

孬种！没爸爸的孬种！

而心里悲苦的他就真的哭了。

既没有爸爸带他去公园，也没有爸爸教他踢足球，连开家长会，爸爸都从来没露过面。在他的整个成长过程中，爸爸都是缺席的，以至于现在，他觉得自己个性中偏腼腆偏软弱的成分太多，都是在成长中缺乏父爱的表现。有时候他甚至猜测，爸爸是不爱他的，不然爸爸带走的为什么不是他呢？把他从学校接走不是更容易吗？

学文不明白，他那些写上"乡下爸爸收"的信件，爸爸从来都没有收到过。可是，即使收到了，他会回来吗？等他长大后，也不过是无奈地明白,即使他收到了,也不会回来的。

可是,爸爸竟然死得那么惨……绿头大苍蝇在脸上叮咬,蛆虫在眼睛里鼻孔里爬进爬出……黑暗中,不知不觉邝学文已泪流满面。

9

第二天一大早,邝美芸就上菜场买排骨了,她炖了一锅排骨莲藕汤,要趁覃露在家,把一家大小都补一补。这一家那摇摇晃晃的小破车,似乎从田间小路开上了康庄大道,有那么一段时间的平静。

小寒那天,街道在江滩组织了迎新年广场舞大赛,邝美芸跳舞三天打鱼两天晒网,没被选上,但是作为景太婆的啦啦队,她还是一起参加了活动。中午,街道派了盒饭,景太婆却撇了撇嘴,说:"我从不吃那个东西,米太糙,饭太硬,菜也不干净。"

邝美芸就说请她吃点别的什么,她摇了摇头,凑在邝美芸的耳边,低声说:"我请你。我们过马路,到武汉天地去吃。"

邝美芸对武汉天地并不陌生,学文他们公司就在附近的写字楼上,刚建成时,他带她来过两回,洋气得不得了,但很贵,随便一碗面就是四五十。她刚犹豫了一下,景太婆就小声说:"我请你,我有准备。"

两人挑了家台湾美食馆,喝了点儿粥,又吃了点儿点心,就顺着四处逛了逛。

"美芸,你看那个外国人,真是白啊,白得脸上的绒毛都看得清楚,真想拿刨子上去给他刨一刨,他旁边的那个女的——那个中国人，那脸尖的，怕亲她一下，要把脸锥出血吧。"

"你看你看，那是一对龙凤胎呢。哎哟，那小眼睛滴溜溜地转，是两个机灵鬼呀！唉，美芸，要是你家三个都生双胞胎，那可够你带呀。"

邝美芸小声说："那个女人长得就像我大儿媳，一样漂亮。她可是公司的前台呀。"

那个女人似乎听到了什么，回过头来，瞪了两个老太婆一眼，她们赶紧收回笑容，装作没事人一样，盯着眼前的绿化带，等她一走，两人又捂住嘴，笑个不停。

两个老太婆——一个资深老太婆和一个初生老太婆，在武汉天地逛了半下午，逛了精品店、花店、宠物店，在喷泉前晒了太阳，还吃了下午茶，快做晚饭时，才回家。

的士开到了巷子口，景太婆下了车来，还磨磨蹭蹭的，看着她，又迟疑着，邝美芸突然明白了，她一下午拉着她东逛西逛的缘由了，她一定是有话要说，这话又难开口，——可即便是难开口，也不得不听她说。这个孤老婆子，于她家有恩。她站住了，等着景太婆走过来，果然，她慢吞吞走过来，挽住邝美芸的胳膊，说："美芸哪，我今天叫你去逛街，是有个事……"

"么事？您家说吧。"

"美芸啊……"

"说呀。"邝美芸急了，她越是这样，越让她担心那些藏在她话头后的话。

"好吧，你别怪我多嘴啊……"

"你说呀。"

"学武对覃露，那不是一般的好……"

"兄妹两个,又遭了那么多罪,能不好?"

"我……说的不是这个意思……"

"那你说的是么意思?"

景太婆一副为难的样子,欲言又止,只用浑浊的小眼睛定定地看着她,邝美芸一阵天旋地转,什么都顾不得说,转身就往家跑。

她抹了把脸,就往阁楼上爬,爬到一半,又下来了,两个孩子不在家,上去干什么?她一屁股跌在沙发里,呆呆看着门外,太阳已在一瞬间失去了热度,她的手和脚已感受到了正在慢慢围拢过来的夜晚的凉气。

这天晚上,邝美芸勉强支撑着做了饭,可没人回来吃,覃露住校,学武上晚班,学文也没回来。邝美芸在屋里走来走去,走了半个小时,还是忍不住给他打了个电话。电话那边很吵,是学文的好哥们儿接的,他们喊她"干妈",说,学文喝得有点高了,但请干妈放心,他们会保证学文的安全。

邝美芸挂了电话,心里有几分失望。学文的哥们儿是吃着她做的饭长大的,这会儿还喊她干妈,还在电话那头那么热络,让她一点点在寒冬里凉下去的心又有了一丝热气,可她还是担心学文,跟朋友在一起,证明就不是公司应酬,不是应酬还喝那么多酒?这哪是她从小摸大的儿子?学文跟着她吃了苦,这苦苦到了孩子的骨头里了,所以他处处忍让,处处谨慎,跟朋友聚会喝高了?莫不是他有什么烦心事?

邝美芸窝在沙发里,看着天色迅速黑下去。冬天的黄昏总是这样短,黑夜总是还没等人回过神来就来临了。小屋里太安静了,外面的车水马龙声越发拥挤着破门而入,小餐桌上的火锅正咕噜咕噜地冒着热气，开了又熄了，熄了又开了，一锅汤已煮沸了几次。每到冬天，邝美芸就喜欢炖汤，炖了汤一家人大吃一顿，汤尾子早上下面下豆丝过早，晚上煮火锅，再烫点青菜，又营养又美味，一家人围着火锅吃得热气腾腾的，多好。可这会儿，家里只有她一个人，汤煮沸了，咕噜咕噜掀着锅盖，发出噗噗噗的响声，还溅出不少汤汁来，她叹了口气，一欠身，把火锅的插头拔了，可偏偏不巧，就在这时候，家里的日光灯管闪了一闪，瞎了。邝美芸一抬头，只在眼里留下一个狭长的光明的影子，就陷入了浓郁的黑暗之中了。

她摸索着走到沙发边，又一屁股跌了下去，顺手抓了条薄毯子搭在腿上，多年又当爹又当妈的生活，让她患上了许多老毛病，风湿是其一。在黑暗中，她靠在沙发上，想着大儿子。从她在的士上遇到老二起，就没再替老大想了，他当初是不大欢迎老二回来的，当妈的看在眼里是一清二楚，可她觉得他不该，不想替他想，装作看不出看不懂他的不乐意。可这会儿，她一个人坐在没光亮的小屋里，听着外面潮水一样涌进来的热闹，和小巷子里各家的煎炒烹炸声，她最想的还是学文，他是她摸顺了的狗娃，是打过骂过冬天还是会偎着她脚睡的小狗，是养家了的雀。作为一个母亲，我是不是太自私了？明明是一根短篙却偏偏要撑大船？

她想起学文小时候，她出去做事，要把他丢给景太婆。他怕，不愿跟她待在一块儿，拽着邝美芸不让她走。她骑在自行车上，叫他松手，他哭着闹着，不松，吼他吓唬他，还是不松，她踩动车子，他却拉着衣角跟着跑，绝望地叫喊着。她心一横，加快速度，她看着儿子慢慢倒下去，趴在地上，绝望地仰起头看着她的身影拐弯、消失在巷子里。

穷人的孩子没资格娇气，邝美芸把心一横，越骑越快，让眼角仅有的那一丝眼泪风干在寒风里。

不知这样过了多久，邝美芸被弹簧纱门嘣的一声脆响给惊醒了，她本能地喊了一声"学文"，一睁眼，却看到门口空荡荡的，从隔壁景太婆家里射出一束橘黄色的光，把她的剪影投射在地上。她在门框里站着，往里走了几步，又往外走了几步，犹豫着，在门框里朝耳后捋着头发。

邝美芸也没吭声，她的眼睛已经适应了黑暗，一掀毯子，她坐了起来，抹了把脸，把阁楼的梯子搬过来，小心翼翼爬了上去。

学武的被子没叠，堆在一旁，覃露的收拾得很干净，枕头旁放着一套校服，墙壁上还挂着一套。似乎没什么异样。但邝美芸闻到了空气中充斥着一股皮肤油脂的味道，这味道她太熟悉了，是白亚洲遗传给两个儿子的，两个都是一身油皮肤，几天不洗澡换衣，就散发出这种味道。邝美芸弯腰走到学武门口，弯下腰闻了闻，一股浓烈的味道，她又转身，走到覃露床上，伏在床单上闻了闻，有一股气若游丝的相同味道。邝美芸知道，覃露的皮肤白白嫩嫩，闻起来有一股淡淡的幽香。

10

"怎么办？"

邝美芸一夜未眠，第二天在门口望了又望，学文还是没有回来。可能直接上班去了吧。邝美芸小声地跟自己说。她很想跟学文说说，不说全，透露一点那意思，学文就应该会明白的，他也许马上就会想到解决的办法。以前，她是儿子的依靠，等他慢慢长大了,他就慢慢成了她的主心骨。可在这个难关,他却不露面。

学武倒是回来了,可是他倒头就睡,根本没给她说话的机会。她把学文床上的被子拆洗了,晾在太阳底下,又在屋里坐了一会儿,可是坐不住,胡乱吃了点儿东西,搭下午的车赶回了老家。父母早已离世,也没有别的兄弟姐妹,这些年,一直为穿衣吃饭奔波,连个说心里话的姐妹都没有。她找到了刚从地里回来的邝四坊,这些年,也只有他对他们娘儿俩不离不弃了。他已经不跑长途运输了,一个人在老家侍弄点儿庄稼,邝美芸在暮色已至却还未点灯的堂屋里,把问题丢给了他。

邝四坊沉默着,他看不清邝美芸的表情,猜不出她的想法,啪的一声打开了电灯,还未完全亮起来的白炽灯照着邝美芸,一脸的愁容,苦得像个腌了的老黄瓜。

"孩子们应该也没有,不至于。"

"我也是这样想的!"邝美芸心里的最后一根救命稻草得到了印证,她急切地打断他的话。"可……"可等冷却下来,她还是感到说不出的烦躁。

"也许只是……"

"我的命怎么这么苦啊。"邝美芸没接他的话,没来由地来了这么一句。邝四坊看着她——看着那个腌了的老黄瓜,脑袋里的神经突然就飞远了。

"怎么办?你倒是说说怎么办啊!"邝美芸突然又急了,一句话就把邝四坊的思绪拉了回来。

"这,"邝四坊也跟着急了,"让学武出去租房子住?"

"不行,"邝美芸坚决地说,"他才回到家,他在外面吃了多少苦?又让他出去租房子,那不行!"

"那,让覃露出去住?"

"我把她转回来上学,你招呼她。"

"这,"邝四坊犹豫着,"你把她撵回来?像什么话?再说,我一个半大老头子,非亲非故,招呼个小姑娘,也不太合适。"

邝美芸没吭声,她也知道这个主意不实际,皱着脸呆坐了片刻,突然说:

"我走了。"

"这么晚?哪有车?"

"不走不行,免得坏了你的名声。送我到镇上搭车。"邝美芸一边说,一边站起来抓了桌上的手提包,从进门到走,邝美芸只待了半小时,邝四坊才想起,连一杯水都没来得及倒给她喝。

"那你打算怎么办?"

"哪有什么好办法,走一步看一步了。"

邝四坊也不吭声了,他知道邝美芸这么远跑回来,也不是真要向他讨什么主意,只是想把心里的苦水倒一倒。

冬天,天黑得早,太阳一落山,就冷下来,村子也就更安静了,家家关门闭户,邝美芸和邝四坊出了村子,走到大路上。旷野里的风擦着地走,卷起一片一片的灰尘和枯草,细瘦的下弦月照着灰白的水泥公路,像朗月的小时候,一桩一桩旧事,像少年时赶场去看的电影,一幕一幕浮现在眼前。两个人心事重重,都没有讲话。一片黑松林陡然出现在眼前,邝四坊恨不得跺脚,懊恼地说:

"光顾着想事情了,不想抬脚就走到了这里,这里近,脚走习惯了。"说着,伸手就想去拦邝美芸。

冬天的旷野,无风树也要摇三摇,这个两山之间的豁口,松针正发出凄厉的叫声。邝美芸叹了口气,——又像是深吸了口气,摇了摇头,说:"走吧。就走这里吧。"

邝四坊还在犹豫,邝美芸已经抬脚走了进去。

这片松树林在镇外的小山脚下,以前是一片乱葬岗,现在仍处理些夭折的孩子,所以这里的松树从来没有人砍伐,都长得又高又壮,密不透风,不论是白天还是夜晚,走进去就看不到天。

邝四坊也跟着走了进去。这儿是去镇上的小路,比走大路要快半个多小时,以往上街办事,走过无数次,他心轻,从来没想过什么,可这次不同,是跟邝美芸一起走,心里就有些五味杂陈了。

"你说,自从在这松树林里遇到那么一遭,我这一生,就遭了几多罪。"邝美芸说。

邝四坊站住,他想说,是的,你的一生就拐了弯儿,然后就不停地拐弯,像在走老家的路,不停地上坡下坡。可他嘴笨,说不出来。他还想说:你恨我吗?这句话他会说,可他又不知道能不能说,所以他站着,不吭声。

邝美芸像是听到了他心里的声音,摇了摇头,说:"早就不恨了,从哪里恨起?要恨我也只恨自己当初怎么那么大胆?怎么那么爱看电影?要恨也只恨我爹我娘怎么不送我?要恨也只恨白亚洲答应得太快。"

三十年前,邝美芸十七八,爱看电影爱得要命,三乡十八村,哪里放电影她都要赶去。有人打趣:美芸,你就嫁给那个放电影的吧。邝美芸说:好嘞!可邝美芸却恋着邝四坊。他俩是堂兄妹,但邝四坊是远房亲戚过继给大伯的,因为这堂兄妹的名分,两人一直不敢挑破。那年处暑,镇那边有家儿子考上大学了,准备连放三场电影，邝美芸约着女伴就去了，回来的时候，没想到走散了，一着急，她就抄了近路，结果在那片黑松林里，遇到了一个浑身酒气的家伙。

她以为是邝四坊来接她了，等走近一看，发现不是，可已经晚了，那人拖住她的双腿，拖到林子深处，把她按在小土包上强暴了，她撕呀咬呀骂呀，都无济于事，等那人系上裤子跑了时，她才知道嘤嘤地哭。可哭有什么用呢？等邝四坊真正找来时，她抱着他又打又骂，恨他来晚了。看着她衣衫不整的样子，和没来由地哭闹，再木讷的人也明白发生了什么，他木木地抱着她，继而松了手，往后退了一步。邝美芸还沉浸在自己的悲痛中，拽住他的手，跺着脚，说：

"你去跟我爹说，我们明天就结婚！明天！"

邝四坊只说了一个字："这……"抱着脑袋转身就跑了。

邝美芸一下被扔到了更深的黑暗里，一种比被强暴更可怕的感觉掐住了她的脖子。她该回去，可回去怎么面对爹娘？怎么面对那些好朋友？怎么面对村民们那一张张喜欢煽风点火的嘴巴？邝美芸一刻也没再想，她解下裤腰带，要吊死在一棵最高的松树上，她要让邝四坊后悔，要让进进出出的村民害怕，要让那个强暴她的人天天做噩梦！

等她找到那棵最高的歪脖子松树，爬上去，把裤腰带系在上面时，她又害怕了，她怕自己吊在上面几天几夜不被发现，发臭了，长蛆了，她也害怕再也穿不了花裙子，看不了好电影，更怕爹娘伤心。一想到爹娘，她就更伤心了，他们只养了她一个，娘四十多岁才生的她，出门时，爹还在问，要不要他送……她抱在树上，嘤嘤地哭得正伤心。一个男人走了进来，被乱葬岗里的哭

声吓着了,可他没有像一般人那样跑掉,而是定住脚,冲着树上大喊了三声:

"谁?是谁?谁在那里装神弄鬼!"

邝美芸反而被吓住了,止住了眼泪,哭哭啼啼地说:"你管是谁?走你的路!"

那人这才借着依稀穿透进来的月光,循着声音,找到了树杈上坐着的邝美芸。他后退了一步,大喊:"你!坐在上面干什么?你,是人是鬼?"

"是鬼是鬼!吊死鬼!你还不快滚!"邝美芸由伤心变成了愤怒,一边说着,一边褪下凉鞋朝那人砸过去。

那人一蹲身,把鞋接住了,举到眼前看了看,是真鞋,没变成骨头骷髅什么的,他又往上看,看到了挂在树杈上的那根红色裤腰带,顿时明白了——一个想不开的小姑娘。他把凉鞋往屁股底下一垫,坐了下来,开始做她的思想工作了。

半个小时后,邝美芸自己从树上爬了下来。那个男人把她送回了家。三天后,等邝四坊翻来覆去想清楚,鼓起勇气要去跟叔父摊牌时,白亚洲已经成了邝家的座上宾,他请了大队的会计做媒,提了一瓶酒,两斤肉,上邝家提亲来了,很快,他当上了邝家的坐堂女婿。

没错,那个男人就是白亚洲。

"是的,自从那晚后,你就走了山路,然后不停地翻山越岭,上坡下坡……"邝四坊终于把那句话完整地表达了出来,"要说白亚洲有恩于你,你也还得差不多了,这些年,你替他扛得太多了。"

"他们一死百了,包袱已经丢给我了,我还能怎么办?"

邝四坊不吭声。

"把覃露塞回去？送回吴县？"邝美芸一边说，一边摇了摇头，想到老二那双粗大皴裂的手，她实在不忍心把那棵沾花带露的青苗送回山里，这个孩子，在诉说白亚洲死亡的时候，用她潮湿的手心捏着她的手，她怎么忍心把那双小手打开？

"那你说怎么办？"

"白亚洲啊白亚洲，你真是造孽啊！"邝美芸也知道没有办法，出黑松林的时候，她喊了一嗓子，狂风像一个贴着地疾驰的妖怪一样，一口就把她的声音给吞没了。

11

邝美芸到镇上叫了辆面的，把她送去县城，本来打算赶末班车回去的，后来想了想，索性等到班车收班，给学武打电话，叫他来接。学武在电话那头很平静，问了地点，答应把车上的客人送到后就马上过来。

邝美芸在客运站坐了半个多小时，等到了学武，刚上车，他什么也不说，就递过自己的保温杯来，邝美芸就着儿子的杯子喝了几口。

学武也不问她干什么去哪儿了，发动车子就往回走。上了高速，车子平稳了，邝美芸以为他要说点什么的，可整个车厢只听得到车轮摩擦路面的沙沙声和某些零件的咔嚓声，学武什么也没说。

"学武，今天的收入怎么样啊？"还是邝美芸打破了沉默。

"还行。"

"别担心啊,妈今天给钱。"

"不用,妈。"邝学武平静地说。

邝美芸不知道再说什么了,有一种念头突然跳进了她的脑海里:儿子是不愿回到这个家的。这让她心里一紧。

老二回家后,似乎从来没像她那样激动过一回,对她和学文以及这个家,总保持着礼貌性的隔膜,邝美芸总以为是他性格内向的原因,以为他在适应。但在这个狭小的空间里,他一天要待十几个小时的车里,也对母亲保持着本能的抗拒,这种感觉说不出来,但很明显,它真实存在,他警觉地待在那个铁栏杆后,拒绝和母亲的气息交融。

幸好电台里有人讲话了,对方问:伙计们伙计们!长江二桥堵不堵?去沌口,走三桥,还是走二桥?

里面马上有人回答:你要是不想在二桥上过夜,那肯定走三桥了。

学武伸手关了电台,说:"都是'闹眼子',这样问,就是为了多绕点路。"

邝美芸恍然大悟,想嘱咐儿子:这样的事你可不能做。但似乎又觉得多余,正在犹豫的时候,学武打开了收音机,就这样,车厢里被轻音乐充满了,邝美芸再也插不上话了。

临到下车,学武突然说了句:"妈,你能对露露好一点儿吗?"

邝美芸一愣,没想到学武会这样跟她说,她很想反问一句:我对她不好吗?可是面对这个刚回到家,还没有和她建立起感情来的儿子,她努力挤出了一丝笑容,说:"妈在尽量对她好呀。"

学武似乎在努力地寻找词汇,或者说在努力地将谈话推进,他皱了一下眉头,说:"不是,你很讨厌她,这,很明显。"

邝美芸没想到儿子这样拆穿了她,她很想发火,很想大声说:你不觉得你娘已经做得够好的吗?你认为呢?儿子!我也想爱她,可我爱得起来吗?可她吞下了怒火,说:"我在尽量对她好,儿子。"她把尽量两个字加重了语气。

站在冬天无人的路口,学武想再说一句,可他看了母亲一眼,还是没有说出来,邝美芸扶着后车门,哈出一团又一团的白气,也终于把想说的所有话都咽了回去。母子俩都错过了这个最后的交谈的机会了。

邝美芸借着对面高楼上的灯光,深一脚浅一脚走回家,在那不长的几分钟的摸索过程中,她想了很多。如果说这件事有唯一的解决办法,那就是她带着覃露出去租房子。

她不想再次失去儿子。

12

邝美芸打开门,扭亮门口的小灯,屋里一片漆黑,学文已经睡了,小房的门没关,睡梦中他的呼吸声均匀地传过来,邝美芸的心安定一些了。

她没换鞋,走到儿子门口的沙发上坐下来,闻着小平房特有的各种复杂味道,听着儿子的呼吸声,靠在沙发上打盹。五十多岁的人了,她已经不起这样那样的折腾了。

不知过了多久,一阵《春秋亭》的唱段把她惊醒,学文不知什么时候把她的手机铃声调成了这个。是邝四坊打来的电话,问她到家没有。

"到了。一个孤老婆子,会有什么闪失?"她说。

挂了电话,她听到小房里传来学文的梦呓。这孩子,从小到大跟着她吃了太多苦,老睡不踏实,小时候尿床,长大了说梦话。邝美芸正想着,又一阵电话铃声响起,她四下里看了看,发现是学文的手机,正在身前的茶几上旋转呢。

这么晚了,要不要叫醒学文?还是不要吧,这么晚了,会有什么重要的事情呢?吵着了他睡觉明天一天又没精神。邝美芸这样想着,身子往前欠了欠,却发现是学武打来的,便滑动手机屏幕,接通了电话,那头果真是学武,他说:

"哥,我看到你女朋友了……"

"啊?"邝美芸"啊"了一声,似乎没回过神来。

"哦,是妈啊。"学武愣了一下,说,"怎么是您接呢?"

"你哥睡着呢。"

说着,学武就要挂电话,邝美芸在那头急切地说:"喂喂喂,你说的是么事?是个么意思?"

学武犹豫了一下,但还是禁不住邝美芸再三追问,吞吞吐吐地说:"我看到哥的女朋友了,喝得醉醺醺的,被一个男人抱着上了大奔……"

邝美芸只感到血一阵阵往脑袋上涌,嘴里只吐出了两个字:"大奔?"

"豪车……"

"好车?"

邝美芸慢慢明白这些天学文的消沉了,脑海里浮现出那个紫头发的姑娘被人抱着的样子,只感到脑袋被成千上万只蚂蚁在啃食,这是怎么回事呢?新房都装修好了,睡了也不下一百次吧?她不知道自己怎样挂的电话,又怎样坐到沙发上的,直到手里的手机再一次响起嘀嘀声。

嘀嘀，嘀嘀。那悦耳的声音不间断地响着，催着邝美芸去看一看。

现代人的秘密啊，全在手机里。学文曾这么说过。那么……邝美芸想。可邝美芸不知道密码，她试着输入几个数字，错误，又试了几个，还是错误。手机提示需要过几分钟才能再试，她又试了几个，仍然错误，间隔的时间越来越长，她强迫自己冷静下来，突然，她想到学文给了自己一张卡的，每个月，他会给她存些生活费，这个密码和那个密码有没有关系呢？她小心翼翼地输了四个数字进去，果然，手机成功解锁了。

接下来的事情，就不那么难了，邝美芸用的就是智能手机，虽然没有这个的功能强大，但操作起来也不至于陌生了。

邝美芸点开QQ，可人数那么多，她不知道哪一个是自己要找的，想了一下，她还是点开了短信，一条一条往下翻，她看到一条带锁的短信——这个学文教过她，这样的短信可以保存得更久，是好长一条，上面写着：

> 邝学文，你就放手吧！我的那些朋友，都是开保时捷的，最差也是大奔，你不会给我买个大众吧？遇到你是我的空窗期，你才有机会的，我当时想，你读过书，跟那些人不一样，你年轻，还有机会，你家还有一套老房子，将来拆迁也是一大笔，可有你家这样的吗？突然冒出来一个弟弟，还带回来一个妹妹！莫名其妙！姐姐我在外面阅人无数，我累了，只想过安稳日子，不想那么复杂，也不想再为钱操心。我不属于你，你消受不起，找你的妹妹去吧。

邝美芸握手机的手开始发抖,愤怒顺着脊背噌噌噌地往脑门上蹿,她闭上眼睛,深深地吸了一口气,又低头把短信看了一次,她要把这条短信记在心里,好让自己的恨意盖过那些不舍。她的儿子想必也是这样想的,才把短信带锁的吧。想到儿子,邝美芸又朝他睡的小房看了一眼,儿子,你要挺住啊,世上好女人多的是,不是你消受不起她,是她消受不起你!

邝美芸把手机放回茶几上,站起来自己给自己倒了杯水,喝了半杯温开水,她的头疼似乎好些了。这个晚上,是不可能再睡得着的,她慢慢地在小屋里踱步。

莫非我错了?我真的错了,我不该把学武领回来的?莫非真的是短篙子撑不了大船?

眼看着时钟滴滴答答往前走着,过了一点,过了两点,凌晨三点了,外面渐渐安静了,没有笑声,没有说话声,没有醉酒胡闹的声音,连汽车的喇叭声也稀疏了,学武就快回来了——想到学武,邝美芸又想到了那个棘手的问题。她想起白亚洲,亚洲啊亚洲,难道我真的错了吗?错的明明是你,可为什么陷入万难的却是我呢?

邝美芸起身把白亚洲的日记搬了出来,现如今,白亚洲就像春汛时的一条江鲶,入水就不见了,他已化在那水里了,留下的念想,只是那件大衣和几本日记。他走了太多年,大衣上的气息也随流动着的空气消逝在那座小城里了,想着覃春秀一定抱着这件衣服哭过骂过怨过,邝美芸就不想再看它一眼,她打开了他的日记本。

白亚洲一直是喜欢女儿的,日记里记载了覃露成长的点点滴滴。2000年，她出生了。

9.23我终于是儿女双全的人了，老天爷待我不薄啊！——白亚洲是这么记载覃露的降临的。不，那时候她还叫白露。

后面还有，三朝，满月，抓周……一年又一年过去了，白亚洲的日记里，写女儿的比儿子的多，似乎这个木讷内秀的儿子并不太招他的疼爱。到第四年，也就是他去世的那年，女儿突然从他的日记里消失了，一个字都没有，邝美芸又往后翻，想找到原因，可是没有，前一天白亚洲还和朋友带她去公园，去枇杷树上摘枇杷，后面突然就消失了，陡然多起来的，是对学武的愧疚。

是什么让他记起来他还有个没娘的儿子呢？邝美芸想，这之间，一定发生了什么。可是，关于那样的一件大事，白亚洲并没有记录。

邝美芸往前翻又往后翻，想找出点什么痕迹，可什么也没有。

屋外下雨了，噼里啪啦打在黑瓦上，铿锵有声，一时间让邝美芸恍惚觉得是在下冰雹。莫不是下雪籽了？回过神后，邝美芸打了个哈欠，几近麻木的双腿似乎感觉到了野猫轻轻撕咬般的疼痛，她捶了捶双腿，站起来，正准备合上日记本，却突然发现手上捏着的几页非常松——那几页之间的装订线似乎特别长，多出来一截，再往后翻，发现也有同样的情况——在那个年代用过日记本的人都知道，这说明中间有内容被撕掉了。

邝美芸的睡意全无，她急切地往前查找，很快发现中间有一个多月完全没有任何记录，相对应的，后面也缺失了一个多月的。白亚洲的日记不是每天都记，打鱼的时候少，晒网的时候多，但一个月什么也没有的情况却很少。她很快肯定：这本日记被人动过手脚了。

谁会去动这本日记？

排除一切可能，只有覃春秀。

为什么？

邝美芸的脑海里突然闪过一个可怕的念头，血液顿时就冲到了她的脑门上——未必吧？她想强迫自己冷静下来。——不至于吧？她劝自己，可怒火和冲动，甚至是想要报复的冤屈和快感让她又不得不顺着这条思路往下翻滚。

她合上日记本又打开，头脑涨得发热，盲目地来回翻着，眼睛突然落在倒数第二篇上，白亚洲投江的倒数第二天，他写道：学武，我唯一的牵挂……邝美芸再也看不下去了，啪地合上日记本，站起来，好个覃春秀啊！真是个不要脸的臭婊子！铲你两巴掌真算便宜你了，应该挖坟掘尸，让你暴尸街头！她不由得低声骂了出来。

是的，就在那一瞬间，覃露那张脸上所有的白亚洲都在隐退，最后消失不见，只剩下覃春秀在笑。是的，那孩子有些地方是像白亚洲，可也能说像别的人，牙齿，就像极了景太婆，眉毛，倒像前面巷子里的小孙……只有这种解释，所有的一切才说得通——白亚洲的自杀，学武和覃露的亲昵——这两个孩子一定也知道！

邝美芸长叹了一口气，在屋里来回走着，她想把所有的悲伤和怒火都压在心里，压在舌头下，咬死在牙齿上，可她实在是没能忍住，这篇日记，把她想努力按捺的所有的苦和怨都变成了沼气，小孩在窨井盖上放的一个炮仗，把她一辈子深埋的积怨都点燃了，那所有无处发泄的仇恨和怨念需要一个去处，所有恶毒的念头，从她的七窍里冒出来了，在这个雨夜里，在这个小房子里，像蘑菇云一样爆开了。

13

第二天第三天又接连下了两天雨，这个冬天阴冷潮湿得让人绝望。邝家还是没人回来吃晚饭，邝美芸靠着堆在墙角的几棵大白菜和那锅汤度过了两天。第三天，邝四坊带着两袋糍粑豆丝来了，吃了午饭，他就要走。邝美芸看见他冻得通红的大手和单薄的棉袄，平生第一次对他动了恻隐之心。

"这天寒地冻的，又下着雨，赶车不方便，你就在这里住一晚吧。"

邝四坊有些意外，看着她，问："那睡哪里呢？"

"睡哪里？打地铺呗！还能睡哪里？"

邝四坊不作声了，搓着手，欢天喜地地留了下来。

到了半下午的时候，邝美芸把炭炉子从外面拎了进来，放在小客厅里，一边烤火，一边在上面烤些红薯糍粑。电视里热火朝天地放着九几年的春晚，但两个人都没看，只当是制造点声音。

邝四坊后来一直没找对象，他笨嘴拙舌，加上家庭条件不好，年龄慢慢就拖大了，老二出生后，听说有人给他介绍了个四川女子，可白亚洲一跑，那桩婚事也给吹了。邝美芸那时候生活在仇恨之中，什么都顾不上关心，等她知道时，已是告吹半年之后了。他年轻时天南海北地跑着，现在一个人生活在老家，穿衣吃饭、缝缝补补，样样都要自己动手。

"一年比一年冷，今年更是冷得出奇。"邝四坊嘴里哈着气，在炉子上方转动着双手取暖。

秋风别

"还没到时候呢,大寒才冷——一候鸡乳,二候征鸟厉疾,三候水泽腹坚。"

"这些个老皇历你还记得呢。你爸传给我的几个老方子,都忘得差不多了。"

"他老人家能干,可惜就是没生个儿子……"

看到邝四坊小心翼翼地把红薯捏了捏,又小心地翻了个面放在炉子上时,邝美芸突然觉得,自己一生的悲剧,其实错不在于他。

"我看了白亚洲的所有日记,发现覃露有可能不是白亚洲的。"她朝阁楼上望了望,小声地把这个秘密说了出来。

"啊?"邝四坊只啊了一声,然后吃惊地看着邝美芸。"这?"过了半晌,他才又说出了一个字。

"事情不好办了。撵走不好,白养我不愿意,眼看着这房子就要拆迁了,难不成我还要给她分一份?"

"那……?"

"你说那两个,"邝美芸朝阁楼上努了努嘴,"到底怎么样了?如果她真和老二那样了,我倒觉得可以,那覃春秀欠的债她女儿就一笔还上了……"

"这个,我没看到,我不知道啊。"邝四坊又搓了搓手。

小房子里陷入了沉默,只听到火苗滋滋舔着糍粑和红薯的声音,一小块圆糍粑熟了,鼓起一个大包,上面刺啦冒出一串青烟,电视里冯巩在大声地说:"亲爱的观众朋友们,我想死你们啦……"

邝美芸往后一靠,窝在沙发里,脑海里浮现出覃露说话走路的样子,可那孩子言行举止端端正正,不像个不正派的样子,这两天她又上阁楼翻了个遍,没发现什么乌七八糟的东西,就连楼下的垃圾桶，她都翻了，没有发现任何蛛丝马迹。关于景太婆，邝美芸是怕她的。她守寡多年，独生女儿嫁去上海之后，她一直独居，张家媳妇对公爹多笑了两下，李家媳妇借递扇子的当儿摸了一下赵家先生的手，赵家的丫头为张家的小子堕了胎……她全通过自家那黑漆漆的小窗口看在眼里，而且越往后，越证明她洞见的深切性。可是，她就没有可能看走眼吗？当然也有可能的，因为在她眼里，太阳和月亮底下，就没有正常的事。

"那你再住几天吧，帮我看看。"邝美芸说。

邝四坊心下自然是高兴的，一来是可以在邝美芸身边再待几天；二来，他可以跟学武聊上几句了。他很喜欢学武。当年，他代表邝美芸的娘家来给学武抓周，学武爬到他面前就不走了，抱着他的脚要啃，把他抱起来，他就不下来了，直到在他身上撒了一泡尿。邝美芸的老爹连声说"他喜欢你，他喜欢你"，一句圆场的话却让邝四坊觉得自己和这孩子心有灵犀。后来，这孩子丢了，他四处去找，硬是把一桩婚事给告吹了。现在他回来了，听说在开的士，而他也当了一辈子货车司机，你说，这不是缘分是什么？邝四坊更加有理由相信，抓周那天学武的举动不是一般的巧合。

14

下午四点多的时候，学武的觉补足了，从阁楼上爬了下来，他饿了，可邝美芸被景太婆拉着去街道开"搬迁动员大会"了。邝四坊自告奋勇，去巷口买了点儿卤菜，又手忙脚乱地弄了两个小菜，跟学武喝上了。

"唉,你可不能喝,"邝四坊连忙拦住他,"我才想起来,你要开车的,你妈要是知道我邀你喝酒,非拿斧头劈了我不可。"

"不开,今天休息,刚才白班给我打电话来,车坏了,在修。"

"哦,是这样。"邝四坊很高兴,就给学武满上了。

"以前我爸爱喝酒,喝多了就闹,我特别讨厌,可等自己到了这年纪,竟然也觉得酒香。"

"也不是酒香,是没有酒,这日子就过不香。"

"对!"学武对他竖了竖大拇指。

舅甥二人就这样打开了话匣子,你一言我一语,喝开了。

等邝美芸和景太婆一路说笑着回来时,邝四坊已经靠在门口睡着了,污秽的东西吐了一地。

"这冷的天睡在这里,不会冻死了吧?"邝美芸伸手拍了拍他的脸,"还好,是活的。"两人将他拖到屋里,却看到阁楼的木梯上、沙发上、小客厅的地上,到处扔的是学武和覃露的衣服。

"这?"两个老女人互相用惊恐的眼神看着对方。

"美芸,我终于帮你办了件正经事……"经过一番搬动,邝四坊醒了。原来他和学武正喝着时,覃露回来拿冬衣,就在家里吃晚饭了,"我一看,给学武的酒里加了点东西,顺便也给覃露加了点……"

邝美芸一阵头晕目眩,景太婆上前一步,扶住了她,对她摆了摆手,示意她不要慌张,她撑在木梯上,想爬上去看个究竟,景太婆又拉住了她。

"有什么,也晚了。"

她说着,把挂在梯子上的覃露的小背心摘下来,一卷,包在她的毛衣里,又塞在她的羽绒服里,搁在沙发上。

邝四坊又睡着了，小屋里寂静无声，嘀嗒行走的时钟把时间无限扩展和延伸。

邝美芸感到害怕了，要是万一，我猜错了呢？她坐了下来，摊开了覃露的羽绒服，从毛衣里拿出了那件小背心，拿到眼前，附着在上面的少女的体香随即飘散了开来。

邝美芸把背心扔在沙发上，想站起来，可头似乎更沉重了，她只好扶着墙对景太婆说："你回去吧，我想睡一会儿。"

可景太婆却从这句话里读出了送客的意思，说："美芸，你别怪我多事。"

邝美芸扶着墙回过头来，只听景太婆继续说："这些年，我对你们邝家母子好，是在赎罪，因为我早就看出了白亚洲和覃春秀的勾当，可我不想管闲事，管闲事落闲事，哪知道……看着你吃苦受罪，我就怨自己，怎么不早点告诉你呢？我守寡，你守活寡，都是至苦。所以，这件事，我不敢再瞒你。"

邝美芸感到嗓子发干，喉咙发直，她扶着墙，用另一只手冲她摆了摆，是想告诉她，都过去了，别说了。

"谁？"门外的一声断喝打破了屋内的沉寂，是学文的声音，"站在这里干吗？"

门外响起了一声苍老的咳嗽，两个女人同时看过去，淡淡的白炽灯光铺向门口，来人挪到灯下，——个佝偻的流浪汉，但他是白亚洲无疑。

他缩着身子，带着浑身的恶臭，慢吞吞走了进来，在进门的沙发上坐了下来。

"你，没死？"景太婆吓得缩到了灯影子里。

他抬起眼皮看了她一眼，点了点头。

秋风别

邝美芸看着来人，千真万确是白亚洲，那眉眼那鼻子，那脸，只不过都耷拉了——老了，老了——想必白亚洲看她，也是一样吧。他总算是回来了，可回来得太迟了，迟得她想爆发，想咒骂，想扇他耳光，都没有力气。

"这是怎么一回事？"看了半天的邝学文，不明所以，说了第一句话。

"这就是你老头儿啊，就是你六岁那年走了的老头儿啊。"景太婆抢着回答了。

"你没死？还回来了？"

白亚洲回过头来，看着业已成人的儿子，点点头。

"离开吴县的时候，我是想一死了之的。那时候积蓄用完了，又没接到新活儿，日子过得没滋没味……吴县在河边嘛，跳河最简单，可我会游水，沉不了，向下游漂了几公里，最后还是被人救了。我只说做生意赔了本，那人正缺人手，问我去不去东北，我就去了。三年后我回来了，拎着大包小包走到家门口，看到屋里走出一个男人，覃春秀送出来，看着他上了大货车……我把东西扔了，又回了东北。"

"后来再没成家？"

"成了。找了个东北女人，我们生第一个孩子，刚满月就夭折了，后来又生了一个儿子和一个女儿，一个九岁一个十岁，在同一天出车祸死了。我老婆就疯了。今年上半年，我把她安葬了，就想着回老家来看看。"

"看什么？"屋里传来一声低低的问话。

"我想着，我总是这样一走了之，总是把包袱抛给你们，真不该啊。"

屋里又是一阵沉默，白亚洲慢慢走到小房门口，跪下来，说："我知道老头儿老娘都是你送的终，知道你年年清明节给他们烧纸钱……有个秘密我背了一辈子，太重了……"白亚洲嗓子发干，他用手扶住墙壁，顿了顿，说，"那一年，那黑松林里的醉汉……"

小屋里没有回响，白亚洲把头往墙壁上撞，撞得咚咚作响，没再往下面说了。

又过了很久，邝美芸无力地问了句："覃露是你的血肉吗？"

"怎么这样问？"白亚洲显然吃了一惊。

这一惊，显然也让邝四坊和景太婆心里一哆嗦。

"你在日记里说学武是你唯一的牵挂？"

"覃露有春秀照顾，学武在她们身边……"

一切声音都停止了。风夹着雪从门口猛灌进来，似乎想抽走人身上的最后一丝热气。阁楼上传来翻身的吱呀声。白亚洲缩着身子站起来，走到小房里，不想他脚下一滑，摔倒了，浓稠的液体沾满了他的膝盖和手脚，随即，一阵浓烈的腥味立即窜入他的口鼻，他把双手举到眼前，借着对面高楼上射过来的灯光，看到自己的双手上满是鲜血，他带着哭腔大喊着："快来人啊，快来人啊，美芸割腕了！"

景太婆、学文，还有在沙发上装睡的邝四坊都跳了起来，扑进了小房里。

"姆妈！老娘！"学文号啕大哭。

邝美芸睁开眼睛，看着儿子，又把目光移到白亚洲身上，说："很好，这一切，都该你接着了。"

屋外的风声更大了，狂风卷着冷雨和雪花在屋内横冲直撞，它似乎很得意于自己的威力,越发尽情地在人们面前表演着。

阁楼上频繁传来翻身的吱呀声。上面睡着的两个年轻人儿马上就要醒过来了。

2014年12月